百合小説コレクション wiz

アサウラ　小野繙　櫛木理宇
坂崎かおる　斜線堂有紀　南木義隆
深緑野分　宮木あや子

河出書房新社

百合小説コレクション　wiz

目次

百合小説

コレクション

wiz

Yuri Collection wiz

選挙に絶対行きたくない家のソファーで食べて寝て映画観たい

斜線堂有紀

Shasendo Yuki

斜線堂有紀

しゃせんどう・ゆうき

1993年、秋田県生まれ。ミステリーを中心に旺盛な執筆をおこなう斜線堂有紀は、百合小説においても挑戦的である。長篇『コールミー・バイ・ノーネーム』では〝名前当て〟の謎を扱い、「Stay sweet, sweet home」(『ステイホームの密室殺人 1』)ではコロナ禍での犯罪をリモートで解決し、「百合である値打ちもない」(『彼女。』)ではルッキズムの問題に踏み込む。SFでは、恋人の死体を盗む異形の愛「回樹」(近刊『回樹』)、〝和歌が英語で詠まれる時代〟の主従関係「一一六二年のlovin' life」(『ｉｆの世界線』)を発表。「ドッペルイェーガー」(『狩りの季節』)もある意味ではダークな百合といえる。また2023年1月現在、noteにて「カタルシスなんて泣いてもこない」、「恋の証明(Proof of Continuation)」(『コールミー〜』の後日譚)、「ノエである値打ちもない」(「百合である〜」の後日譚)、「夢の中では無敵な君へ」などの百合短篇が公開されている。本作では、同性カップル間のとある信条をフックに〝地獄〟を語ってみせている。むろんその場所は、わたしたちと地続きの〝地獄〟でもある。

2022年斜線堂有紀的に熱い百合作品はこれだ

SukeraSono
『【百合体験】しまこい。
〜姉妹で恋するヒミツの時間〜』

ピリオデストラクション
『次の人生のわたしへ』

佐原ひかり『ペーパー・リリイ』

『【百合体験】しまこい。〜姉妹で恋するヒミツの時間〜』。聴いている人間が我を無くし「わたし」となって百合体験をする音声作品シリーズです。姉妹が好きなのでこれを選びましたが、他の作品もいいです。あと、『次の人生のわたしへ』という成人向け漫画が、恋人を亡くした女性とその恋人の双子の妹の関係を巡る物語なのですが、遺された者たちの残り火の愛情の話で最高でした。ロマンシスだと佐原ひかり『ペーパー・リリイ』も素晴らしかったです。

選挙に絶対行きたくない。選挙、最近周りでは盛り上がりを見せていて、行かないなんて言った日には火炙りにされそうな感じだから、当然行きますよって顔してＳＮＳにもそう書くんだけど、普通にダルいから行きたくない。期日前投票とか言われても、どんな日のどんなタイミングも選挙に割きたくない。絶対。

　なんか、昔流行った曲に『投票行って外食するんだ』的な歌詞があったらしくて、ＳＮＳでは投票行って外食してきた人達がキラキラと楽しそうな写真を上げて、さも選挙は楽しくってポップで行った方がいいよ～という演出をしている。

　でも、外食ってそもそもそれ単体で楽しくない？　投票行って外食するんじゃなくて、ただ単に外食行った方がよくない？　それは、ハンバーグの付け合わせに無理矢理セロリを付けるようなもので、本当はセロリなんか無い方がいい。

　なんてことを恵恋に言うと、一〇〇％怒られるし喧嘩になるから、私は敢えて言わない。燃えると分かっているところにわざわざ飛び込むほど、馬鹿じゃない。

　政治にびっくりするほど興味が無いことを、恵恋は薄々勘付いている。けれど、私のこの愚かすぎる考えは、自分の頑張りによって正せるとも恵恋は思っている。たとえば、愛に溢れた同棲の結果として。

「私は那由他と暮らすことによって、世界が少しだけ良い方向に向かうんじゃないかって思ってる」

同棲を始めるにあたって恵恋が本当に真面目な顔をしてそう言った時、正直私は引いていた。愛する二人が同棲することによって生まれるものなんて幸せな生活と更なる愛情だけなんじゃないの？　と思ってもいる。でも、恵恋が私との同棲に前向きだった理由がここに表れているんだろうから、私は余計なことを言わずにニコニコとしている。どんな理由があっても、恵恋と一緒に暮らせるのは嬉しい。ここから大逆転でやっぱり無し！　とは言われたくない。

思えば、私達はそこから間違っていたのかもしれないけど、私は恵恋のことが好きだったので、根本の間違いを正そうとはしなかった。根本を正したら折れちゃうものって結構多いものだからさ。

でも、やっぱり恵恋と私が女同士だからって何かが劇的に変わるかって言われると、私はそうではないと思った。恵恋が可愛い女の子で、私は恵恋が好きで、それ以上のものを生み出す必要なんてあるのか？

「あいつ東大だよ、東大」

私と恵恋は、そんな言葉で引き合わされた。

高円寺にあるレズビアンバーは、第二木曜日を飲み放題の日に設定していて、当時の私は浴びるように安酒を飲む為だけにそこに通っていた。

特定の相手はまだいなかったけど、出会いを求めているわけでもなくて、ときめいたら恋愛に発展する余地のある相手と飲みたかっただけだった。同性愛者が普通のバーで飲んでいると、そもそも恋愛に発展するかどうかっていうのを吟味させられる羽目になる。

「えっ……東大なんですか、凄いですね」

恵恋の第一声はそれだったと思う。コーラス部に長らく所属していたという軽やかで美しい声がめちゃくちゃ好みで、あられもなくときめいたのを覚えている。

恵恋は胸の辺りまで伸ばした何の面白みもない綺麗な黒髪ストレートで、なんかこういうところに初めて来ましたっていうのが透けて見えるような子だった。

おまけに、どこもかしこも小さな身体は水色のワンピースとチェックのスカーフで飾られていて、本当に、どこにいるのが相応しいかって言ったら、多分ＴＤＬかユニバが似合うような女の子だった。吊り目がちの目に宿った瞳がカラーコンタクトに頼らなくても実現された理想型の茶色だ。

さて、と思った私は適当に引き合わせやがったマスターをちらりと見やってからＶサインをしてみせた。その子、かなり良いねのサイン。

「そうだよー。今、東京大学教育学部教育心理学コース三年、松本那由他でーす。よろしく。あ、詐称じゃないからね。詐称ってよく言われるからちゃんと学生証持ち歩いてんだわ。見る？　写り最悪だけど」

うっすい記憶で辿った限り、この時の私は確か、適当に伸ばしたボブカットに水色のインナーカラーを入れていた。水色。当時は全然意識してなかったけど、出会った時に恵恋のワンピースの色と同じ色だ。わーお。

あんまり信じてもらえないんだけど、インナーカラーを入れるレズが界隈でめちゃくちゃモテていた時期がある。私はその流行に乗っていたのだ。私が煙草を咥えながら財布から学生証を取り出そうとしている時に、恵恋の手がひしっと手首を掴んできた。

「そ、そんな……私、松本さんのこと、そんな、疑ったりしないです。その……大丈夫です」

どうやら、彼女は自分の視線に疑念が混じったことを恥じているらしい。人を見た目で判断しちゃいけません、を地で行っている。その顔は薄暗いバーの照明の下と化粧の上からでも分かるくらい赤らんでいて、ちょっと動揺してしまった。

「あ……や、別にこっちは全然大丈夫っていうか、マジで見えなーいって言われがちだから、なんか見せた方がいいかなって。えー、何ちゃん？　なんていうの、君」

「三津橋恵恋です。えっと、大学二年生で……英凜大学に通っています」

恵恋が口にした大学名は、それこそ結構偏差値の高いお嬢様大学で、それを聞いた時に恵恋の持ち合わせている雰囲気に納得がいった。めちゃくちゃ頭いいんじゃん、なるほどね、っていう。

「賢いんだ。賢そうだもんね」

「そんな、私は帰国子女なので……それで、入れたようなものというか、松本さんの方が凄いです」

「やー、私はこんなんだし、正味留年しそうだし。恵恋ちゃんのが凄いよ。ていうか、松本さんじゃなくて、那由他でいいよ」

「だって、那由他……さん、年上ですし」

「変わんないって」

恵恋はそのままおずおずと隣の席に座り、姿勢を綺麗に正してモヒートを注文した。他にも席はあって、テーブルの方だって空いているのに恵恋がここに座ったということは――なんて私は思い、煙草を消して、改めて恵恋のことを見つめた。

「あんまり見られると恥ずかしいです。その、全然慣れてないので」

「恵恋ちゃんね、ここに来るのまだ二回目なのよ」

マスターがそう補足しながら、私の前にスクリュードライバーを置く。

「へー、他の店とか行った？　二丁目とかビアンバーいっぱいあるでしょ」

「行ってないです。……こ、ここは、昔、ちょっと関係があった人に教えてもらって。今まではこういうところで相手を探したりはしてなかったんですけど、……その、色々あって」

　そう言って、恵恋が目を伏せる。こういう場で切られる〝色々〟は多分色恋沙汰だろうな、と当たりをつけた。

　相手との趣味嗜好が合わなかったか、手酷いカミングアウトになったか、あるいは叶わぬ恋とやらで傷ついたのか。どれにせよ、チャンスであることに変わりはないな、と私は思った。少なくともこういう場で出会いを求めれば、最初の一歩はスキップ出来る。

「それでね、恵恋ちゃんもパートナーが欲しいっていうから。常連客で誰かいないのかなって話になって。好みを聞いたら『頭のいい人』っていうから、ほら、あんた」

「あのさ、自分で言うのもなんだけど、頭のいい人で私を出してくんの詐欺に近いよ」

「そんなことないです！　那由他さん、……なんというか、振る舞いも洗練されてるし、格好良くて、……賢そう、です」

　恵恋はマスターの軽口にも生真面目に応じ、会ったばかりの松本那由他の擁護をした。その擦れてなさが、ツボだった。なんというか、好きになれるか分からないけど、確実にその前段階には立っている。

　それに、きっとうかうかしていたら、取られる。誰かが恵恋のことを見つけ、しっかり愛してしまうだろう。だったら、一夜でもこの女を借り受けてやりたかった。私は剥き出しのスマートフォンを取り出し、恵恋に言った。

「とりあえず、連絡先交換しようよ。お近づきの印に」

＊

「はーい。今日はじゃあセクション9から。公民権運動のとこ」

ビアンバーでの思い出を過去にした現在の私は髪の毛を黒に（正確に言うならトワイライトアッシュに）染めて、真ん中分けで流した長髪で、スーツを着て中学生の前に立っている。パッと見でそれなりに真面目そうで、ちゃんとしてそう。東大出てるって言っても頭から嘘って言われなそうな格好をしてる。

私の前に並んでいるとても勤勉な子供達は、高校受験に向けて二年生の時からちゃんと備えている。

そのお陰で、東大卒塾講師の私が成り立っているんだから、本当にありがたい学歴至上主義だ。

私は何故か勉強がよく出来たタイプの人間なので、真面目にやってる子らのことは宇宙人に見えているところがあるんだけど、この異星間コミュニケーションは手軽に金になるから止められない。

というか、教育学部を志望したのも何となくだった。

法律とかだとちょっとガチ過ぎるし、ほぼ本読んだことないのに文学とかやるのもなんだかなって感じだったし、とはいえなんかやりたいこともなかったし、なんかじゃあ……教育学部？　みたいなノリだった。

　でも、教育学部っていう肩書きはバイトの家庭教師も卒業後の塾講師もとってもやりやすい。得だな、と思ったのは教育学部を出ただけで自動的に『まともな人間』の資格も手に入れられるところだ。

　子供に接する職業に就く人間は須くまともであるべし、という建前を愛している。

　さて、私の担当科目は『日本史』である。民主主義を手に入れたのが今日学ぶのは公民権運動。この国の人間がどれだけ頑張って選挙権を手に入れて、民主主義を手に入れたのかを私は切々と語って聞かせてやる。この単元は大体の入試でボリュームたっぷりに出題されるところなので、私の授業にも熱が入る。

　生徒達は物凄く真面目に授業を受けているし、そこにはどこか勉強外の熱意もあるように感じられる。最難関高校に受かろうという子供達は、物事を正しく認識し把握しより良い人間になるよう努めなければ、という自負心があるように感じられる。まだ十四歳くらいで、私の半分程度しか生きていないだろうに凄まじいことだ。

「松本先生の教え方はとても分かりやすいと評判で。うちの子も松本先生が教えてくださってから、鎌倉幕府の問題が解けるようになったと……ありがとうございます。松本先生がいてくださるなら安心です」

　それが、保護者からの評価だ。嬉しいことだと思う。というか、この塾では保護者からのアンケートがちょっとばかし査定に影響し、時給を十円単位で上げてもらえる可能性が出てくるので本当に掛け値なくありがたい。

でも、私は全然出来た大人じゃなくて、ていうか成人してからまともに選挙行ってないし、家では自分の女とイチャイチャするのとネトフリを観ることだけを楽しみにしています。ていうか東大卒ってだけでそんなに私のこと信用していいんですかね（笑）と言いたくなるのを、結構頻繁に堪えている。

「松本先生って前の選挙、どの政党に入れたんですか？」

この教室の中で一番賢く、こまっしゃくれている谷部くんが尋ねてくる。茶化してるわけじゃなくて、本気で気になっているようだから眩しいね。でも先生、選挙そもそも行ってないんだよな〜と答えかけるのをグッと押し留めて答える。

「どの政党に入れたかっていうのは一番プライベートな情報と言っても過言じゃないから、家族にも言いたくなかったら言わなくていいんだよ〜」

その場しのぎの私の答えに、むしろ教室内の勉強熱心な童どもはほうと感銘の溜息を吐いた。いやあ、本当に可愛い。内申点の意味を正しく知っている子供達ほど優しくて分別のある子達はいない。努力が正しく報われると、捻くれる隙が無い。

授業を終えてあれこれして帰宅。残業はとっても多いが、残業代は割とちゃんと出してくれるのが学習塾だ。そうじゃなかったらとっくに辞めている。

中学生のくせに奴らは夜遅くまで勉強をし過ぎている。というわけで、私が家に帰るのも十時を回ることが多い。

なので、なんか悪いなあと思いながらも晩ご飯を作るのは大体が恵恋の役目だ。

勿論、恵恋だけに負担を掛けたくないから、レンジでチンするだけで食べられる冷凍弁当を冷凍庫いっぱいに買ってはいるんだけど、恵恋は殆どそれに頼らない。

恵恋が働いているのはかなりホワイトな会社で、五時になると蜘蛛の子を散らすように全社員が退社する。素晴らしいことだ。

「ただいまぁ」

「おかえり！」

私が靴を脱ぎ散らかしながら中に入ると、恵恋は同棲を始めたての時のように大袈裟に喜ぶ。というか、恵恋のことだから普通に嬉しいんだろうな、と思う。四年も一緒にいて分かったけど、恵恋には驚くほど嘘が無い。

恵恋が今日作っていたのは小松菜のおひたし、もやしと人参のお味噌汁、それに鱈の煮付けだった。恵恋はわざわざ私を待ってひもじい思いをすることなく、先に夕飯を済ませている。そういうところが、私の好きなところである。

とはいえ、恵恋は私が晩ご飯を食べている間、ずっと私の正面に座ってあれこれ話してくれるというのも嬉しい。お腹をすかして待っているのは不合理だけど、二人の食卓にしてくれるのは不合理じゃない、ということなのだ。

「どう？　煮付けちょっとしょっぱいかな」

「ううん、全然。美味しいよ」

そう言いながら、恵恋にありがとうって言うのが好きだし、恵恋の顔が綻ぶのを見るのが好きだ。同棲してよかったなーと心から思う。味噌汁にもやしと人参を入れようなんて、恵恋と暮らしていなかったら想像もしなかった。もやしのひげ根を舌で歯から取り除いていると、恵恋が言った。

「あのね……明日なんだけど、またイベントがあって」

イベント。楽しい響きだけど、それが私の考えるイベントではないことを私は知っている。最初の頃、それが映画祭や肉フェスと同じ類いのものだと勘違いした私は、手酷い一撃を喰らった。

「……どんなの？」

「あ……いや、前みたいに過激……いや、私からしたら過激じゃないし、というか、那由他がそういうの苦手だからそう見えてるっていうのを加味してね？　あれよりは、全然穏やかな感じなんだよ。愛の多様性を訴える為に、虹色のものを身につけてちょっとしたガーデンパーティーみたいなことをやって、そこでの利益を団体に寄付するって、そういうイベントなんだけど」

私の表情がどんどん曇っていることに気がついたのだろう。恵恋が取り繕うように言う。でも、どれだけ取り繕ったところで無駄だ。ハンバーグに細かく刻んだセロリを入れられたところで、私はセロリのことを敏感に嗅ぎ分ける。

「うん、まあ、いいんじゃん？　夜映画観に行こうよ。いや、そういうイベントって夜までやるんだっけ。そしたら明日の夕飯は各自ってことで。業務連絡終わりーみたいな」

「そうじゃなくて！　……今回のイベントはいつもと違うの。愛の多様性だから、他の人もパートナーを連れてくるようなイベントで……その……だから……」

話が見えてきた。ずるずると飲むお味噌汁がどんどん冷えていくような気がする。恵恋はそろそろ私の視線に怯える頃合だ。恵恋の目がじっと私の輪郭を撫でて、撫でて、どうにか固く縮こまっている私をやわらかく変えようとしている。でも、そんなもので私がどうにかなるはずがないのだった。

「……私は、那由他に来て欲しいの。私の付き合ってる人ですって。あのね、別に何かを言って欲しいとか、活動に参加して欲しいとかそういうんじゃなくて、私が一緒に暮らしてて、大好きな人は――結婚したい人は、この人ですってみんなに知らせたいの」

「あー、うん。なるほど。話は分かった。みんな彼女連れてくるから、一人だと気まずいんだ」

「そういうことじゃなくて！」

宥め賺すような態度が終わると、恵恋は決まって怒りのフェーズに入る。普段よりトーンが低いのは、今回のイベントが政治的にはグレードが低い、敷居の低い活動だからだろう。

とはいえ、そんなガーデンパーティーみたいな幸せ空間に恋人の一人も連れてこれない恵恋がどれだけ肩身の狭い思いをするか、私には分かってしまう。というか、多分恵恋のことだから私のことを適度に自慢し、こんなところが好きだとかこんなところは嫌いだとか、そういう話をしたに違いない。

もしその彼女が恵恋が頼んでもパーティーに参加してくれないと知ったら、周りも多分気まずい思いをするだろう。分かる分かる。分かるけど、ねえ？

「……言ったじゃん。そういうそれっぽい集まりには行きたくないって」

「どうして⁉　別に、何か署名しろとか、何か活動しろとか私言ってないよね？　ただ、私の友達に会って欲しいって言ってるようなものじゃん。どうしてそんなことくらいしてくれないの？」

「ただ友達と会わせたいってわけじゃないでしょ。そういう活動の仲間だからさ。そこに彼女でございって私が出て行くこと自体が普通になんかヤなんだよ」

「なんかヤって何⁉　ちゃんと理由を説明してよ！」

恵恋が理由を説明しろと迫る時、私は塾で教えている勤勉な生徒達のことを思う。私の担当は社会科だけれど、塾で待機してる時は他の科目の質問を受け付けることもしている。

だから、飽きるくらい現代文の問題なんかを見るわけだ。それで、感情の根拠とか登場人物の動機とかをピーッとライン引いて教えてあげたりもする。分かりやすいことだ。

でも、今の設問においてはそもそも線を引く文章すら存在しない。だって、マジでただ行きたくないだけだから。

「理由無くてもさ、藻が浮いてるプール入りたくないじゃん……いや、それは汚いとか気持ち悪いとかって理由があるか」

「何？　私達が汚くて気持ち悪いって？」

「それは表現上の綾だった。ごめん。それは違うんだけど」

私は恵恋を宥めながら、心の何処かでかなり萎えている。これ前にもやったところじゃん、って感じ。前にもやったとこじゃんが嬉しいのは模試とかだけだ。同じ映画を二回観ることすら好きじゃない私は、この問答に向いていない。

でも、恵恋が泣くから、私はこれに付き合わざるを得ないのだ。泣き顔の恵恋はいつだって途方も無く悔しそうだ。泣けば済むとは思ってない。本当に出てきちゃう悔し涙。いや、悲しいもあるのかも。何にせよ、純度の高い悲しみの涙。私は溜息を吐く。煙草の煙を吐き出すより速い速度で、停滞の空気を吹き飛ばす。

「ねーえ、恵恋。恵恋ちゃん？」

「……それ、やめてって。ちゃん付け」

鼻声で、でもはっきりと恵恋が言う。これもお決まりのやり取りなので、私は無視して続ける。

「私は恵恋のことが大好きだよ。ずっと一緒にいたいと思ってるし、今が一番幸せ。恵恋と出会えて本当に良かった」

　私が真面目な顔で言うと、恵恋は頷いてグスッと洟を啜った。恵恋の目が、みるみる申し訳無さそうな色に染まっていく。

「けどさぁ。この世にはパートナーを見つけられない人間もいるわけじゃん。見せつけたいって理由で私んこと連れてくならさ、それって、そういうまだパートナーを見つけられてない人への加害じゃないの？　要するに、自分はパートナーがいる幸せな人間ですって思わせたいってことだよね」

「……そういうわけじゃなくて」

「私は、恵恋と私の間のことに他人を巻き込みたくないんだよ。ていうか、ビアンバーでもいるよね。わざわざ一人の人間のところに来てイチャつくやつら」

「那由他は私のことそんな風に思ってるの？」

「私が思ってるかどうかじゃなく、外から見てどうなってるかでしょ。恵恋、私によく言ったじゃん。自分がどうなってるかは外から見ないと分からない。だから、恵恋がやらかしてる時は私が止めてって」

「私、おかしくなってる？」

「なってる。別に私はそれでもいいけど、冷静な恵恋なら嫌がりそうな状態になってる」

　今言ってることは全部嘘だ。恵恋が納得しそうな言葉を並べて、適当にでっち上げて罪悪感と嫌悪感を煽ったただけ。こうしてやれば、恵恋はみるみる内に萎れていく。自分が引いた『正しい』の線を見失って、雁字搦めになってしまう。

「私と恵恋が二人で映画観に行ったり、ご飯食べたりするのと、そういう場で見せつけるのじゃ違うでしょ。てか、私はそういうのこそ自分らが足元から変えていけるとこだと思う。私は生徒に見られたとしても、堂々と恵恋が恋人だって言うし」

恵恋がいよいよ目を伏せた。もう一押しだ。

「私の言う世界を変えるっていうのは、そういうことだよ」

恵恋が両手で顔を覆って、いよいよ本格的に泣き始める。ご飯の途中なのになあ、と思いながらも、私は立ち上がって恵恋を抱きしめ、よしよしと頭を撫でてやる。不毛な議論は嫌いだけど、泣いている恵恋を存分にあやすのは好きだ。この部分だけ切り取れば、良いルーティーンだと思う。

でも、思ってもいないことで恵恋を論破し、それで何となく場を流すこと自体が恵恋の嫌いな『正しくないこと』なんだよなあと思うと、なんていうかどうにも、気まずい気持ちになってくる。

たとえば、子供にそうとは知らせずに万引きをさせているような、無自覚に危うい格好をさせているような、そんな気分だ。あるいはもっと率直に、たった一人の恋人をすっかり裏切っているような。

「ごめん、那由他……私は那由他より考え無しなところがあって、そういうところに自分でも嫌気が差してるはずなのに、どうしてこうなっちゃったんだろう」

「だーいじょうぶ大丈夫。恵恋のそういう優しさは、ちゃんと私も分かってるから」

ここで肯定してあげると、恵恋の心はぐらっとくる。笑っちゃうくらい恵恋は簡単に転がせてしまう。そのチョロさが無ければ、私はとっくに恵恋に捨てられているだろう。どうしたもんかね、とは日々思っていることで、恵恋のことは好きだけど、恵恋の考えや価値観は私とびっくりする程合わなくて、あーついでに言うなら映画の趣味も全然合わない。それについては私は内緒にしてるんだけど。

数週間に一度の割合で挟まれる気まずさが、数日に一度の割合で挟まれるようになる日々が、私は、正直、息苦しい。


「恵恋って名前が嫌いなんです」

初めてセックスした時に、恵恋はまずそう言った。私はシーツで恵恋を包みながら、なんと言っていいか分からずにヘラっと笑っていた。すると、恵恋は私じゃなくて他の誰かに聞かせてるみたいに続けた。

「最初はカタカナでエレンにしようとしてたらしいんですよ。エレン。ばっかみたいじゃないですか？　ペットじゃないんだから……それで、周囲に止められて、漢字にしたらしいんですよね。で、可愛い当て字で恵恋。本当……周りも、止めるならきっちり止めてくれたらいいのに……」

「あー……そうなんだ」

「だから、那由他さんに名前を呼ばれてる時、嬉しかったけど凄く苦しくて」

「あ、傷つけてたり……してた？　ごめんね」

「そんなことないです。嫌いな名前でも、那由他さんに呼ばれると嬉しいんだなって思って……びっくりしちゃいました」

あっ、そういう？　そういう、恋の自覚的な文脈だったんだって、私はちょっと浮かれる。嫌いな名前も私に呼ばれたらハッピーでしたって、そういう？　私は思わず恵恋を抱きしめた。

「わっ」

「そう言ってもらえると嬉しいなあ。私も恵恋ちゃんのこと、ちょー好きだし、那由他さんって呼ばれんの嬉しいよ」

「あの、那由他って名前、どういう由来なんですか」

「んー、なんだっけな」

私は覚えてる限りの由来を話す。確か、数学の先生をしていた祖父が、大きな人間になるようにって名付けた壮大な名前だったはずだ。のびのび、人間では観測出来ないほど大きく。とにかく大きくなればいいんだね、と私が言うと、褒めてもらえた気がする。大らかな人だったたから。

終わりが『た』の文字だから、小学生の頃は男の名前だって言われて揶揄(からか)われたのを覚えている。でも、幸いなことに私は運動も勉強も人並以上に出来たから、その揶揄いはむしろ親しみに昇華されたのだった。

　恵恋は掻い摘んで話された名前の由来に目を輝かせ、ベッドの上でパチパチと手を叩いてみせた。

「凄い！　かっこいいです……単位から来てるんですね……って、当たり前ですけど。那由他さんにとっても似合ってます」

「そお？　あんまそうでもないよ。名前負けしてるし、ってか那由他って名前に勝てる人間ってそうそういないと思うけど。アインシュタインレベルじゃないと」

「私も……そういうちゃんとした意味を込められた名前が良かった。名前はその人の一生を決めるんですよ。なのに、恵恋なんて」

　恵恋は呪いでも掛けられたかのような顔をして、軽く唇を嚙んだ。

「だから、那由他さんには恵恋ちゃんじゃなくて……せめて、恵恋って呼んで欲しいんです。三津橋でもいいですけど」

「いや、三津橋は無いでしょ」

「ですよね……。だから、恵恋って」

　何故か腕の中の恵恋はぎゅっと縮こまるようにしながら言った。それが何だかいたわしくて、愛おしくて、私は言う。

「分かった分かった。だから、恵恋も私に敬語やめてよ。あんまりそういうの性に合わないんだ。名前だって呼び捨てでいいし。こういうことしたのに敬語で通されると、子供に手出したような気分になる」

「一つしか違わないのに。……分かりまし、分かった、那由他」

少しの躊躇いを混ぜながら、恵恋が赤い顔で言う。

「それで……その、私達……」

「うん？」

「つ……付き合うって、いうことで、いいの？　那由他は好きって言ってくれたし、こういうこともしたし……ちゃんと、恋人にしてくれる？　私も、那由他が好きだから……」

その時も、ちょっとギョッとしたのを覚えている。何しろ、付き合うってことでいいの？　って言われるまで、私はまだ具体的なヴィジョンなんて何一つ無かったからだ。だって、まだ一回しか裸になってないし。キスも多分両手の指以下の回数しかしてないし。私は恵恋のことが好きなのか？　無邪気にじゃれついてくる、色々面倒臭そうなこの女の子が？

警告音は鳴っていた。そういう意味で、私は恵恋に心底恋をしていたわけじゃない。これだけ真面目そうで七面倒臭そうな女の子とさっくり付き合っていいのか？　十中八九、恵恋と別れる時は拗れるだろう。

「那由他、何か言ってよ……」

　ほら、十数秒黙っただけでこれだ。私が一も二も無くイエスと言わなかっただけで、恵恋はぐらぐらになってしまう。こんな子と私のような人間が付き合ったら大変なことになる。きっと、スマホの中身を見せろとか言われて、ビアンバーに行ったことがバレたら大喧嘩だ。

　恵恋から涙の気配が立ち上る。茶色い瞳が揺れる。

キスしたいな、と思った。ここでのキスは捺印（なついん）と同じだった。びくっと身を震わせた恵恋の耳輪（じりん）に軽く爪を立てながら、私は言った。

「私も恵恋が好きだよ。付き合お付き合お」

　付き合っちゃえばいいや。駄目なら頑張って別れればいいし。多分恵恋はそういうところで変にグダグダ言わないタイプだし。どうせ、駄目ならさっさと去っていくだろう。

　というか、私が飽きるかもしれないし。何ならバックレればいい。恵恋は大学に乗り込むとかは出来ないタイプだろう。女同士の付き合いはあんまり大っぴらにならないから、社会的責任が軽い。

　でも、私の予想はことごとく外れた。

　恵恋は私との関係を大っぴらにしたし、社会的責任が軽いっていうのはどうやら私の偏見に満ちた思い込みらしいし、付き合って四年が経っても、私は恵恋のことが好きで、今のところ別れを考えられてはいないのだ。

恵恋。カタカナになるはずだった、響き重視の可愛い名前を持った恵恋。

私は恋に恵まれるっていうの良いじゃんかなりハッピーじゃんって単純に思っちゃったわけなんだけど、これを言われることすら恵恋を怒らせたり傷つけてしまうようなので、今でもあんまり言わない。褒めたいのに。いやー、本当に恵恋って難しいですね、と座談会で振り返りたくなるレベル。

恵恋はとにかく生きづらいようで、そこかしこに自分が閉じ込められてる鉄の檻があると主張する。可愛いところもあるけど、恵恋の収まっている鉄の檻の輪郭をなぞる度、私はヒヤッとしてしまう。

恵恋にも私にも多分鉄の檻はあるんだろうけど、恵恋のそれは、触る度に少しずつ彼女の身体にフィットするように調整されてきているんじゃないかって、そんなことを思う。恵恋が思うから、檻は狭くなる。

自分の名前は嫌いなくせに、恵恋は依然として私の名前は大好きだった。何らかのフェティシズムが働いているかのように、恵恋はピロートークで私に言う。

「ねえ。那由他の名前の由来言って、由来」

「……ビッグになりますよーに」

「そういう感じじゃなかったでしょ、最初に言ってくれた時。もっと賢そうな感じだった」

「それもう恵恋の思い出補正でしょ」

「おじいちゃんの話とかも合わせて聞きたいの。那由他に九九と一緒に因数分解を教えようとした話、聞きたい」

「それ何回も話したじゃん。っていうか、別に私がその頃に因数分解解けたとかそういう話じゃないからね？　九九が何の役に立つのって言ったら、爺ちゃんが話し始めたってだけで」

「でも、那由他は分かってたと思うの。理屈はね。那由他はなんというか……人と違った物の見方をするでしょ。地頭がいいっていう言葉の意味が、那由他に出会って初めて分かったよ」

　恵恋は興奮した調子で言うので、私は適当に流す。こういう『那由他すごい』ムーブに入ってる時の恵恋は、私が何を言っても基本的に聞かない。なら、好感度を自動で上げ続けてくれた方がいい。

　ごくたまーに、恵恋は私のちょっと賢げな名前と学歴と付き合っているんじゃないかって思う時もある。でも、それは多分穿ち過ぎな見方だ。自分で不幸になろうとしているだけの恐ろしきペシミズムだ。そんなものに私達の生活を脅かさせていいはずがない。

　私はうわっと枕に顔を押しつけたくなるような気持ちを抑えて、代わりに恵恋の上に覆い被さる。恵恋の頬骨に軽くキスをして、太股を撫でた。余韻でまだ熱っぽい恵恋は、それだけで「あっ」と小さく声を漏らした。

「じゃあ、ご褒美ちょうだいよ。もう一回、恵恋と楽しいことしたい。そしたら、寝物語代わりになんか話すから」

「そ……いうことという時、いっつも、変な話する……嘘、吐いたりとか……」

「そういうのも嫌いじゃないでしょ」

胸を持ち上げて、普段は隠れている肋骨(ろっこつ)の辺りに吸い付く。恵恋はこういう分かりにくいところに良いところがある。また耐えるような声がしてから、恵恋が言った。

「嫌いじゃない……」


気まず過ぎる夕食を終え、お風呂に入った後はソファーで一緒に映画を観た。恵恋は『Swallow／スワロウ』という映画を観ようと言ったのだけれど、何か嫌な予感がしたので拒否をした。代わりにNetflixで話題になっていた『呪詛(じゅそ)』というホラー映画を観る。これは本当によく出来たホラー映画で、恵恋もきゃあきゃあ言いながら楽しんでいた。気まずくなるシーンも無かった。

ちなみに、私達の間で気まずくなるシーンとは、えっちなシーンのことじゃない。登場人物がジェンダー的な問題を抱えていたり、登場人物がパワハラだったりモラハラだったりの絶対に看過出来ない問題に晒されたりするシーンのことだ。そういう時、私達は少しだけ身体を固くする。被害者になったかのように、あるいは加害者になったかのように。

前にそういうシーンがあった時、恵恋は唐突に自分の考えを話し出し、私に議論を吹っかけてきては論破をされて泣いた。

私の話していることなんか大体が揚げ足取りのようなものだったのだけど、真面目で優しい恵恋はそんなことには気づかない。一貫性が無くて、相手を打ち負かす為だけにころころと変わってしまう主張も、ごくりと呑み込んで黙り込んでしまう。恵恋はこういうレスバトルに向いていないのだ。

それに、恵恋の理想――差別はいけないとか、不当なことは許してはならないとか、同性愛者の権利とか、誰も彼もが暴力に晒されてはいけないとか、そういうのは割と『現実』というカードで殴れてしまう。でも現実はこうじゃん、でKOだ。恵恋は無力感の檻の中で縮こまりがちなので、後は自滅してくれる。

でも、私は別に恵恋をやり込めたいわけじゃない。ただ、そういう話を早く終わらせたいだけなのだ。このことがあってから、私は社会的なメッセージを孕んでいそうな映画を避けている。『Swallow／スワロウ』にはホラーのラベルが貼ってあったけれど、絶対に違う。これがホラーであるはずがない。その点『呪詛』はよかった。わけの分からん怪異にバンバン人が殺されていく映画に、私達を気まずくさせるものは何も無い。

映画も面白かったし、さーて恵恋とイチャイチャしようかな、と思ったら、お疲れの恵恋はスヤスヤと眠ってしまっていた。恵恋は明日も仕事だ。ご飯を食べて風呂に入って、映画の一本でも観たらもう眠らなくちゃいけない時間。寝落ちした恵恋はとっても正しい。

私は恵恋の体勢をそっと変え、ソファーに寝かせる。後でタオルケットと毛布を掛けてあげることにして、自分は床に座った。

恵恋が観たがっていた『Swallow／スワロウ』のあらすじだけを確認する。

――完璧な夫、美しいニューヨーク郊外の邸宅、ハンターは誰もが羨む暮らしを手に入れた。ところが、夫は彼女の話を真剣に聞いてはくれず、義父母からも蔑ろにされ、孤独で息苦しい日々を過ごしていた。そんな中、ハンターの妊娠が発覚する。待望の第一子を授かり歓喜の声をあげる夫と義父母であったが、ハンターの孤独は深まっていくばかり。

ある日、ふとしたことからハンターはガラス玉を呑み込みたいという衝動にかられる。彼女は導かれるままガラス玉を口に入れ、呑み下すのだが、痛みとともに得も言われぬ充足感と快楽を得る。異物を〝呑み込む〟ことで多幸感に満ちた生活を手に入れたハンターは、次第により危険なものを口にしたいという欲望に取り憑かれていく……。

私は恵恋とこの映画を観ることは一生無いだろうな、とぼんやり思う。なんだかんだ理由をつけて流し、恵恋は一人でこの映画を観るのだろう。

『呪詛』を再生し終わった画面が、次の映画は何かと尋ねてくる。二人で使っているアカウントのおすすめ映画欄は、私好みのものとそうでないものが半々で混じっている。

　付き合って半年が経った辺り、私らが大学二、三年であった頃合で、選挙があった。国政に影響する、割と大きなものだ。私は『投票しよう！』と無闇やたらに主張するSNSを流し見ながら、甲子園でも始まる時のような感想を抱いていた。要するに皆さんお楽しみですね、というような。

「那由他はどこに投票する？　あ、言いたくないなら言わなくていいんだけど……プライベートだもんね、こういうのは」

　だから、恵恋からそう言われた時、私はへええ、と思った。恋人がタイガースファンだと知った時の驚き。しかし私は野球に何の興味も無いものとする。恵恋の声は熱っぽく真剣で、まるで付き合うことを決めた日を思い出させた。

「や……どこに、とかは決めてないけど……」

「ああ、そうだよね。私も迷ってる。今までは社会福祉が手厚いところがいいなとか、夫婦別姓に賛成してくれるところがいいなとか、あるいはそもそも失言ばっかりのあそこを落としたいとか……そういうので選んでたけど、今、私が一番大事なのは那由他だから」

　そう言って、恵恋は何個かの政党の名前を口にした。

「何それ？　応援するとこ？」

「どこも一長一短だから、決めきれてないいんだけどね。今挙げた政党はとりあえず全部同性婚に前向きなんだよ」

「同性婚」

私は知らない野菜の名前でも口にするように復唱した。すると、恵恋はぐっと拳を握り、私のことを見つめてくる。

「私……今までカミングアウトとかにも消極的だったし、表立って自分の……その、レズビアンであることを言ってこなかったの。でも、それじゃいけないんだって、那由他と付き合って思ったんだ。私は那由他との関係を、ちゃんとみんなに知ってほしい。那由他って、自分の性的嗜好を隠したりはしてないよね？」

「隠したりは――まあ、してないけど」

だからといって、大っぴらに喧伝しているわけじゃなかった。ただ、男と付き合っている様子が無いことや、中性的なファッションだったり派手な髪色だったりで、何となく察せられているところがあった。指摘されたらされたで否定することはないし、ビアンバーにも余裕で行く。

「そうだよね。私、那由他のそういうところも尊敬してたの。自分の性的嗜好にちゃんと向き合ってるところ。レズビアンという立場に気後れすることも、変に拘泥することもないところ。那由他みたいに、それが普通って生きられる方が理想の社会なんだよ」

「いや、そこまで考えてないし……大学では普通にヘテロだと思われてるだろうし……」

「でも、隠さないから。堂々としてる、那由他は。私は……私は、どこかで逃げてた」

「逃げるとか逃げないとか、そんなゲームみたいな話でもないでしょ。てか、レズって隠してたら駄目なの？　別に隠しててもいいと思うけどな……それこそ彼女作る時くらいじゃない？　出さないといけないのって」

「駄目、いや、強要する気はないけど……でも、隠してたら、私達は透明な存在にされちゃうよ。今までみたいに」

一瞬、恵恋が数百年生きている人外のような錯覚に陥ったけれど、恵恋は女性同性愛者の苦難の歴史を肩代わりして言っただけのようだった。少し目を離した隙に、自分の恋人にドデカい十字架が覆い被さっている……。それは正直、なんかショックだった。

とはいえ、決意に燃える恵恋に私の密やかなショックを分かってもらえるはずもない。というか、私も何故ショックなのかがよく分からないのだ。恵恋が辛そうだから？　そうじゃない気がする。

戸惑いの渦に呑み込まれた私の前で、恵恋は言った。

「私、同性婚が出来るようになってほしい。那由他と結婚したいの」

言ってから、恵恋は何故か顔を赤らめ、気まずそうに目を逸らした。

「ご、ごめん……制度が出来たとしても、付き合って半年で結婚したいとか言い出すの……重いよね。那由他の気持ちもあるのに」

「や、それは全然嬉しいよ。可愛い可愛い。てか、そこらのカップルも言うでしょ。結婚したいよねー、的なの」

「私達にとっては重みが違う言葉だから……」

今度は、何やら切なそうな笑みだ。え、重み違うかな？　女同士は結婚出来ないから？　いや、そんなの周りの男女のカップルだって、別に結婚出来る土壌がしっかりある自覚からそういう睦言(むつごと)を言えるってわけじゃなくて、本当に何も考えてないで言ってる側面があると思うんだけどな……。

「那由他は？」

「え？」

「可愛いじゃなくて、結婚したい？」

「結婚かあ、うん、まあ恵恋とならしたいよ。松本恵恋って可愛いし。いや、三津橋那由他でもいいんだけど、ゴツいな六文字」

「本当に⁉　那由他……私でいいの⁉」

「そりゃあ、だって……私は恵恋のことめちゃくちゃ好きだもん」

「私も好き！　世界で一番愛してる……私、どうしても那由他と結婚したいよ……」

そう言って恵恋が泣き出したので、私は更にちょっと戸惑ったのを覚えている。結婚というふわふわしたハッピーワードを口にしているはずなのに、まるで戦場にでも死にに行くような勢いだ。

「私達、これからも頑張ろうね」

そこで、もう少しトーンを落としておけばよかったのかもしれない。別に後悔するようなことでもないのに、私は未だにこの日に戻ったらどうするかを想像する。

そうして恵恋が感動的な決意をした回の選挙で、私は投票をしなかった。ギリギリまで恵恋があっちの党じゃないこっちの党じゃないとデートのお洋服を悩むように考えているのをうんうんと見守りながら、私はまだ知らないスポーツを眺める時のような気持ちだった。

勿論、投票に行ったと嘘は吐いた。でもバレた。選挙に行ったことがない私は、入場券が回収されることとなんて知らなかったのだ。

「どういうこと？　那由他、私に嘘吐いたの？　どうして入場券がここにあるの？　ていうか封筒すら開けてないじゃん！」

今の私なら「投票所に行けば券無くても投票出来たよ」と、（ちなみにこれ自体は本当）更に嘘を重ねるくらいの知恵はあるのだが、如何せんあの時の私には知識が無さ過ぎた。せめて封筒くらいは開けておけ、と自分に言いたくなる。私は何の対策もせず、恵恋を迎え撃つ羽目になった。

「ごめんって、そんな悪気があったわけじゃなくて」

「嘘吐くのは本ッ当に最低！　私が怒ると思ったから行ったって嘘吐いたんでしょ？　それが余計に腹立つ」

「だって怒ってんじゃん……」

「はあ？　何それ？　私の所為にするの？」

「別に恵恋の所為にしたわけじゃなくて……」

「もしかして、行けない理由あった？　期日前投票とかもあったんだよ？」

怒っていたと思ったら、急にこっちの事情を慮ってくる。ころころと変わる表情は戸惑いの証だ。

けれど、恵恋が慮ってくれるような事情は特に無かった。投票日は家でダラダラとして、ネットで麻雀を打って暇を潰していた。強いて言うなら、他に何の用事も無い日に、わざわざ部屋着から着替えて外に出たくなかった——それだけだ。恵恋とのデートなんかにかこつければ出られたかもしれないが、恵恋はその日バイトだった。

選挙なんかの為に外に出たくない。この一言に尽きた。

「だっ……て、正直外出るのダルかったし。他に予定があったわけでもないし」

「外に出るのがダルいって理由で投票を放棄するなんて信じられない。だって大切な一票なんだよ？　投票率がどんどん下がってて、その所為で国がおかしくなっているっていうのに、どうして？　そもそも、予定が無かったから外に出るのが嫌だった……なら、それこそ期日前投票すれば良かったじゃん！　別に……仕事とか学校以外の理由でも、記入すれば期日前投票出来るんだし……」

「当日まではそんなにダルくなかったっていうか、あー、うん。忘れてたってとこもある。もう今週の日曜だっけ？　的な」

「私があれだけ選挙の話してたのに、忘れるなんてある？　それじゃあ全然話聞いてないってことだよね？」

「そういうわけでもなくて……あー、何て言ったらいいのかな」

何て言ったらいいのかも何も、私には何も言いたいことなんてなかったのだ。行きたくないからサボりました、以上のものが自分の中から出てこない。

「どうして……？」

「何、その……今度は何の『どうして』？」

「このままだと……私達、結婚出来ないんだよ？　同性婚が認められないと……一生結婚出来ないままなんだよ？」

恵恋は途方に暮れたような顔で言った。まるで、私が投票しなかったことによって、永遠に同性婚が認められないと決定づけられてしまったかのような顔だった。

「那由他は私と結婚したくないの？」

「ちょっちょちょちょ、ちょっと待って、どうしてそうなるの？」

「だってそうじゃん。だから選挙行かなかったんじゃん。結婚したかったら、この国を変えようとしたはずじゃん」

「それは絶対おかしいでしょ。何でそうなんの……？」

「逆に、どうしてこれがおかしいと思うのか分かんない。だって、今の法律のままじゃ結婚出来ないんだよ。変えるチャンスがこれしかないのに、どうして簡単に捨てられるの？」

私は口八丁（くちはっちょう）で生きてきた自負があるけれど、この時は正直何も言えなかった。それはおかしいよ、と思っているはずなのに、どうしても反論出来ないこの苦しさ……。それでもいいから恵恋と結婚したいって思うくらいにはそう思ってる」

「捨てたわけじゃないって。結婚したいよ？　今もし結婚出来るんだったら、学生結婚でもいいから恵恋と結婚したいって思うくらいにはそう思ってる」

え、私って恵恋と結婚したいの？　あれ？　と思いながらも、私はどうにか言った。全然頭が回っていなかったけれど、もし目の前に婚姻届があって、役所がそれを受け取ってくれるのなら、私は多分サインしてただろうと思う。

でも、恵恋はキッと私を睨（にら）みつけて言った。

「その『もし』に何の意味も無いんだってば。だって、私達は結婚出来ないんだから。結婚したいと思うなら、まず世の中を変えなくちゃいけないんだよ」

「そう……そう、なるかあ……」

「なのに、那由他はその努力をしてくれなかった。それが私は悲しいの！」

そこで、恵恋はいよいよ泣き出してしまった。私が選挙をサボったというだけで、こんなことになってしまったのだ。これは、私達が半年付き合っていて、初めてした喧嘩だった。性格がまるで違う割には仲良くやってこれたと思うのに、こんなことで喧嘩になるとは想像もしていなかった。

「努力……いや、私の一票でそんな変わる？」

「変わるでしょ！　どうして那由他は一票の重みが分からないの⁉　それで私達が結婚出来るようになったかもしれないのに！」

「ならないって。こんなことで変わるくらいなら、もっと早くに同性婚が認められてるよ。変わらないって、こんなんじゃ」

「それじゃあ嫌だから、変えようとしてるのに……」

「もっと根本的に終わってるんだよ、この国は。どれだけ同性婚を支持してるとこに投票したって、結局何かしらの得が無い限りやらない。向こう二十年は絶対実現しないって自信持って言えるからね。ここで投票に行かなかった私を責めて、その二十年が早まるかな」

「そういうことを言いたいわけでもなくて……」

それきり、恵恋は何も言わなくなってしまい、私はやっと正気に戻った。震える恵恋を抱きしめ、背を撫でる。

「ごめん、なんか……言い過ぎた。別に恵恋と喧嘩したいわけじゃないのにね。ていうか、女同士で結婚させないクソ政府の所為で私らが喧嘩するの、二重にムカつく」

「うん……ムカつくね」

そう言って、恵恋は力の無い笑顔を向けた。

……どうしてそんなに深刻になれるんだ？

　同性婚はよっぽどのことが無い限り、向こう二十年は成立しないだろうと思う。逆に言えば、いくらこの国がジェンダー後進国だからといって、このままいけば同性婚はオッケーってことになるんじゃないかと思う。私達がどうという話じゃないのだ。流れ次第って感じ。

　まさか恵恋は……自分が世界を変えられるとでも思っているのか？　自分が頑張れば同性婚が成立して、私達が結婚して幸せになれると？　それはちょっと……それは凄く……何だろう？

　でも、私達が喧嘩をする元の原因を作ったのはやはりこのアホで融通の利かない国の制度であって、恵恋に違和感を覚えるのは何だか違うのかもしれない。

　そう自分に言い聞かせて、私は更に目を逸らした。次の選挙には絶対に行く、同性婚の成立に向けて出来ることをする、と指切りげんまんして、絡み合いながら寝た。けど、恵恋はそれでは終わらなかった。

「ごめん！　どうしても……その日、仕事行かなくちゃならなくて」
「あ、うん。別にいーよ。一人でも行こうと思ってたし」
「那由他とデート行きたかったんだけど……」
「まあ、同棲してるのに定期的にデートまで行くんだから、私達はかなり花丸だったでしょ。たまにポシャってむしろバランス取れるくらい」

私は指で丸を作ってから、恵恋の額にキスをした。こういう雑な愛情表現が好きだ。恵恋が「洋画みたい」と言って笑ってくれるようなのが。こういうざっくりとした愛情を恵恋に渡して、それで何となく回る世界だったらいいのになあ、と思ってしまう。『呪詛』が個人的な当たりだったので、私の中にアジアンホラーブームが来た。丁度、話題の韓国ホラーの新作が封切られるということで、この週末は恵恋を誘って観に行く予定だったのだが——フラれた。

まあ、予定が狂うことなんていくらでもあるし、社会人なのだから仕方が無い。なのに、こういう時の恵恋は逮捕でもされたのかっていうくらい申し訳無さそうだ。別にいいのに。

それに——……敢えて言ったりしないけど、先週にあった例のガーデンパーティーに、私は行ってあげなかった。珍しく髪の毛を綺麗に纏めて、ちょっと洒落た紫色のドレスに身を包んだ恵恋を、私は見送ることしかしなかった。

「いってきます」

そう言う恵恋の笑顔は可愛かった。でも、行かなかった。

恵恋は世界を変えたいと思った。自分で出来ることを、一票以上のことを、やろうとしていた。

時に、同性婚の成立の為に、同性婚を成立させたいみんなが何をやってるか、全部言えるだろうか？　私はゴリゴリのレズビアンだけど、別に言えない。だから、ここから先は全部、恵恋から知ったざっくりとした知識だ。

まず、恵恋はデモに行った。虹色のものを身につけて道路を歩き、『全ての人に結婚の自由を』とか『私達の愛を認めてください』とか書いてあるプラカードを持ちながら「日本に同性婚を！」って唱和したりするやつ。

「もし那由他が嫌じゃなかったら、一緒に参加してほしい。海外に比べて、この国はデモが少なすぎる。だから、私達の声は届かないいんだよ」

「あー……うん。遠慮しとくわ」

「…………なら、一人で行く」

恵恋も無理強いはしなかった。恵恋はスローガンの書かれたTシャツを着て、デモに向かった。

実際、恵恋がデモでどんなことをしてるのかはよく知らない。私の中のデモのイメージは祭りの御神輿みたいなもんで、いい頃合いまで街中を練り歩くんだろうなーっていう感じ。

恵恋の活動の実態は、写真でしか知らない。『#結婚の自由をすべての人に』ってタグで上げられていた写真の中で、恵恋は拳を掲げていた。着けていた襷には赤いハートがちりばめられている。

デモの反響はそこそこで、リプライ欄には応援のコメントが沢山ついていた。海外のニュースや、過去に同性愛者に差別的な発言をしていた政治家の画像なんかもくっついている。

　恵恋の帰りを待ちながら、私はボーッとそれを眺めていた。びっくりするくらい何の感情も湧かなかった。本当に、隣町の知らない祭りでも眺めているような気分だった。

　一応私だってアカウントは持っているんだから、拡散するなりコメントするなりした方がいいんじゃないかと思ったけれど、結局しなかった。理屈の上では、絶対に拡散した方がいいんだろうに。

　なんか嫌だった。

　確かに、こういう活動をしている人がいるから、同性愛者の権利？　のようなものは拡張されるんだろうし、もしかしたら早く同性婚が出来るようになるのかもしれない。けど、その活動の所為で、私の日曜日に恵恋がいないのだ。

　恵恋が帰ってきたのは午後七時くらいだった。特別遅い時間でもない。でも、凄く長い間離れていたみたいに感じて、私は恵恋にべったりとくっついていた。

「ちょっと、どうしたの那由他」

「……別に。なんか、今日寂しかった……かも」

「だったら那由他もくればよかったのに。デモっていっても、来てる人はみんないい人だし、こう言ったらなんだけど、楽しかったよ」

「それはよかった」

私はコーヒーを淹れながら言った。棒読みになっていないかだけが心配だった。

デモで恵恋が楽しんできた、という話も、あんまり聞きたくなかった。これは国を変える為に必要な活動だからっていうのは分かってるし、それが楽しいなら言うことはない、はずなのに。

恵恋はそんな私には気づかず、おずおずと言う。

「そうだ、那由他もSNSでシェアしてくれないかな。こういうのは、まず存在を知ってもらわないと」

途端に胃の奥が重くなった。シェアして拡散することの意味は分かるし、そのくらいはやってあげるべきだと思うんだけど、何故か気が進まない。私の反応を察知した恵恋が、瞬時に「嫌なら全然良いんだけど」と言う。

「別に嫌ってわけじゃないよ。やっとく」

「本当に?」

「本当だよ」

そう言って、私は恵恋にキスをした。恵恋は少し驚いた様子だったけど、ゆっくりと目を閉じてそれを受ける。

恵恋の口の中は、少し塩辛い気がした。熱中症予防で舐めていた塩飴の所為だろう。舌を甘く噛んでから、上顎を舐める。こうすると、恵恋の吐息がとろりと甘くなる。

あー、好きだな。参ったわ。と、私は思う。付き合っていけるか心配だった。本当に大丈夫か？　って何度も思った。恵恋はすっかり夢から醒めて、恵恋の思っているほど私は出来た人間じゃないって気づかれる日が来るって備えていた。

　それは全部、そうなって欲しくないという気持ちの裏返しで、それはつまり、私は恵恋に嫌われたくないのだ。恵恋と気が合わないと思っているのに。自分を変えたくもないのに。だとしたら地獄だぞ、と私は思う。絶ッ対地獄。ここは、怖い道だ。恐ろしい。絶対に、やめた方がいい。

　案の定、私はデモの件をシェアすることなく、恵恋にあっさりとバレて怒られる。

「シェアくらいしてくれてもいいじゃん！　別にデモに参加しろって言ってるわけじゃないんだよ？　那由他のアカウントって、別にレズビアンであることを隠したアカウントじゃないよね？」

　隠したアカウントじゃないどころか、あれは専らビアンバーで繋がった人間ばかりがいるアカウントだ。でも、シェアはしなかった。

「だって、あれって今まで私がバーとかで会った子とかマスターとか、そういう古株の人間ばっかのアカウントだし。ていうか、そういう人達にデモの存在を知らしめても仕方なくない？　もう分かってるって」

「でも、那由他がシェアしたことによって、参加してみようって思う人は出てくると思うんだよ。分かるでしょ？」

「あと、そういう面子に政治的な話見せたくないんだよ。私そういう柄じゃないし。彼女出来て急に同性婚デモの話出すのって、なんか……なんかじゃない？」

「どういうこと？　全然分かんないよ。那由他は何を気にしてるの？」

「あるいは何を気にしてないの？　って感じ。はは、ここ平行線だからなあ……」

私は政治的なことは尚更パートナーに強要するべきじゃないとか、そうして強要する中で私の持っていた信条とかがひっそり捻じ曲げられているとは考えないの？　と言うことで、恵恋を黙らせる。恵恋は優しく素直なので、私の心の中に複雑さを見出して「そうだよね……ごめん、私が考え無しだった」と謝罪する。

でも、私の心の中には特に高尚なものは無く、単に「政治的なツイートとかフォロワーに見せたくないんだわ」という、薄らぼんやりとした感情だけがある。

恵恋はその後も、活動の幅を広げていった。恵恋はデモだけじゃなく、LGBTQの集まる会にも積極的に参加するようになった。形態はパレードだったり、フェスだったり、先週のガーデンパーティーみたいなのもある。

別に好きなようにしたらいいと思うけど、わざわざそういうLGBTQって看板を掲げるのは何故なのか、と恵恋に尋ねてみたことがある。曰く「こうして私達がいることを知ってもらいたいから」「こういうイベントがあることで、初めて同じような人間がいるってことを知る人もいるんだよ」だそうだ。

「今度LGBTQ映画祭があるんだよ。これなら那由他も楽しめるんじゃないかな？　何かをしろっていうわけじゃないし、映画好きでしょ、那由他。ここでしか観られない映画もあるし」

恵恋は珍しく息せき切ってまくしたてた。映画好きの私を取り込めるとしたらここしか無いと踏んだからだろう。でも、私は別にＬＧＢＴＱ映画だけを好んで観たいわけじゃないし、そもそも好みはパニックホラーだ。ＬＧＢＴＱ映画ってされてるものって、私の好みのグロホラーが無いんだよな……。

「いや、いいよ……。むしろ、楽しむだけの会なら、それこそ行きたくないし……」

「どうして？」

「映画なら映画館行けばいいし、そういう映画観たいわけじゃないから。ていうか、楽しむだけでいい映画祭なら、なおのこと行かなくてもいいよね。楽しめる人が行けばいいだけであって」

「でも、映画祭に沢山の人が来たって実績があれば、それだけＬＧＢＴＱの問題に関心を持つ人が増えると思うよ」

「あ、出た。その時点で楽しむ為だけの映画じゃなくなるよね。そもそも、行くこと自体が政治的な意味を持ってるってことじゃん。そういうのを無視して『映画好きでしょ』で連れて行こうとするの、なんか嫌なんだけど」

「なんでそうやって意地悪言うの？」

「そうだねえ、私が意地悪な人間で底意地が悪くて、そういう映画が好きじゃないから」

「那由他には当事者である自覚が足りないよ」

「そんなもの、要る？」

というか、当事者である自覚って何? と、私は反射的に苛立つ。結局、恵恋みたいなことをしている方が偉いって話? と中身が無くて短絡的な反論をしたくなる。でも、恵恋も別にそういうのを言い合いたくてこんなことをしているわけじゃなくて、当然恵恋は間違ってない……でも果たして私は間違ってるのか？　そういうイベントに当事者が出るべきって義務がある……という主張は明らかに間違っている……でも恵恋は間違ってない？　分からなくなってくる。

そうこうしている内に、私の大好きな恵恋が、私の全然共感出来ない言葉で締めようとする。

「那由他、世界を変えようよ。私達ならきっと出来るよ」

この時、私は恋人が宇宙人になっちゃったな、と思った。恵恋は止まらないし、直らない。そもそも、直すようなことじゃない。他のレズビアンやゲイやその他諸々の為に活動に参加するのって、良いことだし。恵恋は本気で世界を変えたいのだ。

それが全部、私と結婚したいっていう可愛い夢を根っこに生えてるんだと思うと、もう何にも言えない。てか、私が何を言えば？　漫画とかで、実はラスボスが主人公だった！　みたいなのとかあるけど、そういう風に私も討伐されて、恵恋が解放されることって、あんのかなあ……。

そうして四年もの間、恵恋はこれを続け、私はそれを無視し、度々言い合いになりながらも、私達は付き合い続けている。同棲もした。喧嘩の原因は大体こういうイベントや活動絡みで、それ以外は無い。

え、じゃあ恵恋が同性婚の成立に向けて頑張らなかったら、私達は円満でいられたってこと？　そう考えると、私は何だかパラドックスに放り込まれたような気分になる。あるいは私がそうした活動に関心を持ち、恵恋と共により良い未来の為に頑張るべきだったのだろうか。そうしたら、やっぱり喧嘩の原因を取り除けた？

この間、選挙は何回かあった。私は全部行かなかった。面倒だったから。お腹が痛かったから。楽しみにしてた海外ドラマのシーズン3が配信されたから。選挙に絶対行きたくない。家のソファーで食べて寝て映画観たい。

恵恋の好きなところは沢山ある。まず、ゴミの分別がめちゃくちゃ細かいところ。家の中でスリッパを履く習慣があるところ。朝に強くてきっちりと起きるところ。地図を読むのが得意で、初めてのところでも迷わないところ。なんかやたらストイックで、ちゃんとヨガ教室に通えるところ。

最初は断然見た目だったのに、中身に美点を見出し始めたらもうおしまいだ。それはつまり、全部が好きってことだ。恵恋はどうにかして私を喜ばせようとして、ベッドの中でも色々と懸命な方である。

あと、何でもちゃんと言葉にする。

珍しく私がご飯を作った時なんかの恵恋は凄い。とにかく褒めてくれるし、美味しいって言ってくれるし、私の作った料理のどこが好きなのかを細かく教えてくれる。

「そんな細かく褒めてくれなくていいよ。私はいつも『美味しい』でまとめるんだし」

「那由他の『美味しい』はそれだけで嬉しいけど、私はちゃんと伝えられてない気がするからさ。ちゃんと細かく言わないとって」

そうして恵恋は、料理の写真を撮って、鍵付きのSNSに日記代わりに感想をのっけたりもする。鬼のような几帳面さだ。私には全然無いもの。近所のコンビニに行くのでさえ、恵恋はちゃんと服を着替える。私には考えられない。

そういう違いを愛せてしまう度、私は恵恋との結婚を想像する。今度のヴィジョンはちゃんとある。されど、国の制度的に実現しない未来。幸せだろうなと思うと同時に、その未来は鼻先に突きつけられたニンジンのようでもあるな、とも思う。恵恋と結婚したいなら、貴方はもっと悔い改めなければならないのです。みたいな。

幸せのことを考える度に、私は私の怠慢について反省させられる羽目になる。世の中の——結婚や幸せやパートナーのことを真面目に考えているレズビアンやゲイは、もっとちゃんと努力しているのかもしれない、と考えさせられることになる。

私は私の怠慢の為に、恵恋を失うかもしれないのだ、と思わされるのだ。なら、活動すりゃいいじゃんというのも多分真理で、私の恵恋への愛情はその程度なのだろうか？　と、いう自問も始まる。せめて選挙にくらい行けばいいじゃん。その時点で、三津橋恵恋への想いなんて吹けば飛ぶようなものなんですよ、とジャッジされている気分。

じゃあ、世の中の他のカップルもそんな風に愛情をジャッジされながら生きているのかっていうと、そうじゃないからズルいよなー。

そんなことを考えていたからだろうか。新作アジアンホラーを一人で観に来た私は、よりによって恵恋と鉢合わせることになった。

やっぱり、事前に言っていたプランを変更したりしちゃいけないのだ。サプライズは大抵悲劇を生む。新宿で観るはずだった映画を六本木で観ようとしちゃ駄目なのだ。そういうことをすると、足を掬われる羽目になる。でも、映画のついでに森美術館に行きたかった。そのくらいの気まぐれは許してもらえる範疇じゃないか？

六本木に降り立った瞬間、遠巻きに虹色が見えて、私はハッとした。レインボーフラッグ。ＬＧＢＴＱの尊厳と、社会運動のシンボル。

仕事だって言ってたんだから、探さなきゃよかった。だって、恵恋はそこにいないはずなんだから。私と映画を観に行くのを諦めてまで、泣く泣く仕事に行ったんだから。

でも、ずぅっと恵恋一筋で過ごしてきた私には、パレードの中にいる恵恋を見つけてしまう。恵恋は私を見た瞬間、顔を青くした。

「那由他……？　どうしてここに……？」

恵恋の声は可哀想なくらい震えていた。おーう、偶然だね恵恋ちゃん。ちょっと美術館行きたくてさ！　でも六本木と新宿って遠いようで近いからね！　そもそも油断出来ない距離だったと思うよ！

「三津橋さんの知り合い？」

隣にいた背の高い女の子が、恵恋の様子がおかしいのに気づかず、暢気に尋ねてきた。少し歩調を緩めつつも、みんな止まらない。恵恋も、その子も、ついでに私も。パレードは続く。私は笑顔で言った。

「どうも、彼女のパートナーの松本那由他でーす。こんな感じだけど、一応塾講師って割とちゃんとした仕事してます。ほんと、その分全然恵恋とこういう場に顔出せなくて申し訳ないんですけど」

「あ、那由他さん⁉　三津橋さんからよく話聞いてる！　うわー、会えてよかった！　嬉しい！」

「こっちも嬉しいです。私のこと話されるの、ちょっと恥ずかしいですけどね」

恵恋は口をパクパクさせながら、交互にその子と私を見ていた。やがて、女の子は気を回したようにパレードの前方へと向かった。大勢の中で、私達は二人きりになる。

「ありがとう那由他、合わせてくれて」

恵恋がぽつりと呟く。

「別にお礼言われることなんかないよ。だってほら、私はマウント取っただけだから。あの人が恵恋に馴れ馴れしかったから、牽制してやっただけ。浮気疑われただけだよ、恵恋」

「…………どうしてそんなこと言うの？」

「で、楽しー？」

私は笑顔で尋ねる。恵恋が一番傷つくような表情で言ってやる。

「嘘吐いてまでこっち選んだんだもんね」

「それは……本当に……悪いと思ってる。でもね、違うの。……違うくて……」

「私と約束した後にパレードに誘われて、困ったんだよね。でもまあ、私と恵恋は一緒に暮らしてるしね。映画の一回くらい別に反故にしたっていいか」

「もう、責められても仕方ないと思う。私が悪いよ」

「はは、思ったんだけど、恋愛対象が女なんだから、女と会いまくってんの普通にアウトじゃない……？　彼氏がいる女は、男がいっぱいいる会とか行かないでしょ、普通……」

「だってそれとこれとは全然違うし……！」

「なんでここが非対称になるのか分かんないんだよ。というか同性婚成立を目指して、なんで私が蔑ろにされるんだろーね」

「蔑ろにしてない！　私は……私はずっと那由他のことを考えてるのに！　私、那由他と結婚して——ずっと一緒にいたくて——」

「それで別れることになるのって皮肉だよねえ」

「どうしてそんなこと言うの⁉　だ、大体……那由他は何も考えてない！　行けよ！　選挙！　選挙くらい行けよ！　大人だろ！」

　恵恋の正論パンチは割と効く。いや、本当に選挙は行った方がいい。中学生に公民権運動について教えてるんだから、せめて投票くらい行くべきなのだ。でも、虹色の旗に囲まれて、周りがなんかハッピーエンドの雰囲気を醸していて、とはいえ現実は全然変わらない。早く同性婚出来るようになってくれよ！　そうしたら私はもう恵恋と揉めずに済むんだよ！

「ていうかさあ……私が欲しいのって、もうあれかも、結婚出来る権利とかじゃなくて、雑に生きてもいい権利なのかも。そこに不平等を感じるんだよ。感じるんだけどさ。雑に生きたいんだよ」

「は？　何……」

「選挙とか政治デモとか行かなくてさ、なんか同性愛イベントとかも無しでさ、ソファーで一緒にダラダラして、映画観てピザ取ってエッチして、本ッ当〜に何も考えないで生きたい。恵恋可愛くて毎日一緒にいてネトフリあって幸せじゃ〜んって言いたいんだよ」

「待って待って、マジで言ってるの……？」

恵恋が引いている気配がする。絶対に恵恋には言っちゃいけないことを言っている。およそこのパレードに参加している人達にも聞かせたくない言葉が出てきてしまう。でも、内臓がずるずると引っ張られて外に出てくみたいに、止まらない。

「だって、私らが普通に男と女だったら、政治的に頑張らなくていいわけじゃん。結婚とかよりむしろズル……ズルくない⁉　頭空っぽに、難しいことに関心無くてもラブラブで生きていける奴らマジで……」

ズルい。それが私の根源的な気持ちだ。ズルい。ズルすぎる。選挙行く行かないで、こんな揉めなくていいあいつらがズルい。こんなパレードをしなくても普通に結婚出来る奴らはズルい。とはいえ、当事者じゃなくても、このパレードに参加出来るのもズルい。それが正しいし、多分世の中をよくすることに繋がってるからズルい。怠惰な自分が赦(ゆる)されないのに、そっちは問題にもならないのがズルい。努力しなくていいのがズルい。そのまんまラブラブでいられるのがズルい。私と恵恋が普通に幸せでいられないのがズルい。最高に楽しくて面白い映画だけを観て、雑に感想ブログが出来るのがズルい。とにかくズルい。なんでこんなにズルいんだ？

「松本先生に教えてもらえたら安心です。若いのに、松本先生ほどしっかりされている先生はいらっしゃらないですから。それに――」

それで、なんで私はこんな言葉を思い出してるんだ？

この言葉は先週保護者に言われた言葉で、まだ頭の中で湯気を立てている。保護者の顔は微妙な慈愛に満ちていて、それが柔らかく私のことを締め上げる。

「それに、松本先生は同性のパートナーがいらっしゃるんですよね？　私、そういう記事にはいくつも目を通していて。素晴らしいことだと思います。愛は自由ですからね。私、応援します。それで……変な話ですけど、そういう松本先生だからこそ、更に信頼が置けるというか……松本先生は勉強以外のことも、弘太郎に教えられるんじゃないかって」

　勉強以外のことを教えようとは思わないってーの。

「もういい」

　私の気持ちは、恵恋の冷たい声で引き戻される。

「もういいよ、那由他」

　もういいって何が？　と言うよりも早く、恵恋はパレードの前方へと駆けていってしまった。パレードの歩みは止まらないので、私が止まると、恵恋との距離はどんどん離れていく。やらかした、という意識はあるのに、足が動かない。

　これでおしまいだ。私が適切な努力を重ねなかったお陰で、私は恵恋を失ってしまった。ジエンド。フォーエバー。

　全てを失いズタズタになって、そのうえ映画も観ず、美術館にも行かずに帰った。これじゃあ色々と損である。映画を観たいと思わなければ、美術館に行きたいと思わなければ、私と恵恋は別れずに済んだのに……。

いや、まだ仲直り出来る可能性があるかな？　と期待したのだけれど、恵恋はパレードから帰ってこなかった。もしかしたら、恵恋がちゃんと家に帰ってきて仲直りが出来るんじゃないかと思ったけど、そんなことはなかった。

このまま恵恋はフラッといなくなってしまうのかもしれない。いや、恵恋はちゃんとしてるから、荷物くらいは引き取りにくるだろうか。何にせよ、恵恋を繋ぎ留めるものは何もない。手立てが無い。

結婚……。

結婚しておけば恵恋がフラッといなくなることはなかったのか、と思うと、あーもうデモとか参加して女同士で結婚出来るようにしておけば良かったなって、ほんの少し、絶望には到底届かないくらい少し、後悔した。

けれど、時間が巻き戻ったところで私は絶対に恵恋の隣には立たないだろう。プラカードも持たない、シュプレヒコールの一部にならない。恵恋を失望させ続け、怠惰にもこの世の中を変えようと考えない愚か者のままで居続ける。

私がおかしいのかな？　でも、いるはずなんだ。カップルの片方がちゃらんぽらんで何も考えてなくて、適当に生きてるようなやつ。なんで、女が好きってだけで、割と真面目に生きなくちゃいけないんだろう。

私はソファーで映画を観る。恵恋が観たがっていた『Swallow／スワロウ』だ。始まって五分くらいで泣いた。でも、それは映画の内容がどうという話じゃなく、単に恵恋を思い出して泣いた。

私がどうしようもないから、ちゃんとしている恵恋と一緒にいられなかったのだ。でも、元から恵恋は私とは合わなかった。これで正しいのだ。

着替えもせず、ご飯も食べず、酒だけ入れてソファーに横になった。結局映画はまともに観ていない。


「那由他、起きて。ていうか、昨日そのまま寝たの？　大丈夫？」

目を醒ますと、そこに恵恋がいた。恵恋はひっくり返った視界の中で、不安そうに眉を寄せている。

「……あれ、恵恋……？　なんでいるの？」

「いるよ。……っていうか、スマホ見てないでしょ。既読ついてないなーとは思ってたけど」

言われるがままスマホを見ると、恵恋からのメッセージが何件も来ていた。曰く、電車が大幅な遅延で止まって、どうにもならなそうだから今日は泊まる、だそうだ。

「あー……そう、そうなんだ」

「どんだけ飲んだの。……いや、でもごめん。こんなに飲んだのは私の所為だよね……」

「恵恋」

私はソファーに寝転んだまま、恵恋のことを引き寄せる。恵恋は大した抵抗も無く、私のところに倒れ込んでくれる。共同作業は茶番に等しい。でも、やめられない。

ごめんとは言いたくないし、私は絶対に変わらない。また同じことは繰り返されるし、同じことで揉める。恵恋は私に失望し、いつかは本当に帰ってこなくなる。あの塾を辞めようかと真剣に考える。私は何も教えたくない。何の見本にもなりたくない。

でも、こうしてただ恵恋を抱きしめて、何も言わないでいるだけで、全部が上手くいって逃げ切れたらいいな、と思ってしまう。それこそ私の求めるものだ。難しいことは考えたくない。こうして困難を雰囲気に流して幸せを継続できる、雑な恋人同士に私はなりたい。

Yuri Collection wiz

あの日、私たちはバスに乗った

小野繙

Ono Himotoku

小野繙

おの・ひもとく

1996年、和歌山県生まれ。二次創作を中心に執筆を始める。2022年、第4回百合文芸小説コンテストにて、「あの日、私たちはバスに乗った」（ねぎしそ名義）が河出書房新社賞を受賞。奇想小説ふうのトンチキさと青春小説の爽やかさを同居させて百合小説に昇華する、という離れ業をやってのけた本作で、商業デビューを飾る。

私を人間にしてくれた百合作品

公野櫻子『ラブライブ！School idol diary ～秋の学園祭♪～』

街と人との結びつきを高校生の視点から切り取った「幼なじみ百合」小説の傑作。日誌形式と唯一無二の文体が、キャラクターに驚異的な奥行きを与えている。

樋口橘『学園アリス』

元気な女の子が、自ら遠ざかるクールな幼なじみを追い求め続ける話。アニメ版も傑作だが、性愛に括られない強烈な「幼なじみ百合」に満ちた原作漫画は必見。

ユアは子どもを産んだ。十歳の頃だった。

「ウァーッ！　産まれる産まれるッ！」

寝転がったユアは右肘を軸に回転する。ヒッ、ヒッと小刻みに息を吐き続けながら、たまに思い出したように絶叫するのだ。

「あああっ！　産まれるぅう！」

どれだけ叫んでも助けは来ない。家には誰もいないから。

ユアの両親は働きに出ている。

火曜日の午後一時十三分、ユアの通う学校の教室では国語の授業が行われていた。クラスの子どもたちは声を合わせて『ごんぎつね』を読んでいる。マリコ先生は教科書を片手に、教室をゆっくりと巡回する。マリコ先生の視界はユアの居ない座席を捉えたが、見なかったことにした。いつものことだった。マリコ先生は子どもたちの声を聞きながら、ユアのプリントを松浦（まつうら）さんに持って行ってもらおうと考えている。松浦さんは割り当てられた仕事をきちんとこなす委員長だ。最近の子どもはよく大人に楯突（たてつ）く傾向があるのだけれど、松浦さんはそんな素振りを見せずにいつもヘコヘコしているので、マリコ先生からとても気に入られている。松浦さんの国語の通知簿はぜんぶ「よくできる」だった。国語に限らず算数も図工も社会も理科も家庭も音楽もすべて「よくできる」に○が付いているのだけれど、体育の真ん中の項目だけは「もうすこし」に○が付いているので、松浦さんのママは大変怒っている。不甲斐ない松浦さんと空気の読めないマリコ先生の両方にだ。そのことを松浦さんは知っているが、マリコ先生は知らない。さらに言うと、実は松浦さんはいま口パクで『ごんぎつね』をやり過ごしているのだけれど、マリコ先生はそのことも知らない。もっと言うならば、いまユアが部屋に閉じこもって出産しようとしていることもマリコ先生は知らないのだ。世界はマリコ先生の知らないことで溢れているのだが、そのことをマリコ先生は知らないので、今日も国語の授業を取り仕切るマリコ先生の声には自信がみなぎっている。

「それじゃあ、次からはひとりずつ読んでもらいます。まずは、そうね——」

マリコ先生は微笑んだ。「松浦さん」

「はっぴいぱひゅうむ！」

ユアは叫んだ。ニチアサの魔法少女の決め台詞(ぜりふ)だ。アニメでは回復魔法として重宝されているとはいえ、現実でも同様の効果効能を持つわけではない。ユアは痛そうに顔を歪(ゆが)め、額(ひたい)に無数の脂汗を浮かせながら白目を剝(む)いていた。「はっぴいぱひゅうむ！」

香りをテーマに組まれたそのアニメ番組は、小さい女の子と大きい男の子から熱烈な支持を集めている。優秀なプロデューサーによって仕組まれた販促活動は実を結び、ユアの部屋には良い香りがする消しゴムやヘアゴム、グミの空き袋や香水といった様々なアイテムが詰め込まれ、それらは床や引き出しの奥やベッドの上や窓際など至る所に潜ひそんでは、ユアの部屋をなんだかよく分からない匂いに染め上げている。

そのごちゃ混ぜの匂いが、もっとユアを興奮させる。

「ううぅまぁれぇ、るぅううう！」

脚をバタつかせてじたばたと回転する。ユアは白目を剝いている。回転するたび、ユアのまぶたはヒクヒク震えた。ユアのお腹は大きい。同世代の誰よりも大きいのだ。松浦さんがユアの胴回りについて知ることになるのは、一時間後の集団下校からひとり離れてユアの家に行き、チャイムを鳴らしてから二十四分後のことだった。

松浦さんは三十秒間、玄関の前で待ち続けた。返事がないためもう一度チャイムを鳴らす。それにも返事がないものだから、松浦さんは痺しびれを切らしてユアの家のドアに手を掛ける。鍵は開いていた。松浦さんは「おじゃまします」と躊躇ちゅうちょなく入り、玄関でお行儀良く靴を脱ぐ。

どんどんどん、んぎゃー。

そこで松浦さんは初めて、二階で何かが暴れていることに気付く。初めは怒り狂った猫が暴れているのかと思ったが、猫がこれほどの振動を起こすのは無理があるし、そもそもユアの家では猫を飼っていなかった。松浦さんは混乱しつつも考える。暴れているのはおそらくユアだ。この時間、ユアの両親は仕事でいないはずだし、ユアは家の中を駆け回り、いないはずのお姉ちゃんを探す一人っ子だった。いま、この家にはユア以外の人間はいないはずなのだ。

ならば、あの叫び声は何？

ユアと同じく、松浦さんは十歳だ。確かに、中学校の教育課程にまで及ぶ先取り学習とピアノのお稽古（けいこ）、松浦ママによる毎晩の岩波文庫の読み聞かせによって、松浦さんの思考は同年代の子どもよりちょっぴり複雑化しているのかもしれない。とはいえ、仮に松浦さんでなくても、同様の状況下に置かれた子どもは似たような結論にたどり着くはずだ。

つまり、ユアの家族以外の「誰か」が二階にいる可能性である。

松浦さんはハッとする。思い当たる節（ふし）があるのだ。その「誰か」とは、もしかすると連続殺人犯ではないだろうか？　ここ数日、極めて悪質な連続殺人事件が近隣住民を恐怖に陥（おとしい）れているということは全然ないのだけれど、後に連続していく凄惨な殺人事件の記念すべき第一回がここ、ユアの家で行われても何らおかしくはない。松浦さんはすっかりその気になり、二階の叫び声を警戒しながら一階を探索する。こうしている間にもユアの身に危険が迫っているのかもしれないが、ユアのもとに行くためにも、まず一階の安全性を確保する必要があった。なぜなら、二階に上がる途中でもう一人の犯人が一階から出現した場合、松浦さんは階段で挟み撃ちにされるからだ。松浦さんにとって石橋とは、渡るものではなく叩くものだった。

　松浦さんはたっぷりと時間をかけて、脅威に満ちた一階を捜索した。水が流れ続けているお風呂で死んでいるユアパパとか、リビングの机の下に潜んでいる目が血走った犯人の仲間とか、白い壁に大きく描かれた赤黒い謎のメッセージとか、冷蔵庫のなかに入っているユアママの切断された両腕とか、四角いパックに詰められた新鮮な臓器とか、そういういかにもな痕跡を探し回ったのだけれど、お風呂には誰もいなかったし、リビングの机の下の掃除は行き届いていたし、壁にはユアの家族写真やユアがこれまでに算盤の大会で獲得した賞状がいくつも飾られていたし、冷蔵庫のなかには「ユアと松浦さんへ」というメモの上に置かれた青い深皿が入っていた。松浦さんはお皿を手に取る。キンキンに冷えている。恐らくこのメモはユアママが書いたもので、お皿の上にはケーキやらフルーツやらが載せられていたと思うのだけれど、これまで松浦さんが委員長として冷蔵庫を開け続けてきた数ヶ月間（松浦さんは他人の家の冷蔵庫を勝手に開けることを趣味にしていた）、冷えたお皿に何かが載っていたことは一度もなかった。最もありそうなのが、メモを無視したユアが松浦さんの分までおやつを平らげている可能性である。その場合、食べかすがひとつも付いていないこのお皿は非常に不可解ではあるが、おやつを平らげてからお皿を洗い、タオルで水を拭いて食器棚ではなく冷蔵庫に戻せば実現することは可能なわけで、そのような奇行に何の意味があるのかはともかく、いかにもユアがしそうなことではあった。松浦さんとしては「あの」ユアのママなのだし、ただ単に冷えているお皿を二人に差し入れている可能性もあるのではないかと睨んでいるが、真相は分からない。結局、今日も松浦さんは背中から黒のランドセルを降ろし、黒のランドセルから無地の筆箱を取り出し、無地の筆箱から緑色の鉛筆を取り出してから、ユアママのメモの余白に「ありがとうございました　松浦」と書いて冷えたお皿の下に戻しておく。

そうこうしているうちに二十分が経ち、相変わらず天井からは引っ越しをしているような騒がしさとユアの叫び声が絶え間なく聞こえ続けていたのだが、ユアの叫びは断末魔としてはあまりにしぶとすぎたし、時折「うまれる」とか「はっぴいぱひゅうむ」とか訳の分からない単語が聞こえていたし、もし仮に冷酷な殺人鬼が本当に居たのだとしても、十歳の女の子を殺すのに二十分間も手間取るような人間は危険視するに及ばなかったので、物語を期待して輝いていた松浦さんの瞳は徐々に曇っていき、探索する気力も緩やかに萎んでいくのであった。おそらく、ユアはひとりで暴れているのだろう。暴れる場所を教室から自室に移しただけで、その事実に何ら目新しいことはないし、もうこのまま帰ろうかなとも思ったのだけれど、ユアがしきりに繰り返していた「うまれる」という言葉だけはやけに気になったので、渋々階段を上ることにした。一段上がるごとに、ユアの絶叫が大きくなるたびに、なんだかユアへの敗北に近づいているような気がする。複雑な気分でユアの部屋の扉を開けると、むわっとした強い芳香に包まれ、松浦さんは思わず咳き込んでしまう。

家のチャイムを鳴らしてから、二十四分後のことだった。

「ううぅまあれえ、るううう！」

部屋の中心で、ユアは泣いていた。

白いワンピースに隠されたユアのお腹は、同世代の誰よりも大きかった。松浦さんは言葉を失う。松浦さんよりもずっと小柄で細身だったはずのユアは、熊本県産のスイカよりも膨れたお腹を抱えながら、脚をバタバタさせているのだ。

「え、いや――は？」

「ひっひっふー、ひっひっふー」

「……なに、それ⁉」

「出産だけどッ！」ユアは叫ぶ。

「さっきから、ずっと産まれそうなんだけどッ！」

「ちょ、ちょっと待って」

「待てないっ！」

ユアは泣き叫ぶ。「私が待ちたくても、子どもは待ってくれない！」

松浦さんは絶句する。


これまでも、ユアが訳の分からぬ奇行を繰り返してきたのは事実だ。

小学四年生の春に、二人はクラスメイトになった。それが運の尽きだった。松浦ママに言われた通り、クラス委員長に立候補した松浦さんは、それ以降ありとあらゆるユアの奇行を処理する定めとなったのだから。ユアはその小さな体軀のどこにエネルギーを秘めているのか、白い腕をめいっぱい伸ばし、笑顔で卒倒するような子どもだった。家で教科書の出汁を取って捨てたり、ひとりだけ時間割を一コマずらし続けたり、リサイクルするからとペットボトルの回収を呼びかけておいて、みんなが家から持ってきた計六十三本をぜんぶゴミに出してしまう。ゴミ回収車が親しみやすいメロディーを鳴らしながらみんなのペットボトルを嚙み砕くのを、クラス一同、呆然と眺めていた。

ユアはそういう女の子なのだ。岩波文庫の読み聞かせ程度の英才教育で、歯が立つような相手ではなかった。松浦さんはいつも泣きそうになっていたが、松浦ママに言われて毎朝復唱していた「委員長心得」を蔑ろにするわけにはいかなかったので、仕方なくユアのフォローに入らざるを得なかった。


委員長心得その一、委員長として、クラスで一番の成績を取ること。

委員長心得その二、委員長として、みんなに手を差し伸べ、仲間外れを作らないこと。

委員長心得その三、その一とその二において、失敗は許されない。


松浦さんが石橋を叩き続けるのは、幼少期から叩き込まれた委員長心得その三に依るところが大きいが、ユアによって振り回されるなかでその傾向は益々強くなっていると言って良いだろう。クラスのみんなが利口にユアを避けるなか、委員長だけがユアの背中を追いかけていた。訳の分からぬ奇行をただの奇行で終わらせないために。せめてその行為にボケという意味を付与するために。ユアという女の子が、みんなから浮かないように。


「ヴァー！　産まれるゥーッ！」

しかし、松浦さんにも限界はある。この場に相応しい言動を松浦さんは知らなかった。十歳の女の子がたまに白目を剝きながら、必死に何かを産もうとしているのだ。ユアは泣いている。何かを産もうと力んでいる。松浦さんの手は、自然とランドセル横の防犯ブザーに伸びていた。

ビリリリリリリリリリ!!

「うああああああああ!!」

防犯ブザーとユアの共鳴。松浦さんは火事になった自宅を見つめるが如く、呆然とその場に立ち尽くしている。松浦さんは思う。私はいま、精一杯やれているだろうか？

「それっ、うるさいから止めてッ！」ユアが叫ぶ。

「赤ちゃんがびっくりしちゃうでしょ！」

松浦さんは止めなかった。いまの松浦さんには何も聞こえない。ただじっと、クラスメイトが何かを産もうとしているその光景を眺めている。

「松浦さん！」

名前を呼ばれて、ようやく松浦さんは我に返る。

「防犯ブザー！」

「え、あっ、うん」

松浦さんは言われるがまま、防犯ブザーを止めた。共鳴は終わり、ユアはふたたび回転する。喘ぎ声とラマーズ法を交じえた呼吸に、次第に松浦さんは慣れていく。

「ねえ……ひとつ、聞いてもいい？」

「ふっ、ふっ……なに？」

「なにが産まれるの？」

「お姉ちゃん」

「おねえちゃん⁉」

「そう……んんっ、お姉ちゃん！」

「信じられない」

「何が？」

「ユアちゃんが出産することと、ユアちゃんからお姉ちゃんが産まれること」

「そうかな？　ある程度の女の子は出産するし、人は必ず誰かから産まれてくるものだけど」

「それは、その通りだけれど」

「私ね、お姉ちゃんが欲しかったの」

「うん」

「でもお母さんは絶対に産めないって言うから、代わりに私が産むことにした」

「そうなんだ」

「名案でしょ？」

「そうかもしれない」

途中から松浦さんは頭が痛くなったので、何も考えずに相槌（あいづち）を打っていた。けれどもユアはこの会話にすっかり満足したようで、泣き腫らした目を細めて、満面の笑みを浮かべる。

「やっぱり、私を分かってくれるのは松浦さんだけだよ」

「そうなんだ」

「ねえ、私のお腹を触ってみて」

「そうかもしれない」

松浦さんが動かなかったので、ユアは松浦さんの手首を握り、自分のお腹へと導いた。お腹だけ極度に膨れた白のワンピース。松浦さんからは見えないが、きっと下着は丸見えになっているのだろう。松浦さんは未だに、服の下がどうなっているのかを知らない。本当に膨れているのか、あるいは何かを詰めているのか。

「ねえ、赤ちゃんに触れてみて。お願い」

松浦さんは胡乱な頭で、導かれるままユアのお腹に触れる。その瞬間、

パァン！


と大きな破裂音がして、松浦さんは思わず目を瞑った。まるで銃声のようだった。ユアも叫んだ。恐る恐る、松浦さんは目を開く。

「え、と……ユアちゃん？」

そこには、すっかりお腹が凹んだユアがいる。いつものユアだ。大きな瞳をまん丸にして、何もしなければかわいい顔を紅潮させて、ピンク色の唇を震わせている。

「産まれた……」

ユアは言う。「お姉ちゃんが、産まれた」

「どこに？」

ユアは答えない。周囲を見渡すが、ふたりの他には誰もいない。赤ん坊の泣き声は聞

こえなかった。先ほどまで喚いていたユアも沈黙し、独特の匂いがするユアの部屋は、平日の昼下がりに相応しい静寂に包まれている。

「ねえ、いないよ」

松浦さんは静かに言う。「どこにもいない」

「そう、いない」

ユアは言った。「でも、お姉ちゃんは確かに産まれたの」

「これで、臍の緒を切って」

ユアは床に転がっていたハサミを松浦さんに手渡した。「お願い」

「切るって、どこを？」

「臍の緒を」

「私は見えない」

「私も見えない」

「ふざけてる？」

「ふざけてない」

ユアは真面目な表情で言う。「私、松浦さんに切ってもらいたいの」

松浦さんは逃げ道を探すように目を見開き、何か言おうと口を開いてから、諦めたように片手を振り上げた。それはまるで、運動会のスターターピストルを握り締めた先生のようで、ジョキッ。

という音を最後に、ユアはまるでぷっつりと糸が切れたかのように松浦さんの胸元に倒れ込み、荒い呼吸を十分に整えてから「ありがとう」と呟いた。松浦さんは両手のやり場に困っている。ユアを抱きしめるかどうか迷いながら、やがて左手だけを背中に回した。

「ふたりだけの、秘密だからね」ユアは囁く。

「言えないよ、こんなこと」松浦さんは溜息をつく。「頭がおかしいと思われちゃう」

ユアはケラケラ笑った。学校で松浦さんから逃げている時と同じ笑い方だった。

翌日、ユアは奇行をしなかった。

次の日もしなかった。

その次の日もしなかった。

ずっと、ずっと、卒業するまで、ユアは問題を起こさなかった。

○

松浦ママが複数の学校紹介パンフレットを机の上に広げて待っていたその日の夜に、松浦さんの進路は決まってしまった。松浦さんは一枚一枚ページをめくり、それぞれの教育方針を吟味しながら、何も考えずに一番左のものを選んだ。松浦ママは松浦さんを抱きしめる。松浦さんはクラスメイトの大部分とは異なる進路を選ぶことになった。もっとも、どのパンフレットを選んでも似たような進路になったのだけれど。

中学受験は、滞りなく行われた。

中学生になってから、松浦さんは黒縁メガネを掛けるようになった。クラスのみんなも大抵メガネを掛けていたので、ここはそういう人種が集まる学校なのかもしれないと松浦さんは考えている。松浦さんは廊下側から数えて一列目、前から二番目の席だった。五十音順に並んでいる。

クラス担任のタツヤ先生は、いつも気怠げな人だった。松浦ママが最も嫌がりそうなタイプだと思う。タツヤ先生は簡単な自己紹介をして、最後に「ぼくの人生のモットーは『最小の努力で最大の成果』ですね」と付け加えた。最悪だと思った。

タツヤ先生は入学早々、クラス委員長の立候補を募った。中学校生活で最も重要な部分だ。松浦さんは背筋を伸ばし、しっかりと手を伸ばす。

「あれ、今年は少ないね」タツヤ先生は苦笑いする。

松浦さんはそっと後ろを振り返った。四十人中、十五人が挙手していた。手を挙げている全員と目が合う。みんな目が血走っている。松浦さんは慌てて前を向いた。

「ここの子、みんな委員長とかやりたがるんだよねえ。こっちとしては決めるのが楽で助かるけどさあ」

タツヤ先生は頭を掻きながら「どうしようかなあ」とぶつぶつ呟いていたが、ふと、これ以上ない名案だとばかりに笑みを浮かべた。

「あ、そうだ。じゃんけんにしよっか！」

松浦さんは背中に汗が噴き出るのを感じた。「運」は松浦さんが最も苦手とする分野である。

「立候補した人はみんな起立して。そう、そう。んで、ぼくに最後まで勝ち続けた人が委員長だからね。あいこは着席にしよっか。じゃあ、いきま〜す」

タツヤ先生が高く手を掲げる。松浦さんの心臓は今にも破裂しそうだ。大丈夫、いける、いけるはずだ。松浦さんは自分に言い聞かせる。今朝も「委員長心得」を読み上げてきたんだから。準備は万端のはず。いける、いけるんだからっ！

「じゃ〜んけぇん、ぽんッ！」

先生はグーだった。松浦さんは自分の手を見る。手はしっかり開かれている。

松浦さんは急いで振り返った。十五人中、七人が呆然とした顔で着席していく。

「お〜、減ったね」タツヤ先生はニヤニヤ笑う。「じゃあ次ね、じゃあんけぇん」

「ポンッ！」

「ポンッ！」

「「ポンッ！」」

知らず、松浦さんは叫んでいた。他の子も叫んでいた。奇跡的な勝利が続いている。

次が五戦目だ。松浦さんの膝はガタガタ震えている。先生の手を見るのも怖いし、後ろを見るのも怖かった。松浦さんの背中を刺す錐（きり）のような殺意だけが、対抗馬の健在を示している。松浦さんは現時点で何人残っているのかを知らない。この戦いがいつまで続くのかも分からない。ただ、松浦さんがまだ勝たなければならないことだけは確かだった。

「ッ⁉」

タツヤ先生が微笑みながら腕を振り上げる。「じゃあ、次はグーを出すから」

教室がざわめいた。正気かコイツ、と誰かが言った。松浦さんは吐きそうになる。心理戦は松浦さんが運の次に苦手とする分野だった。タツヤ先生が口を開く。松浦さんは考える。タツヤ先生がじゃあんと言う。松浦さんは考える。タツヤ先生がけえんと言う。松浦さんは考える。タツヤ先生がぽと言う。松浦さんはパニックになって、無意識のうちにチョキを出してしまう。

「ぉん！」

タツヤ先生は笑顔で拳を掲げている。

松浦さんは顔の横で力なく二本指を立てながら、呆然と立ち尽くしている。その姿はまるで、敗北の記念撮影をしているかのようだ。

「あれ、ぼく言ったよね？　グーを出すって言ったよね？　ひどいなあ！　入学早々、先生のことを信じてくれないなんて」

先生はとてもショックです、とタツヤ先生は悲しそうに言う。

松浦さんは、まだ座れないでいる。

「あ、でもここだけの話なんだけど」タツヤ先生は声を潜めて言った。

「人間って、パニックになるとチョキを出しやすいらしいんだよね」

松浦さんは歯ぎしりしながら席に着く。本当に最悪だと思う。

「はい、今ので二人減ったね。次で決まるかな？　じゃんけん――」

「「ポォンッ！」」

松浦さんの後ろで、誰かが叫んでいた。

○

松浦さんは家に帰りたくなかった。今日のことを松浦ママにどう説明すればいいのか見当もつかなかったのだ。一度だけ「委員長心得その一」に抵触したことがあるが、その時の松浦ママのご乱心は二度と経験したくないものだった。それが今回、そもそも委員長にすらなれていないのである。きっと、いや間違いなくとんでもないことになるだろう。部屋に置かれている小物が飛び交い、松浦ママはひとしきり叫び、私の教育が間違っていたのねとさめざめ泣いてしまうのだ。松浦さんは気が重くなる。胃がキリキリと痛んでくる。いますぐ世界が終わればいいのにと本気で思う。松浦さんは校門の前で、下校していく生徒の波を眺めている。この子たちはどんな家庭で育ったのだろう。何を思ってここを受験したのだろう。松浦さんはなんだか泣きそうになってしまう。松浦さんは足元がひどく不安定であるように感じた。夕陽が目に染みる。下校していく生徒に不審がられる。松浦さんは綺麗に折りたたまれたハンカチを取り出し、一筋だけ流れた涙を拭ってから顔を上げると、そこにはユアがいる。

「え？」

「っ！」

ユアは伸びかけていた手を引っ込めて身を翻し、すごい勢いで駆けていく。

「え、ちょっと……へっ、なんで⁉」

松浦さんも駆け出す。ユアは何度も振り返り、さらにスピードを上げる。

「ねえ、ユアちゃんだよね⁉　それ、ウチの制服、」

松浦さんは叫びながら懸命に走る。「ユアちゃんも受験してたの⁉」

ユアは振り返らずに、松浦さんが乗るはずだったバス停を越える。それはユアにとっても同じバス停であるはずで、松浦さんはマジかよと思う。

「ねえ、ここから走って帰るつもり⁉」

ユアは振り返らない。

「けっこう遠いよ、ユアちゃん！」

ユアは振り返らない。

松浦さんは追いかけるのを諦め、肩で息をしながら立ち止まった。ユアの背中はどんどん遠くなっていく。

「何考えてるの、あの子……」

松浦さんは呟く。その声は当然、ユアの耳には届かない。

その日、松浦さんはユアの家に寄ることにした。実に数年ぶりのことだった。訳の分からない出産を目撃してからというもの、ユアは奇行をやめ、ずる休みもしなくなった。松浦さんがユアの家に行く時はいつも「問題児の面倒を見る委員長」の肩書きを掲げていたので、ユアが問題行動を起こさなくなった以上、ふたりを繋ぐ文脈は消失してしまった。松浦さんはユアとの新たな接点を幾度となく探そうとしたが、ユアは独学の華麗かつ離散的なステップを踏んで、松浦さんと距離を置くようになった。何を考えているのだろうと松浦さんが眺めているうちに、いつしかその足取りはダッシュへと変わり、ユアは松浦さんに背中を向けて走り去ってしまった。

手を伸ばす暇もなかった。あるいはタイミングを見誤ったのか。

ともかく二年半が経つ。

松浦さんは手を伸ばし、久しぶりにユアの家のチャイムを鳴らした。三十秒間、玄関の前で待ち続けた。返事がないためもう一度チャイムを鳴らす。それにも返事がないものだから、松浦さんは痺れを切らしてユアの家のドアに手を掛ける。鍵は閉まっていた。

松浦さんはなんだか腹が立って、近所迷惑になるくらいの大声で「あほんだらーッ！」と叫びたくなったが、そんなことをする勇気は無いし、そもそもユアが帰宅しているかどうかも怪しいことを思い出す。いくらユアの足が速いとはいえ、対する松浦さんはバスユーザーだ。車窓からユアの姿は見かけなかったものの、いくらなんでも追い抜かしているはずだった。ユアは未だ、帰路の途中だと思う。

松浦さんはずっとユアのことを待っていた。日が沈み、空がどんどん青く黒くなるのを玄関で眺めながら、ふと、どうして私はここに居るのだろうと思う。確かに帰宅するのは億劫（おっくう）だ。松浦ママとは顔も合わせたくないのが本音である。けれども、松浦ママの立場になって考えてみると、松浦さんが委員長になるのは当然なのだから、改めて委員長になったかどうかを尋ねることもないだろう。せいぜい今日も「委員長心得」に違反しなかったかどうかを聞くくらいで、委員長ではない松浦さんは「委員長心得」に違反しようがないのだから、笑顔で頷いても嘘をついたことにはならないはずである。松浦さんは慎重に石橋を叩き続け、確信した。この橋は渡れる。私はこの先にある松浦家に帰ることができる。嘘をつくのは良くないが、聞かれてもいないことを自分から言う必要はないのだ。松浦ママに聞かれない限り、松浦さんは嘘をついたことにならないのである。

「なんだ、帰れるじゃん」

松浦さんは大きな声で独りごちた。「私、もう帰っちゃおうかなあ」

玄関から身を剝がし、二階にあるユアの部屋の窓を見上げる。小学校の頃から変わらないピンク色のカーテンは、ピクリとも動かずに沈黙を保っている。

松浦さんは家に帰った。松浦ママは怒らなかった。

次の日も、その次の日も、松浦ママは怒らなかった。

いつしか帰宅する前に、ユアの家に立ち寄ることが松浦さんの習慣になった。不思議なことに、あれ以来ユアを学校で見かけることはなく、他の先生に聞くところによると、早々にユアは不登校になっているらしかった。変なヤツ、と松浦さんは思う。人が不登校になっているのに何を笑っているんだと先生から叱られ、松浦さんは自分が笑っていることを知った。

松浦さんはユアの家で待ち続けた。ユアはいま、どこで何をしているのだろう。

松浦さんはもう一度だけ、ユアの顔を見たいと思っている。それで満足かと聞かれると不十分で、できるならばもう少し話してみたかったし、できるならばもっとユアの背中を追いかけてみたかった。

松浦さんは毎日、ユアの家で待ち続けた。

ユアの家の玄関はいつも鍵が掛かっていて、部屋のカーテンはピクリとも動かなかった。

○

松浦さんはコンビニのイートインスペースでホットコーヒーを飲んでいる。砂糖は入れていなかった。とても苦いことを知っているのに、どうしてもこれを飲んでしまう。

「ごめん遅くなって。なんか前のおじさん、クレーマーだった」

真壁(まかべ)さんが遅れて松浦さんの隣に座った。「ん、」と松浦さんは置いていた通学鞄を手元に寄せる。

「タバコの税金が高すぎるって、店員に数分かけて説教してた」

「さっき出てった人でしょ?」

「そう、あの人」

真壁さんはコーンポタージュの入った熱い缶で手を温めながら、ガラス越しにおじさんの背中を眺める。

「ああいう人って、どんな本を読むんだろうね」

熱い缶の飲み口から出る白い湯気が、真壁さんの顔を覆い隠した。

真壁さんは本が好きだ。

そのことを松浦さんが知ったのは、後期の図書委員に二人が任命される前のことだった。

「松浦さんってさ、友達つくる気ないよね」

え、と岩波文庫から顔を上げると真壁さんがいて、松浦さんはその顔の近さに驚いた。朝の教室には二人しか居なかった。真壁さんは笑う。

「ごめん、別に悪口言ってるわけじゃないんだけれど。部活にも入ってないし、授業終わったらすぐに帰るし、お昼休みにもすぐにどっかに消えちゃうし」

真壁さんは言う。「友達、あんま欲しくないのかなって」

真壁さんの言うことは当たっていた。松浦さんはなんとなく、友達をつくる気になれなかった。というより、自分に友達がいないことに気が付いていなかった。

「ねえ、寂しくないの？」

「寂しい……のかな、分かんない」

本当のことだった。松浦さんはこの中学に入学してから今日に至るまで、あまり寂しいと思ったことがなかった。真壁さんは「もしかして、彼氏とかいる感じ？」と顔を近づけてくる。松浦さんは顔を引きながら「そういうのじゃないけれど」と口にする。

「そういうのじゃないけれど⁉」真壁さんは目を見張った。

「どういうのなら居るってわけ？」

「それは、」

松浦さんは考え込む。自分でも分からなかった。そういうのって、なんだろう。そういうのじゃなければ、この私に誰がいるのだろう。

脳裏に浮かんだのは、感動的なユアの出産シーンだった。

「ぶっ」

思わず吹き出した松浦さんに、真壁さんは目を白黒させる。

「え、なに、どうしたの」真壁さんは半笑いのまま、顔を引きつらせる。

「いったい何がどうなってるわけ？」

いったい何がどうなっているのかは説明がつかないのだけれど、松浦さんと真壁さんはそれから話すようになり、読書という共通の趣味を見つけて、図書委員に立候補することを決めた。対抗馬はいなかった。

真壁さんは、松浦ママが岩波文庫を読み聞かせしていたエピソードが大のお気に入りで、初めて聞いた時には過呼吸になっていた。「会いたいわ～、松浦ママ」と泣き笑いする真壁さんに、「じゃあウチ来る？　本物が見れるけれど」と聞く松浦さん。決まって真壁さんは「いや、怖いからやめとく」と返すのだけれど、そんなやりとりを繰り返すうちに何の因果が狂ってか、松浦さんは真壁さんの家に行くことになった。

コンビニを出てすぐのところに、真壁さんの住むマンションがある。

「好きに座ってよ」

真壁さんの家は六階にあり、やたらと玄関が広かった。家には二人以外、誰もいないようだ。あまり物が置かれていないさっぱりとした部屋で、松浦さんは自分が他人の家にいることに変な感動を覚えている。松浦さんは中学生になってから、他人の家に上がったことがなかった。

「じゃあ、お茶淹れてくるから」と立ち上がる真壁さんを、松浦さんは「いや、いいよ」と制する。

「何も飲まないの？」

松浦さんは答えず、まるで我が家のように真壁家を徘徊し、冷蔵庫を見つけて勝手に開けた。真壁さんは口をあんぐり開ける。

「私、他人の家の冷蔵庫を勝手に開けるのが好きなの」

松浦さんは何も取らずに冷蔵庫を閉じた。「そして、特に何かを取るわけでもない」

「何が目的なの？」

「相手への威嚇……かな？」松浦さんは答える。

「威嚇……」真壁さんは、別世界の言語を聞いたかのように繰り返す。

「えっ、もしかして私、いま松浦さんに威嚇されてる？」

「そう、威嚇アンド挨拶」

松浦さんは冷蔵庫を開けた。

「小学生の時、これを誰か——確か男の子だったけれど——の家でやったことがあるんだけれど、その時、家中の空気が死んだんだ。マジかよコイツって目で見られるのね。

でも、それから男の子が話しかけてくれたの」

「なんて？」

「これまでクソ真面目な委員長だと思ってたけれど、松浦さんって結構ヤバいヤツだったんだねって」

「え、それ全然褒められてなくない？」

「そう、全然褒められてない。でもそれ以来、その子からは『委員長』じゃなくて『松浦さん』って呼ばれるようになったの」

「それってイイ話なの？」

「少なくとも、私にとっては」松浦さんは言葉を重ねる。「私、委員長じゃんけんに落選して初めて気が付いたんだけれど、委員長になるのがめちゃくちゃ嫌だったみたい」

　真壁さんは笑いながら冷蔵庫を閉めた。

「松浦さんって、結構ハチャメチャなんだね」

「でも、私よりもっとハチャメチャなヤツがいるんだよ」

　知らず、答えていた。松浦さんはハッと口を押さえる。

「へえ、どんな人なの？」

　真壁さんは興味津々な顔つきで松浦さんに近寄る。

「気になるな、松浦さんよりハチャメチャな人」

「えっと、それは……」

「それは？」

「言えないことは、ないけど」

「じゃあ、話してほしいな。その人のこと」

松浦さんは息を吞んだ。

もしかしたらずっと、松浦さんは誰かに話したかったのかもしれない。

あの子のことを、問題行動ばかりの女の子のことを。

それはきっと、今日この時なのだと松浦さんは思った。


「例えばその子は、家で教科書を茹でたの」


「これがその時の写真なんだけど、なんか私にだけ送ってきて」

松浦さんはスマホのアルバムに保存していた写真を真壁さんに見せて話を続けた。

「『何してるの』って聞いたら、『いや別に出汁とってるだけ』って返信してきて、『良い出汁とれた？』って聞いたら、『不味いからぜんぶ捨てた』って返ってくるの。当然もう教科書なんてぐちゃぐちゃになってるから、新しい教科書が届くまでの間、私が全部の授業で教科書を見せることになっちゃって」

松浦さんは続ける。

「他にも、ひとりだけ時間割を一コマずらし続けて、全部の授業で違う教科書を広げていたりしてさ、その割に音読は好きだったから、ひとりだけ違う教科書の同じページをみんなと一緒になって読んでたりしてさ、先生にいくら怒られてもやめないの。ヤバくない？　ヤバいよね」

「あ、あとね、なんか急に『リサイクルに目覚めた』って言い出して、とつぜん真面目な顔でクラスのみんなにペットボトルの回収を呼びかけだしたの。ここまでの話を聞いてたら分かると思うけどさ、クラスのみんなはもう関わらないほうがいいって学んでるわけね。だから私も、まあこれまでのことを考えたら当然だよねって思うんだけれど、もしかしたらこれって更生のチャンスなんじゃないかって思えてきてさ、今こそ私が手伝うべきだって頑張って教室中を早歩きで（委員長だから学校では走れないの。委員長じゃなくてもダメなんだけれど）駆け回って、なんとか良い感じに纏まったのね。それで次の日には六十三本のペットボトルが集まってさ、すごいね、よかったねってみんなで盛り上がって、その子もすっごい喜んでたんだけど、急にスンって真顔になって『でもこんなに集まると、フツーにかさばって邪魔だね』ってゴミ捨て場に持ってったんだよ。しかもゴミ収集に間に合ってさ、みんな三階の教室の窓際に集まって覗いてたんだけど、そんな鮮明に見えないとはいえ、みんなのペットボトルが入った袋がバリバリバリって嚙み砕かれるのを見て、マジでみんな『は？』って感じでさ、マジふざけんなよって、それで、もうみんなその子のこと嫌いになって、私も」

真壁さんは松浦さんの涙をティッシュで拭った。

「ふざけんなよ、うわ、めちゃくちゃ裏切られたわって、傷ついて、でも」

真壁さんは松浦さんの涙をティッシュで拭った。

「本当はその子、めちゃくちゃ良い子で、純粋で、笑顔がかわいくて、」

真壁さんは松浦さんの涙をティッシュで拭った。

「もっと仲良くなりたくて、ごめん、なんか私、こんなつもりじゃ」

「うん」

「ごめん、ごめんね」

拭っても拭っても、松浦さんの涙は止まらなかった。

「好きだったんだね」

「そうかもしれない」松浦さんは言った。

「私は、その子のことが好きだったのかもしれない」

「過去形なの？」

「……たぶん、過去じゃない」ぼうっとしながら松浦さんは呟く。

「今も、進行している気がする」

「そっか」

真壁さんは松浦さんの肩を抱き寄せた。

「その子の名前、聞いてもいい？」

「ユアちゃん」

「ユアちゃんか……」

　真壁さんの表情が固まった。「ユアだって？」

「ねえ、ユアちゃんの名字は？」

「牧野（まきの）」松浦さんは答える。「牧野結愛（ゆあ）ちゃん」

「おいおいおいおいッ!!」

　真壁さんは興奮して立ち上がる。支えがなくなった松浦さんは体勢を崩し、真壁さんを見上げる。「なに、何で興奮してるの？」

「何で興奮しているかだって!?」

　真壁さんは頭を掻きむしった。

「牧野結愛と言えば、算盤の天才じゃないか！」

「……それって、すごいの？」

「すごいよ！　めちゃくちゃすごい！　いや、そりゃ算盤やってない人からするとなんだ算盤かよって感じかもしれないけどさ！　私は小学生の時に算盤をやっていたから分かるんだけど、てか同じ算盤教室に牧野さんが居たから分かるんだけれど、マジで牧野さんは天才！　計算力も集中力も桁違いなんだって！」

　松浦さんは目をパチクリさせる。松浦さんの知らないユアが、真壁さんの口から語られている。

「小学一年生の時から全国入賞の常連だし、賞もかなり取っていた気がするけど……」

松浦さんはふと思い出す。確かにユアの家の壁には、いくつも賞状が掛けられていた。

「てか、ユアちゃん隣のクラスだよ」

松浦さんの言葉に、真壁さんは絶句した。

「ウッソやば……じゃなくてさあ！　え、じゃあさっきまでの話なに？　もう一生会えない感バリバリに出してた癖にさ！」

真壁さんは松浦さんの太ももを叩いた。「隣のクラスに居るのかよッ！」

「いや、居るんだけど居ないんだよ、ユアちゃん不登校だから」

「不登校⁉」真壁さんは声を裏返して驚く。

「牧野さん不登校なの⁉　なんで⁉」

「分かんない。先生もよく分かってないみたいだし、ユアちゃんの家に行っても家族は誰も帰ってこないし……」

「なんか、頭痛ぇわ……」

真壁さんはようやく静かになり、深い溜息をついた。

「だから、ユアちゃんとずっと会えてないのは本当なんだよ」

「分かった、分かったから」

真壁さんは沈黙した。何を言って良いのか分からなくて、松浦さんも沈黙した。

暫く（しばら）して、真壁さんは顔を上げて松浦さんを見る。

「ねえ、じゃあ算盤教室に行ったらどうかな。私はもう辞めちゃったから分かんないけど、もしかしたら牧野さんはまだそこに」

松浦さんは最後まで聞かずに駆け出した。「おじゃましました」を置き去りにして、玄関の扉がピシャリと閉まる。「気が早すぎるだろ！」という真壁さんのツッコミが、部屋のなかで反響した。

○

真壁さんが教えてくれた位置情報を見るに、意外にも算盤教室は松浦さんとユアの家の近所にあった。入り組んだ細道を抜けて、昔からの街並みが保存されている区画に入る。古い道場を改装して作られた簡素な教室からは、パチパチと火花のような珠を弾く音が聞こえてくる。

「あの」

松浦さんは入り口に立っていた初老の男性に話しかけた。

「牧野結愛ちゃんって、この教室にいますか」

「いるよ。ゆあちゃんの友達？」

松浦さんは息を呑む。

「えっと、はい、そうです。あっ、でもそんな今すぐに呼ばなくても」

「お〜い！　ゆあちゃん、お友達！」

その声は狭い教室内によく響き、ちょうど計算を終えたユアを振り向かせるには十分だった。思わず松浦さんは扉の陰に顔を引っ込める。なにしてんのぉと男性が笑いながら松浦さんを引きずり出す。二人の目が合う。ユアの表情が固まる。

「は、はろー」

「っ！」

ユアはあり得ないスピードで荷物を纏め、教室の裏口から風のように消えた。

「あれっ、ゆあちゃんもう帰るの⁉」

「帰ります！　二度と来ないかも！」ユアの声だけが聞こえる。

「ええっ⁉　なんで⁉」

「待って、ユアちゃん！」

呆然とする男性を横目に、松浦さんは慌てて教室に滑り込む。他の生徒の視線を引き連れながら、松浦さんは裏口から飛び出した。

「待ってってってばぁ！」

ユアの家までは遠くなかった。ユアは何度か後ろを振り返り、松浦さんの姿を認めてはさらにギアを上げていく。「待って」松浦さんは息も絶え絶えに言う。

「なんで逃げるの、ユアちゃん！」

「追いかけてくるからでしょ！」

「だって、ユアちゃん全然家に帰ってこないし、」

「わざと帰らないようにしてたの！」

「なんでっ」

「松浦さんに会いたくないからっ！」

ユアは玄関を開けるのにやや手間取り、急いで家に飛び込んだ。松浦さんは慌ててドアノブに手を掛ける。家の中で玄関の鍵を閉めようとしていることに気付き、松浦さんは必死にドアノブをガチャガチャやる。ヒッと息を呑む声がして、ユアがバタバタ走り去る。松浦さんはすぐさまドアを開ける。鍵は掛かっていなかった。

ユアの細い脚が階段を駆け上がり、視界から消える。二階に逃げ込んだようだ。

松浦さんは、以前にも似たようなことがあった気がしていた。いつだろうと考えて、きっとあの訳の分からないバースデーだと思い当たる。あの日はユアの絶叫が松浦さんを怯(おび)えさせていたが、いま松浦さんの上げる騒音がユアをビビらせている。なかなかうまくできているものだと思う。変に落ち着いた松浦さんは、久しぶりのユアの家ということもあり、冷蔵庫を開けることにした。ひんやりとした冷気を感じながら、一切れのショートケーキを見つける。ケーキが載ったお皿の下には、「ユアへ」と書かれたメモが置かれている。

「やっぱり、犯人はユアちゃんだったんだ……」

松浦さんはお皿を取り出し、ケーキを手で摑んでムシャムシャ喰った。ふたくちでいけた。なかなかに美味だと思う。松浦さんはお皿を洗い、近くにあったタオルで水分を拭き取り、食器棚ではなく冷蔵庫に戻した。そして肩から下げていた黒の通学鞄を降ろし、黒の通学鞄から無地の筆箱を取り出し、無地の筆箱から緑色の鉛筆を取り出してから、ユアママのメモの余白に「ありがとうございました　松浦」と書いて冷えたお皿の下に戻しておく。

「よし、行くか」

松浦さんは制服の袖で口周りを拭いながら、階段を上る。既に言うべき言葉は心に決めていた。ユアが逃げる理由は分からないままだが、今の松浦さんに言えることはこれくらいしかないのだ。松浦さんはユアの部屋の前に立つ。

「ねえ、私、ユアちゃんのことが好きかもしれない」

扉の向こうで、ユアが震えた。

「どういう意味？」

「そのままの意味だけど」

「どういう意味って聞いてるの」

「だから、そのままの意味だけど」

沈黙。

「なんか、雰囲気変わったよね」ユアが言った。

「松浦さん、前までもっとカチコチだった。今はなんか、」

「ふにゃふにゃ？」

ユアは密かに笑う。

「そう、ふにゃふにゃ」

「私さ、もう委員長じゃないんだ」

「マジで？」

「マジ。ヤバいよね」

「松浦ママ、カンカンなんじゃないの？」

「いや、まだバレてないんだ。私が委員長じゃないこと」

ユアは声にならない笑い声を上げた。「嘘でしょ？」

「嘘じゃないよ。言ってないんだ、まだ本当のこと」

「バレた時、怒られるよ」

「怒られないよ、嘘はついてないもの」

「どういう意味？」

「だからね、ママから聞かれてないから、私は話していないだけなの。嘘はついてない」

「それ、けっこうグレーゾーン」

「かもね」

松浦さんは額をドアにくっつける。

「ねえ、最近お姉ちゃんはどう？」

「お姉ちゃん？　ああ」

ユアは小さく答えた。「いないよ」

「いないけどいるんだっけ？」松浦さんは尋ねる。

「違うよ、産まれたけどいないの」

「ふうん」松浦さんはドアを人差し指の爪でノックする。

コンコン。

「私、ユアちゃんが言ってること全然分かんないけど」

コンコン。

「ユアちゃんの考えていることも全然分かんないけど」

「でも、私、ユアちゃんが好きだよ」

コンコン。

「もう、委員長じゃないけどさ」

ノックの音はしなかった。

「入って」

ユアが扉を開けていた。

「ねえ、それ」

ユアが松浦さんのメガネを指さした。

「ああ、これ？　最近視力が落ちちゃって」

「違う、ここ」

ユアは人差し指で、松浦さんのメガネの下縁についていたクリームを拭い取った。

「ケーキ食べたでしょ」

「美味しかった」

「最悪なんだけど」

ユアは指を舐めて笑った。松浦さんも笑った。ユアがベッドに座ったので、松浦さんも隣に座る。ユアは松浦さんの肩に頭を載せる。松浦さんは、ユアの髪の毛が良い匂いだと思う。

「ネタばらしをするとね」

「うん」

「あの日、私は本気でお姉ちゃんを産むつもりだった」

「マジで」

「最初は遊びのつもりだった。特に意味もなく学校を休んで、どうせまた松浦さんがプリントを届けに来るし、なんか変なイタズラでもやってやろうと思ってた」

だろうから」

「それで、出産することにした。十歳なんてよっぽどのことが無い限り出産しないだろうし、前から欲しかったお姉ちゃんを自分で産むって言ったら、絶対に松浦さんビビる

「うん」

「でも、ネットで調べてたら出産ってめちゃくちゃ時間が掛かるらしいし、めちゃくちゃ痛いらしいし、こりゃちょっと適当に挑むわけにはいかないなって思ったの。だから本気でやった」

「馬鹿じゃん」

「だって真剣にやらないと、本気で出産している人に失礼になるから」

「アホじゃん」

「でね、声が外に響かないようにしっかり窓も閉めて（ふうん）、パンパンの風船をお腹に詰めて（なるほどね）、出産の邪魔だから下着も脱いで（マジで？）、リラックスできるようにプリティ・パヒュームの香水も吹いて（ふうん）、痛がる演技をしてたら本気で痛いような気がしてきて（アホじゃん）、叫んでいるうちにマジで不安になってきて（馬鹿じゃん）、膨らんだお腹を見てたら本当に妊娠してるような気になってきて（アホじゃん）、本当の本当に誰かに助けて欲しくって（馬鹿じゃん）、そんな時に松浦さんが来てくれて（……）、でも私がどう頑張っても何も産めないわけだから（そうだ

「最悪なんだけど」

ね）、これオチつけるのどうしよっかなって思ってたんだけれど（アホじゃん）、私は松浦さんのことが大好きだし（そうなの？）、松浦さんが私のことをどう思っているのかは知らないけど（え、だから好きだよ）、……（続けて？）、……子どもは愛し合う人たちの間に生まれるものだし、松浦さんが私のお腹を触ってくれたら本当に何か生まれるかもしれないって思って、無理やり松浦さんの手を掴んで、」

ユアの手が松浦さんの手と重なる。

「そしたら、その瞬間に風船が割れた。『パァン！』って」

「すっかり凹んだ自分のお腹を見てたら、本当に何かを産んだ気になった。ううん、産まれたんだよ、本当に」

「私を出産させて、救ってくれたのは松浦さんなんだって。松浦さんが家に帰った後も、私はずっと余韻に浸っていてさ。笑っちゃうかもしれないけれど、私はあの時、本気で思ったの。私と松浦さんの関係はここが極地なんだって。これ以上は全部蛇足。後の人生要らないやって」

「でも死ぬのは怖いから、やっぱりそれからも生きることにして、もう別に変なことをするモチベも無かったし、松浦さんと雑な絡みをするのも嫌だったから、他のことは全部忘れて算盤に集中することにしたの」

「解決編終わり？」

「終わり」

ユアは糸が切れたように、ぱったりと松浦さんの太ももの上に倒れ込んだ。

「でも、なんか今日思ったんだけれど」ユアが言う。

「うん」

「私、まだまだ松浦さんと一緒に馬鹿やりたいのかもなあ」

「やろうよ」

「マジで?」

「マジで」

「うあ~!」ユアは松浦さんの両太ももの隙間に向かって叫ぶ。

「そう考えると今までの三年間、めっちゃ勿体(もったい)なかったなあ~!」

「そうだねえ」

「ねえ、どうしたらいい?」ユアは松浦さんの瞳を見つめる。

「どうしたらいいって?」松浦さんはユアの瞳に視線を落とす。

「楽しかったはずの三年間、私、算盤に捧げちゃった」

「算盤、嫌なの?」

「嫌じゃないけど」ユアは言う。「松浦さんよりかは好きじゃない」

「ふうん」松浦さんは言う。「じゃあ、適当に埋めよっか。私たちふたり、この三年間も遊んでいたことにしようよ」

「嘘の記憶を作るってこと?」

「嫌？」

「嫌っていうか、」

「本物より劣る？」

「……」

「私はね、本物よりも偽物のほうが好きだよ」

「なんで？」

「だって、そっちのほうがあり得なくて面白いから」

松浦さんは言う。

「当時は訳分かんなかったけどさ、今の私は、十歳のユアちゃんが本当に出産したと思ってるんだ。本気でそう信じてる。そっちのほうが面白いから」

松浦さんはユアの額を撫でた。

「私たちが失った三年間も、本気の嘘で埋めようよ。家族に笑われても、みんなに後ろ指を差されても、私たちだけは本当のことだと言い続けよう。自分たちの嘘を信じようよ」

ユアは起き上がった。ふたりはまっすぐに見つめ合い、どちらともなく顔を近づける。数秒の間、止めた息を吐き出した頃には、ふたりの頬はピンク色に染まっている。堪えきれずに、ユアはケラケラ笑った。松浦さんもクスクス笑った。

「ねえ、例えばどういう嘘をつく？」ユアは甘えた声で松浦さんに問いかける。

「そうだな、例えばこういうのはどうだろう。中学一年生の春、私たちは同じ学校に入学する。まったくの偶然なんだ。ふたりはそんな奇跡が起きているだなんて夢にも思わないし、それなりに大きな学校だからクラスが異なればすれ違うこともない。だから、私たちは帰り際に校門で出会って、あっと驚くんだ。ふたりは互いの名前を呼んで駆け寄り、思わず手を握りしめる。二度と離れないように、しっかりと。それから家とは逆方向のバスに乗って、一緒に街に繰り出すんだ——」

Yuri Collection wiz

パンと蜜月

櫛木理宇

Kushiki Riu

櫛木理宇

くしき・りう

1972年、新潟県生まれ。第19回日本ホラー小説大賞読者賞を受賞したシリーズ『ホーンテッド・キャンパス』で知られる櫛木理宇は、第25回小説すばる新人賞受賞作『赤と白』における少女たちに代表されるように、〝家〟という空間の不穏さ、不安定さを繰り返し扱ってきた作家でもある。『侵食 壊される家族の記録』では、とある女性が当初はよき友人として振る舞うものの、次第に母親や姉妹の内に潜む負の感情をあぶり出し、精神的に支配していく。『ぬるくゆるやかに流れる黒い川』はインセル的な男性によってそれぞれ家族を殺されたふたりの少女が手を取り合い、その真相を探るミステリーだが、その背景には〝家〟で醸成された悪意がある。『虜囚の犬』では監禁という題材が〝犯人〟のとある女性への執着を生み、『少女葬』ではシェアハウスという〝家〟そのものが逃げ場のない空間として現れ、ふたりの少女の運命を決定的に分けてしまう。しかし、この五作のどの結末に至っても、かつて少女だった者たちのあいだに結ばれた絆は消えずに残りつづける。

けして甘くない少女たちの百合

高口里純『花のあすか組！』

今から約40年前、80年代に、ひりひりするような少女たちが戦っていました。

戦う少女と百合は、いつでも少女小説や少女漫画とともにありました。

1

「火の元には気を付けろよ。誰か来たら、必ずインターフォンのモニタを見るんだぞ。宅配なら開けなくていいからな。置き配(おきはい)してもらえよ」

そう言って夫は沓脱(くつぬぎ)で靴を履く。

そんな彼の背を、わたしは伊万里(いまり)とともに上がり框(かまち)から見守る。

わたしは色気のないヘンリーネックのTシャツにヨガパンツ。それに対し、伊万里はレースたっぷりのキャミソール一枚である。

キャミソールはつるつると手ざわりのいいサテン地で、身頃はラズベリー。レースの部分は淡いグレイ。色っぽくて、すごくキュートだ。

「いってらっしゃい」

わたしは笑顔で夫に手を振る。

すぐ横の伊万里はなにも言わないし、手も振らない。でも夫はそんな伊万里をいとおしそうに見て、

「いってきます」と顎(あご)を引く。

ドアがぱたりと閉まった。

ふーっと長い息を吐いたのは伊万里だ。ついでのようにあくびをして、伊万里がわたしを振りかえる。

「ねえ、おなかすいた。角のパン屋行こうよ」

「いいね」

わたしは目を細めた。

夫はパンが嫌いだ。朝は必ず白ごはんと漬物、出汁巻きたまご、鯵のひらき、赤だしのお味噌汁。お弁当も白ごはんでないとだめで、サンドウィッチやトーストはいやがる。ちらし寿司、炊き込みごはんも喜ばない。

「ベーコンエピが食べたいなあ」

のびをしながら伊万里が言う。

「エピとオニオンマヨと、カレーパン。油ぎっとぎとのが食べたい」

伊万里はキャミソールがとても似合う。

手脚が細くて長くて、全体に脂肪がすくない。染みひとつない皮膚はまるっきり陶器のようだ。だから露出が多くても、ぜんぜんいやらしくない。

「蕗子さんは、なに食べる？」

「行ってから決めるよ」

「もう。いっつもそれじゃん」

「だってお店にいざ行くと、気が変わるからね」

「それはわかるけどさあ、行く前にあれこれ考えるのが楽しいんじゃん」

言い合いながら、わたしたちは出かける身支度をする。

わたしはヨガパンツをメンズライクなデニムに穿き替え、ウインドブレーカーを羽織って、ジッパーを首もとまで上げる。そして財布と鍵だけ入れたエコバッグを、左の手首に引っかける。そしてノーメイクにマスク。

対照的に伊万里は紺のワンピースだ。と言ってもキャミソールの上からかぶり、袖を通しただけである。メイクはマスカラとリップだけ。

そして二人とも、スマホは持たない。充電器に挿しっぱなしのまま、マンションを出た。

歩きはじめてすぐ、伊万里がわたしの袖をかるく握る。エコバッグを持っていないほうの袖だ。握りながら、一・五歩くらい後ろについて歩く。

「バッグって嫌い」

伊万里はいつもそう言う。腕になにか提げるのって鬱陶しい、と。

「傘も嫌い。手ぶらが一番いいよ」

「わたしは布のバッグが好きだな。帆布かばんとか好き」

六月の空気は湿って、雨の匂いが濃かった。

ちなみにこのエコバッグは、雑貨屋で八百円で買ったものだ。落書きみたいな象が描いてある。財布は財布で、二つ折りの塩化ビニール製である。

「もっといいのを持ちなよ」とみな笑う。

「お金がないわけじゃないでしょう」なんて言う人もいる。

けれどこれが好きだ。コンパクトで買い替えやすい財布や、だめになっても惜しくないバッグが昔から好みだった。

その点、伊万里はわたしのセンスをけっしてくさしたりしない。

彼女はいつも「蕗子さんらしいね」と言ってくれる。「まわりがどう言おうが、蕗子さんが好きならそれでいいじゃん」と。

わたしは伊万里のそんなところが好きだ。

角を曲がって大通りに入ると、一気に景色が埃っぽくくすんだ。人通りが多くなり、視界のあちこちで信号がやかましくなる。

そうしてすれ違う男性の大半が、伊万里を見つめていくのだ。中には名残り惜しそうに振りかえって見る人までいる。

——まあ、当然よね。

わたしは納得する。

だって伊万里はきれいだ。すらりと痩せているけれど、曲線美というんだろうか、全身のラインがなまめかしい。とくに背中からウエストにかけてのS字カーブと、二の腕がきれい。

二重まぶたではないし鼻も低めだから、女優タイプの典型的な美人とは言えまい。でも美しい。こんなに肌のきれいな子を、わたしはかつて見たことがない。

透き通るような色白の肌。重たげな一重まぶた。ぽってりした唇。尖ったおとがい。長い首。しなやかな手首。細いふくらはぎ。すべてのパーツが艶めいて、伊万里という存在をかたちづくっている。

「でも、いいことばっかじゃないよ」

そう伊万里はかぶりを振る。

「子どもの頃から、いっぱい痴漢や露出狂に遭ってきたもの。ランドセルかついでた頃からだよ？　気持ちわるい。痴漢って大っ嫌い。あいつら、みんな死ねばいい」

「そうだね」

わたしはうなずく。

「かたっぱしから逮捕してほしい。それで、みんな死刑にすればいい」

「だよね。痴漢は死刑！」

高らかに伊万里は言い、拳を突きあげた。

すれ違いざまに伊万里を見ていた男性がぎょっと目をまるくしたので、思わず笑ってしまった。

2

伊万里が「角のパン屋」と呼ぶベーカリーは、大通りの四つ角に建っている。店名は長ったらしいフランス語で、何度聞いても覚えられない。ケーキ屋みたいなガラスのショーウインドウにパンが並んでいて、店員に「これとこれとこれ」と指さして取ってもらうシステムだ。ベーコンエピ。オニオンマヨブレッド。カレーパン。ツナと卵のサンドウィッチ。くるみ入りデニッシュ。カツサンド。明太子フランス。ベーコンとトマトのパニーニ。ハムロール。コロッケバーガー。


「ほんとは、トングとトレイを持って見てまわるのが好きなんだけど」

残念そうに伊万里は言う。

「でもここの、カロリーが容赦ないカレーパンには負けちゃう。だって美味しいんだもん。美味しいって正義だよね」

「そりゃ食べもの屋さんはそうよ。美味しいが正義」

パンをどっさり買い、わたしたちは店を出る。

伊万里はよく食べるけれど、わたしはどちらかといえば少食だ。なのに体形は逆なのだからいやになってしまう。食べても食べても、伊万里はちっとも太らない。

正直にそれを愚痴ると、

「お互い、ないものねだりだね」

なんて伊万里は言う。そんなお世辞を聞かされて、てきめんに機嫌がなおるんだから、われながら現金で大人げない。

やはり雨が近いらしく、風は湿気をはらんで重かった。

すぐ目の前を、外国みたいな黄いろのタクシーが走りすぎていった。


帰宅してすぐ、伊万里はお行儀のいいワンピースを脱ぎ捨てた。

キャミソール一枚に戻って床にあぐらをかき、ベーコンエピとカレーパンをたいらげ、炭酸水を飲み、カツサンドを二切れ食べた伊万里は、

「お腹いっぱい」

猫みたいな伸びをして、わたしのほうへ足を突きだした。

「蕗子さん。爪切って」

伊万里は驚くほど足がちいさい。

一五九・七センチの身長に比して、たったの二十一・五センチしかない。十本の足指の爪には、あざやかなターコイズブルーのネイルがほどこしてある。

夫はネイルが大嫌いだ。おまけに青も嫌いだ。

なのに伊万里に対しては、「爪を塗るなんてくだらない」「なんだその色は」等の文句

をいっさい言おうとしない。

——惚れた弱みってやつね。

抽斗から爪切りを取りだしながら、わたしはそんな夫を微笑ましく思った。


「好きな人ができた。別れてくれ」

と夫に言われたのは、去年の春だ。

「そう」

とだけ、わたしは言った。

驚きはあった。だがさほどの悲しみはなかった。

仲が冷えきっていた、とまでは言わない。でも高二から付き合いはじめ、もう十二年が経つ。結婚生活は六年目だ。すでに夫婦の間で、恋愛のときめきは遠かった。

とはいえ、やはり離婚はためらわれた。

第一に親が悲しむ。第二に面倒くさい。

なぜって結婚して苗字を変えたとき、そりゃもう大変だったのだ。銀行や信金の通帳、運転免許証、印鑑証明、パスポート、車やスマホの名義。なにもかも新しい姓に変えねばならなかった。かといって、離婚後も夫の姓で生活したくはない。

それにこのマンションは、夫と共同名義で購入した物件である。ローンも残っている。どっちが住みつづけるにしろ、売るにしろ、なんらかの手続きをしなくちゃならないのは確かだ。

行政書士か誰かに一任しようにも、その事務所をネットで調べることすら面倒だった。在宅仕事とはいえ、わたしだって働いている。余暇を縫って——と想像しただけでも、めちゃくちゃに面倒くさい。第一依頼したとて、行政書士がどこまでやってくれるものかもわからない。

「離婚したいのはあなたなんだから、あなたが全部やってよ」

そう言ったのに、なぜか夫のほうも腰が重かった。

「おれは仕事があるんだよ」

「わたしだってあるよ。毎日ある。納期だってある」

なぜ離婚される側のわたしが押しつけられなきゃならないのだ。やってられない。ああ面倒くさい、面倒くさい。誰か代わりに、全部やってはくれまいか——。

そう思ってずるずる離婚を引きのばしていた矢先だ。

ひょっこりと、救いの神がやってきた。

夫の〝あらたにできた好きな人〟こと、伊万里であった。

手ぶらでこのマンションにあらわれた彼女は、すべてを一言で解決してくれた。

「べつに、離婚することないんじゃん？」と。

夫は目をまるくした。

一方、わたしは即座に賛成した。

「そうよね」

窓の外では夾竹桃が芽吹いていた。

「なにも、離婚することないわ」

それ以来、わたしと夫と伊万里は、このマンションに三人で住んでいる。

「——さてと。仕事しなくちゃ」

爪を切り終えたわたしは、伊万里の足をかるく叩いて、膝から下ろした。

3

この3LDKのうち八帖の一室を、わたしは書斎兼、仕事場兼、寝室として使っている。

壁際には書棚。その横にはパソコンデスク。シングルベッドとクロゼット。Wi-Fiはあるし、スキャナ付きプリンタもある。簡素ながらも充分な環境と言えた。

もちろん夫は夫でべつに部屋を持っている。浴室とトイレの隣が夫の部屋、その向かいが客間。客間の隣で浴室の向かいが、わたしの部屋だ。

わたしたち夫婦の間には子どもがないので、この3LDKで長らく問題はなかった。

そして新たな入居者の伊万里はといえば、好きなときに好きな部屋で寝ている。

リヴィングのソファで寝る日もあれば、わたしの部屋で寝る日もある。酔いつぶれて廊下で寝てしまうことすらある。

——わたしもそのうち、一緒に廊下で寝てみようかな。

なんて思いつつマウスを動かした。

デザイナーからPDFで送られてくる手描きのデザイン画や仕様書を、グラフィックソフトでデジタルに起こすのがわたしの仕事だ。三年前までは正社員だったが、いまはフリーとして在宅で作業している。

ノックの音がした。

「蕗子さん、休憩しない？　お茶淹れたよ」

「ありがとう」

ドアを開けて入ってきた伊万里は、銀のお盆を持っていた。お盆にはカップがふたつ。湯気の立つアールグレイに、シガービスケットが二本添えられていた。

伊万里は料理をまったくしない——というか、家事全般ができない——が、お茶だけはなぜか進んでいそいそと淹れたがる。

ひとくち飲んで、わたしはうなずいた。

「ん、美味しい」

「あたりまえじゃん」伊万里が得意げに言う。

「愛があるもんね」

そう笑って、ことわりもなくベッドにごろんと寝ころがる。窓の外では、気づけば雨が降りはじめていた。

「伊万里はなにしてたの？」

「映画観てた」

「また『ドッグヴィル』？」

伊万里はあのヒロインを演じた女優を世界一の美女と信じていて、繰りかえし繰りかえし同じ映画を観るのだ。「ぜんぜん意味わかんない。なんなのこの話」と、ぶうぶう文句を言いながら。

「ねえ、晩ごはん、なあに」

枕を抱いた伊万里が言った。

「なんにしようか」

「あたし、すき焼きがいいなあ。焼き豆腐でしょ、しらたきでしょ。くったくたに煮たえのき茸と長ねぎ。春菊は抜きで、白菜たっぷり。もちろんお肉もたっぷり」

「いいね」

うなずいたわたしに、伊万里が含み笑う。

「ふふ」

「なに？」

「蕗子さん、好き」

目を糸みたいに細めた笑顔だ。

「そうやって、いつも『いいね』って言ってくれるとこ、すごい好き」

「だって、ほんとうにいいと思うんだもの」

「ふふ。知ってる」

そのとき、卓上の子機が鳴った。

液晶の小窓に表示されたのは、夫の実家の番号だった。

わたしは伊万里を振りかえり、唇に指を当てる。

「夫の愛人と三人で暮らしてます」だなんて、当然ながら夫の両親にもわたしの親にも話してはいない。わたしの友達が来ていると取りつくろうこともできるが、どのみち姑(しゅうとめ)はいい顔をするまい。

通話ボタンを押すと、険(けん)を含んだ姑の声が耳を打った。

「蕗子さん？　なにしてたの」

「ああ、いまは……」

「ちゃんとごはんはつくってるんでしょうね？　ちゃんとお弁当、あの子に持たせてあげてる？　あの子はお腹をこわしやすいんだから、この季節はとくに気をつけてもらわなくっちゃ……」

ろくに挨拶もさせずに、姑はまくしたてる。

わたしは通話をスピーカーフォンに切り替え、生返事をしながらマウスを動かす。

姑の話はいつも決まりきっている。自慢話か愚痴のどちらかだ。

今日は愚痴モードの日だったようで、怒濤のごとく言葉を浴びせられた。夫の叔父、つまり姑の弟から孫自慢されて悔しかった、という愚痴であった。

「蕗子さん、あなただっていつまでも若くないんだからね」

「はあ」

「いまはあの子が許してるだろうけど、いつまでもわがままってられないのよ」

「はあ」

わがままとは仕事のことだ。わたしが在宅ながらも働いて、夫の年収とほぼ同額稼いでいることを、姑はいつも「わがまま」と表現する。

「早く孫の顔を見せてちょうだい。聞いてるの？」

「はあ」

姑は知らない。わたしと夫が三年以上同じベッドで寝ていないことを。わたしに彼の子を産む気がないことを。わたしたちは嫌いあっても憎みあってもいない代わり、お互いとっくに興味を失っていることを。

しゃべらせるだけしゃべらせ、ようやく通話を切ったときには、三十分以上が経過していた。

首すじにひやりとした空気を感じ、振りかえる。

伊万里が窓を開けていた。

「なにしてるの？　雨が入るじゃない」

「空気の入れ替え」

肩越しにわたしを見て伊万里が言う。

「やな電話。いやなばばあ」

鼻柱にしわを寄せ、強い口調で吐き捨てる。

「空気が汚（けが）れた。蕗子さんに、こんな空気吸わせたくない」

わたしはすこし困ってしまう。そんなこと言うもんじゃない、とも、ありがとう、とも言いづらい。

代わりにわたしは眉を下げて、

「夕飯の買い物、行こうか」

と言った。


精肉店でたっぷりと牛肉を買い、スーパーで焼き豆腐やえのき茸を揃えて、わたしたちはマンションに戻った。

買ったものをエコバッグから出し、テーブルに並べる。伊万里がわたしの手もとを覗きこみながら言う。

「お砂糖、多めに入れてね。すき焼きは甘じょっぱいのが好き」

「わかった。あ、ビール冷やしといて」

「うん」

買い置きのビールの箱に伊万里はかがみこんで、

「あのばばあ、きっと榊さんにも電話してるね」

さらりと言った。

榊さんとは夫のことだ。わたしはうなずく。

「でしょうね。……今晩はあの人、わたしのベッドに来るかもよ」

「なんで」

わたしの言葉に、伊万里が振りかえる。漫画だったら「キッ！」と擬音が書き込まれそうな勢いだ。ビールの缶を片手に、目を怒らせている。

「だってお義母さんの言いつけどおり、子づくりしなくちゃでしょ」

「ふん」

冷蔵庫にビールを入れ、伊万里は叩きつけるように閉めた。

「だめ。行かせない」

「ふ」

わたしは思わず笑った。

伊万里が嫉妬している。どっちに？　なんてわたしは訊かない。訊く必要がない。

「あ、もう六時半」時計を見上げてつぶやく。

ぽつんと伊万里が言った。

「榊さんって、なんで毎日帰ってくるんだろ」

心から不思議そうな声音。

悪意のかけらもない口調だった。

榊さんこと夫は、いつも七時十二分に帰ってくる。

終業時間の六時きっかりにタイムカードを押し、会社を出て、電車に乗り、マンション最寄りの駅で降りて歩くと、どんなに急いでも七時十二分になるらしい。

わたしと夫の二人で暮らしていた頃、夫は仕事人間だった。残業残業で、帰宅は十時を過ぎるのが当たりまえだった。

いまの夫は、うって変わっておうち大好き人間だ。

わたしは白菜を手にとった。

「すき焼きの下ごしらえ、しなくちゃね」

4

夫はテーブルの上座に座る。その向かいにわたし。わたしの隣に伊万里が着く。

わたしたちは一つのテーブルですき焼きを食べ、ビールを飲む。

今日の最高気温は二十六度で、過ごしやすかった。けれど卓上コンロを置くと暑くなるから、エアコンをめいっぱい効かせた。

夫は酒を飲む女が嫌いだ。でも、やっぱり伊万里にはなにも言わない。それどころかグラスをぐいぐい呷る彼女に、目を細めて見とれている。

伊万里のぽってりした唇は霜降り肉の脂で光り、明かりを弾いていた。麝香みたいな女だ、とわたしは思う。どこにいてもなにをしていても、伊万里は目立って、とろりと蠱惑的なのだ。

さんざん食べてさんざん飲んだあと、伊万里は席を立った。

「髪が脂っぽくなっちゃった。シャワーしてくる」

わたしの三倍は飲んだくせに、けろっとしていて足取りも確かだ。呂律もちゃんとしているからすごい。

点けっぱなしのテレビが、保険のコマーシャルを騒がしくがなりたてている。

さてテーブルを片付けないと、と腰を浮かせたとき、

「蕗子」

夫が言った。

「おまえには、その……悪いと思ってるよ」

喉にこもった声。妙に芝居がかった語調だった。

「すまん。――いずれ、ちゃんとする。ちゃんとするから」

ちゃんとする？　なにを？　問いかえしかけ、わたしは気づいて言葉を呑んだ。

なにをって、伊万里のことだ。決まっているじゃないか。いまのわたしたちには、彼

女のことしか共通の話題がない。

「いいの」

わたしは急いで彼に調子を合わせた。

夫が望むであろう、けなげな妻らしき微笑をつくる。大げさに声のトーンを低める。

「いいのよ。わたしのことは、気にしないで」

そう、気にしないでほしい。むしろ夫には感謝している。

彼という存在があったからこそ、わたしたちは出会えたのだ。


お皿を洗い、ベランダで涼んで酔いを醒ましたあと、わたしはお風呂に入った。

浴槽の中で息をつき、わたしは思う。

——伊万里の入ったお湯。

と。

夫は湯舟に浸かるのを好まない。いつもシャワーで済ませる。だからこのお湯は、わたしたちしか浸かっていない。わたしと伊万里だけのお湯だ。

こんな言いかたは馬鹿みたいだけど、こんなふうに三人暮らしになるまで、わたしはずいぶんと孤独だったのだと思う。

夫と結婚していても、わたしはずっと一人だった。何年も一人で晩ごはんを食べ、一人でお風呂に浸かり、一人でお茶を飲んでいた。たとえ目の前の椅子に夫そのひとが座っていて、手で触れられる距離にいようと、だ。

わたしは水面にぶくぶく、と沈んでみる。なまぬるいお湯が口の中に入ってくる。けれど、すこしも汚いと思わない。

伊万里だってそうだろう。わたしが入ったお湯を、汚いとは感じないに違いない。

ぬるいお湯を、わたしはこくりと嚥下(えんげ)した。

ドライヤーで乾かした髪を撫でつけながら、リヴィングダイニングへ戻った。

伊万里と夫が抱き合っていた。

夫の背に、伊万里のしなやかな腕が巻きついている。夫の手が、伊万里の腰のあたりをまさぐっている。

でも彼を抱きしめながら、伊万里の目はわたしを見つめていた。

夫はこちらに気づいていないようだ。わたしは足音を忍ばせてキッチンへ向かい、そっと冷蔵庫を開け、ミネラルウォーターの瓶を取りだす。

その間も、伊万里の視線はわたしを追っている。

彼女の唇が動く。

——行かせない。

大丈夫。今夜、この人を蕗子さんの寝室には行かせない。

——子づくりなんかさせない。

わたしはちいさくうなずき、足音を殺してキッチンを出た。

5

ベッドに仰向いて本を読んでいるうち、いつの間にかまどろんでしまったようだ。

とろとろと夢を見た。

楽しい夢だった。わたしはちいさな子どもで、伊万里はもっとちいさくて、幼馴染みなのだ。

わたしたちは絵本の『ぐりとぐら』みたいだった。いつも一緒だった。そして大きなパン窯(がま)を使って、大きな大きなふかふかのパンを焼く。

まどろみを破ったのは、ノックの音だった。

「蕗子さん」

ささやきながら伊万里が入ってくる。

やっぱりキャミソール一枚だ。でも朝に見たラズベリーではなく、すみれ色のキャミソールに変わっていた。

「シャワー、もういっぺん浴びたから」

その言葉が嘘でない証拠に、いい匂いが室内に満ちる。

伊万里が最近お気に入りなボディオイルの香りだ。ミスディオール。みずみずしいローズウォーターの香り。

「ん、夢、……見てた」

わたしは目がしらを擦(こす)った。

「夢？」

「うん。いい夢だった。あー、もう一回見たい……。目を閉じたら、あの夢のつづき、見れないかな」

「なにそれ」

伊万里が頬をふくらませ、ベッドにもぐりこんでくる。

「蕗子さん、もっとそっち寄って」

「うん」

体をずらしてやりながら、わたしは苦笑する。

「なに怒ってるの、伊万里」

「だってえ！　せっかくあたしが守ってあげて、来てあげたのに！　蕗子さんってば、夢のほうがいいみたいなこと言うんだもん」

こんなときの伊万里は、まるっきり駄々っ子だ。口を尖らせ、眉を吊りあげている。

「それに夢だったら、一緒に寝てもだめじゃん。同じの見れないじゃん！　そんなのつまんない。つまんない。つまんない！」

「つまんなくないよ」

なだめるようにわたしは言った。

「だって夢の中に、伊万里も出てきたもの」

「……ほんと？」

「ほんと。わたしとあなただけが出てくる、いい夢だった」

だからこそいい夢だったんじゃない――。

そう言って髪をやさしく指で梳いてやる。

「んふふ」

ようやく機嫌をなおして、伊万里は含み笑った。

「ふふ。だったらいいよ」

許可を与えるように、上からの口調で言う。

「その夢なら、つづきを見てもいい」

伊万里は寝がえりを打ち、わたしの首もとに顔を埋めた。ミスディオールが、いっそう強く香る。吐息で耳たぶがこそばゆい。

「どんな夢だったか聞きたい？」

そう尋ねたけれど、伊万里は答えなかった。

ただ眠そうにぼやけた声で、

「蕗子さん」と言った。

「ん？」

「明日もパン屋、……行こう」

「うん」

「……二人きりでね」

「うん」

けれどわたしが「行こうね」と付け足す前に、伊万里は寝息をたてはじめていた。

規則正しく、すこやかな寝息。

そこにいるだけで、伊万里は匂い立つ。鼻さきをくすぐって、彼女そのものが香る。

――やっぱり子どもなんて、いらないなあ。

わたしは実感する。

いまのわたしに足りないものなんてない。この三人暮らしに、すこしも不足や不満を感じていない。

手を伸ばして、ベッドサイドのスタンドを消した。

やさしく濃い闇が部屋を覆う。

時計の秒針を聞きながら、わたしはそっとまぶたを下ろした。

Yuri Collection wiz

エリアンタス・ロバートソン

宮木あや子

Miyagi Ayako

宮木あや子

みやぎ・あやこ

1976年、神奈川県生まれ。『花宵道中』で第5回女による女のためのR-18文学賞の大賞と読者賞を受賞。幅広い作風のなか、代表作『雨の塔』をはじめ百合小説も数多い。〝雨の塔〟とは家の都合で〝島流し〟にされた少女たちが暮らす女子大学寮のことで、矢咲、小津、三島、都岡の四人は共同生活を通じて惹かれ合い、やがて引き離されていく。矢咲と彼女の心に深く突き刺さっていた黒川さくらにフォーカスする「水流と砂金」(『文芸あねもね』)、アパレルに勤める女性と〝黒川〟を名乗る女性顧客との性愛を語る「コンクパール」(『官能と少女』)のほか、姉妹篇『太陽の庭』、大正時代から第二次大戦下の女性たちの関係を描く『白蝶花』といった関連作は、『雨の塔』から連なる独自の世界を構築する。本作「エリアンタス・ロバートソン」もまた、『雨の塔』スピンオフ。独立して読むことのできる百合作品には、単行本版が『コミック百合姫』レーベルから刊行された『あまいゆびさき』や、『砂子のなかより青き草』、「金色」(『喉の奥なら傷ついてもばれない』)、『ヴィオレッタの尖骨』などがある。

海外ドラマに意外な百合

『THE 100/ハンドレッド』

観進めていくと顔の良い百合が出てきます。地球滅亡後の世界を描いているため、現代のセクシャリティの括りのようなものがなく、みんな単に「自分の好きな人」と恋をしている。すてきなせかい。

『ペーパー・ハウス』(スペイン版)

直接的な百合表現はありませんが、映画『オーシャンズ8』のデビーとルーに百合を受信した人なら、トーキョーとナイロビの関係性は刹那的な百合。あと単純に物語が面白いから観てみるといいです。

ダイニングテーブルの上、トルコキキョウとデルフィニウムを活けた花瓶の横に、夫がどこかから持ち帰ってきたチラシの束が置いてあった。朝出かける前に鞄から取り出し、ゴミ箱まで運ぶ時間がなかったのだろう。どれだけデジタル化が進んでもチラシ文化はなくならないのだな、とその紙の束を捨てる前に、いつもどおり必要か不必要かを確認してからにしようと一枚一枚めくっていった。ときどき掘り出し物があるからだ。

演劇、コンサート、ミュージカル、ミュージカル、コンサート、演劇……。この狭い東京の一ヶ月でいったいどれだけの見せ物が催されているのか。その有象無象の中から私は気になるものをひとつ見つけた。「幻想の夕べ」と題されたジョナサン・ベイカーのピアノリサイタル。その昔、若きイケメンピアニストとして世界中で演奏会が開かれていた人だ。私も一度だけコンサートに連れて行ってもらったことがある。あれから約十五年が経っていた。最近撮影されたと思しき彼の顔写真は当然あのころよりも歳を重ね、若干太っていたが、気になったのはその横に印刷された、二台ピアノ曲のパートナーとして名を連ねている若い女性ピアニストのほうだった。

Helianthus Robertson　―エリアンタス・ロバートソン―

見覚えがあった。名前にではなく、ジョナサンの五分の一くらいのサイズの小さな囲み写真の中の顔に。

私の知っている彼女は、おそらくスラヴ人の血の混じる、髪の長い美しい少女だった。滅多に笑わない小さな唇も、表情を翳らせる青黒いクマも、うっすらと散ったそばかすも、そういう趣向で制作された人形のようで、初めて教室で彼女を見たとき、外見の美しさと纏う空気の陰気さのギャップに面食らったものだ。

写真の中の彼女は、少女特有の頰の肉がすっきりと落ち、髪の毛は顎のあたりで短く切り揃えられていた。目の下の青グマは相変わらずだが、こういう写真って普通は修正してもらえるものなのに、してもらわなかったのだろうか。

夜の十時を過ぎて酒のにおいを纏い帰ってきた夫はトイレに直行し、吐いていた。胃袋を出して洗えれば便利なのになあ、といつも可哀想に思う。十分くらいののち、すっきりした顔でリビングへやってきた彼に、私はペースト状のおかゆと大量のサプリメントを出したあとチラシを見せる。

「これ観に行きたい。もう来週だけど、今からでもチケット用意してもらえるかな?」

「おおー、懐かしいな、ジョナサン・ベイカー。好きだったの?」

「人並みに好きだった。あと、この二台ピアノの相手をするらしい女の子、たぶん私の元教え子だと思うの」

　夫はレンゲを口に運ぶ手を止め、私からチラシを受け取ると、まじまじとその写真を見て言った。

「よく憶えてるね、先生やってたらすごい人数の生徒見てるでしょ」

「ちょっとしか先生やらなかったし、生徒数すごく少ない学校だったし、綺麗な子だったから憶えてる」

「まあ、たしかに外国の子なら印象深いわな」

「当時は日本語の名前だった。つおか、さん、だったはず」

「じゃあこれ芸名か」

　おかゆを食べ終わり、私が用意した薬とサプリメント合計九十七錠を三回に分けて飲み下したあと、夫はスマホからどこかの誰かにメールを打った。五分後くらいに「席取れたってよ」と報告しにくる。専業主婦の、平穏で退屈でなんの変化もない生活の中に、楽しみができた。そして一緒に若き日のジョナサン・ベイカーを観に行った人の顔も蘇る。鮮血のように。

＊

　教師になると報告したとき、親は猛烈に反対した。わざわざそんな苦労をしにいかなくても見合いで良い相手を見つけてやる、と怒鳴り散らした父は翌週、まだ大学生の娘に、二十センチくらいの釣り書きの束を持って帰ってきた。結婚から逃げるために手に職をつけるのに、見合いなどさせられては本末転倒だ。

親の反対を押し切って採用試験を受け、英語の教師として都内の女子校に就職した。父親は大きな銀行のそこそこ偉い人で、見栄のためか一人娘をいわゆるお嬢様学校に入学させ、バレエとピアノと茶道を習わせていた。したがって私自身もそれなりにお嬢様育ちだと自負していたが、就職先となる、幼稚園から高校まで一貫教育を行うその学校に通う生徒たちの実家は、彼女たちの苗字からして明らかに資産の桁が違った。こういう家に生まれた子供にとっての「お金」は、水や空気と同じく存在していて当たり前なのだな、とやるせなく思ったことを憶えている。

——この子、三島さん、特に注意して見てください。

中学二年生の副担任になると決まったとき、受け持つ生徒たちの人となりを、担任の教師と、彼女たちをよく知る初等部のベテラン教師から教え込まれた。名簿の最後のほうにいる「三島さん」は、六年間でひとりも友達ができず、というよりも作ろうとせず、毎日人形と一緒に登校していたそうだ。

——あと、この都岡(つおか)さん。去年の中途半端な時期に転入してきたんですけど、三島さんの唯一のお友達で、素性が一切判らないんですが外国人です。会話はまったく問題ありませんがほとんど漢字が書けません。ひらがなも象形文字みたいな字を書きます。でも絶対に笑ったりしないようにしてくださいね。心の傷になりかねませんから。

担任となる教師が口を挟む。

——……この学校、たしか生徒の身元調査をしているし転校生も受け入れていませんよね？　どうやって受験したんでしょうか？

——お金が絡めばよくある話です。私も詳細は知らないんですが、三島さんのおうち絡みだそうで。あ、三島さんも対等な人間関係がどんなものか理解していないので、両方ともよく見てあげてくださいね。

——判りました。

——それから、三島さんのやることにあまり過剰に口出しすると嚙みつかれます。お気をつけて。

——わりと厄介な生徒さんなんですね。

——厄介というか、初等部の五年生のとき副担任がそれで腕を縫う怪我をしてますので。

嚙みつくの意味が比喩でなく。本当に歯で。なんとワイルドなお嬢様か。

そして四月七日、コンサートホールを兼ねた荘厳な講堂で行われた始業式のあと、初等部の教師に「要注意人物」とされたふたりの女生徒を含む二十五人の生徒たちと初めて対面した。新任であること、教科は英語であること、茶道部の副顧問を任されたこと。必要最低限の自己紹介をしたあと、担任の教師が「よろしくお願いします」と私に言うと、生徒たちもお行儀よくそれを復唱する。美しい。

「みんなも久良（くら）先生のために自己紹介してくださいね」

担任の言葉に促され、名簿順に「青木さん」から自己紹介が始まる。よく見てあげて、と言われた都岡さんは九番目に椅子から立ち上がった。

「都岡百合子（ゆりこ）です、ピアノを弾くのとアイスクリームが好きです。よろしくお願いします」

……静止画の人形っぽさもすごいけど動いててもお人形みたい、と、彼女の喋る様子を見て一瞬言葉を失ったが、この自己紹介は新任の私とのコミュニケーションも兼ねていたため、慌てて言葉を返した。

「ありがとうございます。どんなアイスクリームが好きですか？」

我ながらバカみたいな質問をしてしまった。都岡さんは私と同じく一瞬言葉に詰まり、うつむくと小さな声で答えた。

「……冷たいの……」

周りでちらほらと、あまり好意的ではない笑い声があがる。すると少し離れた席に座っていた、おそろしく顔の可愛い、たぶん三島さんがいきなり「いちご！」と叫んだ。

「都岡が好きなのは苺味。どんな、じゃなくて、なんの、でしょ。国語の先生なのにバカなの？」

「いえ、英語です」

反射的に答えてから、しまった、と思った。幸いにして腕を縫う怪我は負わなかったが、初日から嫌われたらしく三島さんは最後まで自己紹介をしてくれなかった。

鈴里(すずり)は困ったように笑いながら私の話に耳を傾けた。否、傾けている振りをしながら雑誌を読んでいた。彼女が住む狭い二間のアパートはとても古く、隙間風が入ってきて、ときどき雨漏りもする。畳にラグを敷き、その上にアンティークのソファやローテーブル、ペガサスの形のスタンド照明を並べている彼女の部屋は、初めて訪れた高校生のとき、古い映画やテレビドラマのセットの中に迷い込んだみたいで、非日常感にワクワクした。今でもこの部屋に美しい鈴里と自分がいることを思うと、身体か精神のどちらか半分は現実の外にいるような錯覚に陥る。

「あなたみたいなお嬢様が本当に先生やれてるとは思わなかったよ」

「だから私なんてお嬢様とは言えないんだって思い知ったんだってば」

やっと雑誌を閉じて傍らのブックスタンドに戻してくれた鈴里の腕に、私は絡みつく。その手指は細くて滑らかで、黒いシャツの下に隠れた肩から上腕のあたりには、若いころ日焼け後のケアを怠ったらしく、まだらのしみがある。顔の中心にも似たようなそばかすが散っていて、しかし彼女はそれを隠そうともせず、お化粧はいつもアイラインと口紅だけ。素材のままで瑕疵(かし)まで美しい彼女を、これまで何人の女が愛してきたのだろうと思うと、いつも胸の奥が焼けるように引き攣(つ)れた。あと一時間足らず。今日はもうそれしか一緒にいられない。就職してしまった今となっては、人生であとどれくらいの時間を彼女と一緒に過ごせるのだろうと暗澹たる気持ちになる。

勤務し始めた学校は東京の中心部に位置する。鈴里の家は小田急線沿線の住宅街。そして私の住む家は神奈川県の南部にある。あの両親が娘の一人暮らしを許可するはずもなく、実家から通勤すること、午後十時の門限を条件に就職だけはどうにか許してもらえた。一人暮らしは危険だから、と彼らは言うが、長時間電車で通勤するほうが遥かに危険だと思う。

その日、鈴里は珍しく駅まで送ってくれた。一生のうち彼女と一緒にいられる、隣を歩ける時間が十分ちょっと増えたこと。それだけで私の心の中のうさぎが飛び跳ねる。小さいころから心の中にうさぎと鬼がいる。親や教師はうさぎを健やかに育て、鬼を殺すように躾を施してくるけれど、鬼は不死身だから何度殺しても生き返る。最近はもう殺すことを諦めて共生している。

帰宅する人たちが吐き出される住宅街の小さな駅の改札前で、男女のカップルだったら別れ際のキスをするのかな、羨ましいな、と思いながら、私は鈴里に手を振り改札を通り抜け、日常へ向かう電車に乗る。

中学二年生だったころ、世界は灰色だった。自分の寿命は十七歳を終えるときだと思っていたから、残りの人生をどう生きるか、灰色を少しでもバラ色に変える手段を想像しても、灰色はもっと分厚く濃くなるだけだった。

　世間的に見ればこの上なく恵まれた家庭に生まれ、何不自由ない暮らしをしている生徒たちがお行儀よく机を並べるこの教室の中にも、漠然と「ここではないどこか」「見知らぬ誰か」を求めて心を灰色に染めている生徒はいるだろう。十三歳、十四歳、十五歳。世界は狭くて、見慣れていて、日々変わるものといえば天候くらいだった。私が通っていた学校は一学年五クラスで、一クラス四十人近い生徒がいたが、この学校は一学年三クラス、ひとつの教室にいる生徒はわずか二十五人である。退学や家庭の事情などで高校卒業時には二十人以下に減ることもあるらしい。窓が大きく教室は広々としているけれど、もし自分がここにいたら、きっと息が詰まる。

「先生、大学はどこだったんですか？」

　授業が終わって教職員室に戻ろうとしていたとき、ひとりの生徒に呼び止められた。二週間ほど彼女たちを観察してきた限り、ひときわ大人びていて、おそらく学年のリーダー格と思われる大須賀（おおすが）さんという子だった。

「N女子大です」

「海外じゃないんだ」

「一応三ヶ月だけロンドンに留学はしたけど、海外の大学出身じゃないと不安ですか？」

「いいえ。発音綺麗だなって思っただけ」

「嬉しい。ありがとうございます」

ちなみにロンドンは、留学とは名ばかりの長期修学旅行のようなもので、気を違えんばかりに心配した母親が三ヶ月丸ごと寮の向かいのホテルに滞在し、毎朝毎夕様子を見に訪ねて来ていたため、ぜんぜん留学ではなかった。

大須賀さんはその後もいろいろ話しかけてくるようになった。放課後も教職員室にやってきて、とくに面白くもないであろう私の身の上話をせがんだ。

「先生、電話番号教えてよ」

「ごめんなさい。私の電話、未だにキッズ携帯だから親が登録した番号にしかかけられないし受けられないんですよ」

「え、なにそれ⁉ じゃあもう一個契約すればいいのに」

私もそれは何度か考えたが、帰宅後は毎日母親が鞄の中身を点検しているから無理だ。せめてもの抵抗で、位置情報お知らせ機能はこっそりオフに設定してある。

鈴里に会える時間が減ってしまうため、大須賀さんの存在は非常に煩わしかった。しかし学年のリーダー格の機嫌を損ねて嫌われでもしたら、たぶん私の教員人生は終わる。だから学生時代に十日間だけ経験した接客業のアルバイトを思い出し、できるだけ笑顔で対応していた。

そのうちに、大須賀さんは三島さんと都岡さんの悪口を言うようになった。もちろん育ちの良いお嬢さんゆえ、言葉の裏を考えないとそれは悪口には聞こえない。そういう巧妙な悪口。やっぱりいつの時代にもこういう子はいるのだな、と心の中のうさぎが不味い草を食べたような気持ちになる。

「……いつの時代にもいるんだねえ、そういう子」

一週間ぶりに会えた鈴里の言葉は私の感想と同じで、なんだか嬉しかった。今日は彼女が料理を作ってくれていた。飲み屋で働いていたため「おかず」ではなく「おつまみ」みたいなものを作るのが上手だ。

「鈴里は人に興味なさそうだから、悪口とか言わなかったろうね」

「そんなことない。私はそっちのタイプだったよ。悪口とかじゃなくてどちらかというと、直接いじめるほうだけど」

「えっ？」

十八歳の誕生日の三日前、すなわち私が自分で決めた寿命の二日前に出会ってから、五年近く経っていた。しかし彼女がどんな少女時代を送っていたのか、このとき初めて聞いた。

「リーダー格の子がいてね。私はその取り巻きっぽい感じだったの。だから直接手を下すほう。でも、いじめてた子が自殺しちゃって。未遂だったけど、それからかな、あんまり深く人と関われなくなった」

淡々と彼女の口から語られる断片的な過去は、私の心の中にいる鬼をゆり起こす。私の知らない鈴里を知っている女が存在すること。それがむかつく。

鈴里と出会ったのは小さな映画館だった。なるべく魂を綺麗なもので満たしてから死にたいと思っていた私は、高等部にあがると、ときどき習い事をさぼって美術館や映画館に行くようになっていた。バレエやピアノ、和の作品など親から強いられた綺麗なものとは違う「私が自ら選んだ私だけの綺麗なもの」は、習い事をさぼっている罪悪感や背徳感と相まってより輝いて見えた。このときの映画は東欧のよく知らない国の戦争の話で、まだ世界がどれだけ凄惨か判っていなかった子供にとっては面白くもなんともなかったが、とにかく映像と音楽が一分の隙もなく美しくて、人生の最後にふさわしい映画だったと、エンドロールが終わったあとため息をついた。

古くて小さな映画館には、場末感漂う狭い喫茶店兼居酒屋のようなものが併設されている。あまりの場末感にそれまでは一度も入ったことがなかったのだが、この日はすぐに電車に乗る気になれず、かといってまったく知らない店に入る気力も勇気もなく、埃まみれの観葉植物の置いてある入り口に、思い切って足を踏み入れた。小さなテーブルと軋むラタンの椅子が並ぶ店内には、私ひとりしか客がいなかった。

——どうでした？　映画。

ビニールカバーがべたべたするメニューに名前のあった、こんな場末にはふさわしくないなあと思いながら頼んだピンクレモネードを運んできた人が鈴里だった。注文をしたときは気付かなかったが、指が綺麗な人だった。私は指先から顔まで視線をあげてゆき、答えた。

――よく判らなかったけど、綺麗でした。

――綺麗ですよね、空の青と土の赤のコントラストと、音楽が。私も高校生のころ初めて観て、音楽と空の色しか憶えてなかったんですけど。

——え、リバイバルなんですかあれ？

——リバイバルです。五日間限定だから、明後日終わっちゃうんですよ。

私があの日、あの映画を観ていなければ鈴里とは出会わなかった。「死にながら生きる」術も教われなかった。人生の99%は思い通りにならない。でも残りの1%が楽しいかもしれない。だから心の99%を殺して生きて、1%の楽しいことを見つけたら生き返ればいい。

鈴里はそう教えてくれた。そんな彼女が己を殺したトリガーは、いじめた末に自殺未遂をさせてしまった子らしい。私はそういう楔を彼女の心に少しでも打つことができるのか。彼女にとっては心を傷めるできごとだったろうに、社会に出たばかりの、まだ私自身を殺し切れていない私には、その話は嫉妬という種類の鬼を暴れさせるものでしかなかった。

喫茶場末（仮）の収入だけで生活が成り立つはずはなく、そもそも彼女がそこに勤めていたのはタダで珍しい映画が観られるからというだけの小銭稼ぎで、本業はバーテンダー兼調理係だった。女の客しか来ないお店の。その客は皆、女の人を愛するタイプの。そういう場所があることを初めて知った当時の私は単純に嬉しかった。しかし喜びは、それほど長くはない期間を経て嫉妬に変わった。

　大人になれば、もしくは社会性や協調性を重んじるまともな親に育てられていれば、他人が自分の思い通りにならないことは経験として判ってゆく。けれどそのときの私は、家族と学校と習い事、それ以外の「外の世界」を知ることがないように、外気に触れたら死ぬ生き物かのように育てられてきた子供だった。もはや真空パック。恋愛も、相手が女であったがゆえに、当然片思いしか経験がなかった。

　どうして鈴里が何年間も私と一緒にいてくれたのか。それは私が脅（おど）したからだ。

　誕生日の前日、また同じ、映像は抜群に綺麗だけどまったくもってつまらない映画を観に行った。観終わったあと同じように場末へ入った。

――私、今日これから死ぬんです。

ピンクレモネードを運んできた鈴里に私は言った。鈴里は二秒くらい言葉に詰まったあと、曖昧に微笑み答えた。

――可愛いのにもったいない。

――だから死ぬの。これ以上生きてても可愛さが目減りするだけだから。

――私も高校生のころそんなこと考えてましたけど、実際に手首切ってみたら痛すぎて気持ち悪くなっちゃって、高校卒業したあと死んだつもりになって海外に行きました。

――どこに行ったんですか？

――インドを中心にアジアをいろいろと。

――やっぱりインドなんですか、そういうときって。

――インドですね。半年ちょっと滞在した中で十五回くらい死にかけて、そのたびに「まだ死にたくねえ！」って思ったから、本当は生きたかったんだと思います。

長い髪の毛をうしろでひとつに縛っただけの、柘榴色の口紅がとてもよく似合う異世界人のように美しい彼女は、説得にもならない単なる自分の話をしたあと「ごゆっくり」と言ってカウンターの中に戻っていった。言葉どおり門限に間に合うギリギリまでごゆっくりした私は、レジで会計をしているとき、彼女を脅した。


私のインドになってください。じゃなきゃ死ぬ。

私と違って絶対にそんなことを言わないだろうが、教室の中で一番死にそうなのは都岡さんだな、と思う。いつも三島さんに手を引かれて、運命を決められて、自分の意思を持つ気力もない。かつての私のような、漠然と救いとなる何かや誰かを求めている感じ。

スコールのような雨が降る七月はじめの放課後、顧問の先生に頼まれて和室でひとり茶道具の手入れをしていたら、車の走行音に似た雨音に交じってピアノの音色が聞こえてきた。その旋律の断片を聴きとった瞬間、ここ中等部の校舎よね？　と耳を疑った。高校二年生を終えるまでピアノを習い続けた私がついぞたどり着けなかった〝ラ・カンパネラ〟である。誰が弾いているのかと思って一階上にある音楽室を覗いてみると、大きなグランドピアノの前には別人のような、キラキラとした生命力に溢れる都岡さんがいた。そういえば今日は教室に三島さんがいなかった。

私はしばらく入り口から、曲を弾き終わった都岡さんがこちらに気づき、戸惑った顔でぺこりと頭を下げるところまでを見ていた。

「すごいね、私もずっとその曲を弾きたくてピアノ習ってて結局弾けないまま終わっちゃったんだけど、まさか中学生がこんなに上手に弾けるなんて」

斯様(かよう)に薄っぺらい称賛は彼女の心を一ミリも動かさないだろうな、と思いつつも私は音楽室に足を踏み入れ、ピアノの傍らに立つ。だが予想に反し、都岡さんは言葉を返してくれた。

「……パガニーニが好きなんです」

「私も好き。曲が、っていうよりも、貴族のサロンでキラキラなピアノ弾いてた人が、悪魔と契約したとかいう胡散くさい変な天才に憧れてこじらせちゃうのとか、なんか、すごく判る」

私の同意に、初めて都岡さんは笑顔を見せた。

「いつか最初の鐘までたどり着きたいの」

リストがパガニーニに焦がれて作曲というか編曲というか、とにかく色々オマージュした〝ラ・カンパネラ〟一連の作品の中で最も難易度が高いとされているのは、最初に発表された〝華麗なる大幻想曲〟だ。あまりの難しさに弾ける人がいなすぎて、音源がほとんど存在しない。さっきまで彼女が演奏していたのは〝大練習曲第3番〟で、鐘（カンパネラ）シリーズの中での難易度は一番低いが、常識的に考えて十三歳や十四歳の子供がやすやすと弾けるレベルのものではない。

「最初の鐘までたどり着きたい、って詩みたいで素敵ね」

「うん。たぶん、その鐘はすごく遠い」

昏の隙間から白くて綺麗な歯並びが見えた。もう少しその笑顔を見たかったから何か話をしたかったのに話題が見つからず、気まずい沈黙が漂ったあと、都岡さんは「そろそろ帰ります」と言った。

「ごめんなさい、邪魔しちゃって」

「いえ、もう三島のところに行かないと」

「今日お休みだったよね。本当に仲良しなのね」

仲良し、という関係のふたりではないことを察しているのに私は言った。都岡さんもそんな私の詮索を知ってか、感情の見えない顔で「はい」とだけ答え、譜面台の上を片付け始める。私は言葉の蛇口を緩め、思い切って尋ねた。

「都岡さん、無理してない？」

「……してません」

「そっか、そう答えるしかないね」

雨雲の隙間に差す光のようだった僅かな笑顔はすっかり消え失せ、都岡さんは私から目を逸らすと楽譜を抱え、小走りに部屋を出て行った。

狭い世界では人との距離も狭くなる。関わり方が判らなくなる。たぶんかつての自分よりも狭くて小さな世界で生かされている少女たちを、少し離れた場所から眺める私は、三島さんと都岡さんの関係を過去の、そして現在の自分に重ねている。最初は都岡さんが私だと思っていた。でもどちらかと言えば私は三島さんで、都岡さんは鈴里だ。

このときの私は世界のすべてが鈴里だった。単純に、親の意思と無関係の「外の世界」で、初めて出会った「私が自ら選んだ私だけの綺麗なもの（人間）」が鈴里だっただけなのだが、たぶん鈴里でなければこんなに好きにはならなかった。結婚できないから法的にその関係が認められるわけではないし、何よりも彼女は束縛を嫌う。私がいくら独占欲という縄で縛りつけようと、軟体動物のようにぬるりとそれを抜けてゆく。不愉快な顔を見せるわけでもない、怒るわけでもない。ただすり抜けてゆくだけだ。

――私のこと好きでもなんでもないでしょ。私なんかいなくても平気なんでしょ。

出会って、家に行くようになって、キスをして、激痛と共に彼女の長く美しい指を身体の奥に受け入れてしばらくしたころ、あまりに思い通りにならない鈴里に対し、泣きながら感情をぶつけた。彼女は少しだけ困った顔をして答えた。

――なんて答えてほしいの？　嘘でもいいの？

彼女と私の関係が恋愛ならば、あなたはひどい人だと詰（なじ）れただろう。けれどそれは恋愛などではなかった。はじめから私が一方的に執着し一緒にいたいと願っただけだ。彼女にとっては単に「母数の少ない同性愛者の中で自分に好意を持った可愛い子」というだけ。嘘は嫌だ、あなたの心が、あなたの関心のすべてが欲しいと泣き叫んだら、この関係は終わってしまう。だから私は「傍にいるだけでいい」という苦くて痛い選択肢を選ばざるをえなかった。

　唇を重ねるとき、彼女は軽くしか触れてこない。私が何か可愛いことをして喜ばせ、向こうから顔を寄せてきたときでさえ、啄むように軽く触れるだけだ。もっとしてほしい、もっと近くにきてほしいと飢えて縋って自ら求め、かろうじて施される愛に似た何かはいつも悲しいほど薄くて足りない。きっと私に対してだけではなく誰に対してもそうなのだ。彼女が誰のものにもならないということは、少し共に過ごせばどんな鈍感な女でもすぐに判る。

　思考や身体の99％が鈴里だった私は、残りの1％のうちの八割くらいで教師を務め、もうこれ以上は色も香りも出ない、という残りの二割で「娘」を演じていた。そんな薄い出涸らしみたいな娘でも両親にとっては「私たちの大切な可愛い娘」だったため、鈴里と会っていて、名残惜しくて、午後十時の門限を過ぎてしまうと母は翌日学校に電話をかけた。幸いなことに、学校側は生徒の親からの様々な電話で慣れっこだったため、教師の親からのクレームめいた陳情など気にも留めなかった。私は助かったが、そのせいで親はますます躍起になって私を結婚させようとする。彼らの声や行動はすべて私の皮膚の一ミリ外側を通り過ぎてゆく。鈴里以外は何もかもどうでもよかった。外で仕事をするのは、家から出て鈴里に会うためだけ。親のコネ以外の就職先で唯一認めてもらえそうだったのが「良いおうちのお嬢さんしかいない女子校の教師」だっただけだ。

同じ年頃の経験を持っているはずなのに、どうして彼らは忘れてるんだろう。どんなに厳選しても、人がある程度集まるところには必ず不穏分子、教師っぽく言えば腐ったみかんは必ずいるということを。そのみかんが生徒ではなく教師かもしれないと、我が子かもしれないと何故想像もできないのか。

就職するまで知らなかったのだが、夏休みも教師は週五で出勤する。校内研修だとか外部の研究会だとか、とくに興味もないのに参加しなければならない。終わるのはだいたい午後七時過ぎになる。ある日、生徒の誰かが何かの大会に出るからみんなで応援に行きましょうみたいな行事があった日、私は仮病で休んで朝から鈴里の家に行った。扉を叩く音に起きてきた鈴里は当然まだ寝ていて、私を部屋に招き入れると再びベッドに寝転がった。これから夜までずっと一緒に過ごせる、と思うと胸の中でうさぎが躍った。

一時間くらいして目を覚ました鈴里は私の来訪を憶えていなかったらしく、ほとんど寝たまま、ちょうど良かった、と言って携帯に届いたメールを見せてきた。それは昔勤めていたお店のお客さんからで、コンサートに招待されていたのにうっかり忘れて海外に行ってしまって、座席を空にするわけにもいかないから代わりに行ってくれないか、という内容だった。お店のお客さんとメールのやりとりをしていることにチリチリと腹の奥が熱くなったが、何かを言う前に「夜までいられるなら一緒に行こう」と言われ、更にメールの文面にあった演奏者の名前を見て熱さは別の種類の熱に変わった。

「ジョナサン・ベイカー！」

「知ってる？」

「私がこの世で唯一存在を否定しないでいられる男の人」

私の言葉に、鈴里は這うようにベッドから降り、ローテーブルの上にあるPCを開くと、何度もタイプミスを繰り返した末、ジョナサンの名を検索した。

「なるほど、美しい人だね」

その言葉に嘘偽りはなく、美しいものをたくさん見てきているはずの鈴里からの同意を得て、嬉しくなってうさぎが大発生した。心の中がうさぎだらけだ。

エアコンが壊れたらしい灼熱の部屋の中で汗だくになりながら一度セックスをして、シャワーを浴びたあと扇風機の風に当たり少し寝た。ずっとこんな日がつづけばいい。人生の約四分の一という長い時間を鈴里と共に過ごしているのに、好きは増すばかりだ。いっそ抱き合いながら死ねればいい。手のひらに触れた薄い乳房の奥には私と同じく小さな鼓動がある。手を突っ込んでその動きの元となる臓器を捻り潰したい。そうしたら、この人の瞳に映った、鼓膜を震わした、最後の人になれるのに。

午後三時過ぎに鈴里に起こされ、服を着て化粧を直してからふたりで部屋を出た。ご飯を食べに行くとか飲みに行くとか、生命維持に直結するお出かけ以外のお出かけが久しぶりで嬉しくて、私は彼女の手に触れる。拒否されなかったからそのまま指を互い違いに絡めた。これも拒否されなかった。彼女の指が曲がり私の手の甲に触れる。すれ違う人たちひとりひとりに誇って回りたかった。これが私の愛しい人です。私はこの美しい人に受け入れられたのです。この人が存在しているから私は生きていられるのです。嗚呼、私の世界！　ハレルヤ！

でもいつか。たぶんいつかこの世界に終わりが来る。

私の身体と心は苦労ができるように作られてない。鈴里さえいればあとは何もいらない、と思ってはいても、いざふたりで無人島に放り出されれば食べ物や調理器具がないことに耐えられないだろうし、虫や野生動物の心配をしながらの野宿もできない。外気から遮断された真空パック育ちの女と、鮫に足を食いちぎられたら腐るに任せて死にそうな女がふたりで寄り添って生きていくのは、しろうとの無人島生活と同じくらい困難だ。

いつか終わる。でも考えたくない。彼女が私を愛していないことなど判っていたのに、若くて可愛い女の子なら私ではなく誰でも良かったのであろうことも知っていたのに、なんらかの奇跡さえ起これば添い遂げられるかもしれないという脆い期待を捨てきれなかった。

他人から可愛いと言われて育った若い娘にとって、若くて可愛いことは、自覚があろうとなかろうと何にも勝る資産である。少なくとも私は、自分の勤め先でエビデンスを実感している。

私をあからさまに嫌っている三島さんは学年一、むしろ東京一顔が可愛い。体軀も華奢で小さくて、どうしても構いたくなるらしく、教師たちは「教育」という名目の下、彼女を構おうとする。それを煩わしく感じる三島さんは教師だろうと生徒だろうと、都岡さん以外の人を遠ざける。彼女が嫌っている教師は私だけではなく、少しでも彼女に何かを言えばたちまち嫌われるらしいのだが、それでも彼女は「可愛い」というだけで何もかもが許されている。私も、私よりも可愛いもの、美しいものはそれだけで存在する価値がある、崇拝に値すると思っていたので、いくら嫌われようとも三島さんにマイナスの感情を抱けなかった。

三島さんほどではないが、鈴里を取り巻くすべての物質の中では、おそらく私が一番若くて可愛い。だから好かれてはいなくても嫌われることはない、私には確固たる資産がある。あった。はずだった。

学校の夏休みが終わったあたりから、鈴里の様子がおかしくなった。私が大学に入学してしばらくののち、鈴里は映画館の仕事も夜の仕事も辞めている。パソコンを使った在宅の仕事を始めたと言っていた。何をしているのか詳しくは教えてくれなかったので、私も掘り下げてはいなかったのだが、二学期が始まると彼女は目に見えて私に対して手を抜き始めた。

きっと忙しいからだ。それに忙しさは一過性のものかもしれない。彼女の邪魔になることはしないようにしていたし、これまでも仕事が立て込んでいて忙しすぎると「今日は忙しいから何もしてあげられない」と言われることはあった。暗に帰れと言われているな、気を使わなければならないな、と思ったときは渋々帰っていたが、彼女から直接「帰れ」と言われたことは一度もなかった。

「今日は帰って、忙しいの」

九月の終わり、鈴里は言った。

大切な生徒たちを傷つけないよう、細心の注意を払いながらちょっと走ってちょっと飛び跳ねてちょっとじゃれ合って競わせるだけ、みたいな死ぬほどどうでもいい体育祭の打ち合わせのあとだった。心底どうでもいいから早く帰りたい、早く鈴里に会いたい早く終われと会議のあいだじゅう念じ続け、門限を考えると会える時間は二十分しかないという喫緊の状態でアパートの部屋の前まで来た。月曜日に会えたきり、今は木曜日だ。しかも雨が降っている。なのに鈴里は、玄関先で扉を開けただけで帰れと言う。

「二十分したら帰るから」

「あなたに構ってる余裕がないんだってば」

ここまできっぱりと拒絶されたのは初めてだった。鈴里に、ではなく私の人生丸ごとひっくるめての初めてである。うさぎたちが死んでいく感覚と共に雨の音とにおいが一層強くなった気がした。

「なんで」

「言ったでしょ、余裕がない」

「なんでそんな冷たいこと言うの？　たったの二十分だよ？　私が会いたいと思ってるの判ってるでしょ？」

「私明日からちょっと留守にするの。だから明日の朝までに今の仕事納めなきゃいけないの。今は一分一秒が惜しいの。帰って」

「どこに行くの？　誰かと一緒に行くの？　いつ帰ってくるの？」

「言わなきゃだめ？　また『言わなきゃ死ぬ』って脅す？」

「脅さないけど、実際あなたがいないと私の魂が死んじゃう」

訴えは届かず、目の前で扉が閉まった。それは私にとって死ねと言われたのと同じことだった。

せめてもう少し顔を見たかった。声も聞きたい、今日もお仕事頑張ったねお疲れ様くらい言ってほしい。頭も撫でてほしい。しかしいくら扉を叩いて名前を呼んでも出てきてくれない。両隣の部屋は電気が消えているし、たぶん迷惑はかかっていないから、私は扉を叩き続けた。否、扉を叩いているのは私じゃない。これは鬼がしていること。私は一ミリも悪くない。肌を湿らす不愉快な雨と切れかけの外灯の点滅と、鬼を起こしてしまった鈴里が悪い。

翌日いつもより一時間早く起きた私は朝一で鈴里の家へ向かった。どこに行くのか訊かなければならない。しかし私が着いたとき既に鈴里は出かけたあとだった。何故判ったのかといえば、私が夜の八時まで一歩も動かずに扉の前で待っていたからだ。中からは物音ひとつしなかった。

無断欠勤をしたおかげで携帯電話には学校からの着信が十回くらいあった。学校が家にも連絡したらしく、家の電話と父親の携帯と母親の携帯からは合計二百七十回くらい着信があり、着信が多すぎて夕方前には充電が切れ、当たり前に彼らは娘の失踪を警察に届け出ていた。二十二歳の成人女性と六時間ほど連絡がつかないだけで警察沙汰にするとか、マジであの人たち頭おかしい。心の底から早く死んでくれないかと思う。

実は私のことを恋愛対象として好きだったらしい大須賀さんが五月ごろに何度も私の行動をストーキングしていたせいで、私の居場所はすぐに探し当てられた。警察に保護されるのは人生初の家出をした中学生のとき以来だ。世界のすべてが本当に嫌だった十四歳のころ。ほかに素晴らしい世界を見つけても、その世界を手に入れるために自分でお金を稼ぐようになっても、やっぱり逃げられないし連れ戻される。なんだか懐かしくて笑ってしまった。

家に帰ると自室の扉に掛金式の外鍵が八個取り付けられていた。二時間くらい父親に尋問され、隣に座る母親はただ泣いていて、学校には退職願を出しておくと言われたあと、部屋に閉じ込められた。外鍵を上から順繰りに閉める音が聞こえる。これは明日にった。

でも窓に鉄格子を取り付けられるパターンだなと思い、私は親が寝たあと部屋にあったすべての布団類やぬいぐるみや洋服や靴を窓の外に投げ落とし、それをクッションにして二階から飛び降りた。そして坂を下り、駅前通りまで出てタクシーを拾い新宿へ向かった。

鈴里の働いていた店は、というかその店がある界隈は午前四時過ぎにも拘らず大盛況で、人がごった返していて、悲しくて悔しくて怒っているはずなのにまた笑ってしまった。こんなに沢山の人が起きてるのに、なんで私だけ部屋に閉じ込められたりしてるんだろう。馬鹿みたい。

「あらー、めっちゃ久しぶり。鈴里のインドちゃんよね」

扉を開けると、賑わう店のカウンターの中から見覚えのある、たしかマスターと呼ばれる人が私に声をかけてきた。近くにいたフロアのスタッフが空いている座席を示すが、会話をしに来たわけでも、お酒を飲みに来たわけでもない。

「鈴里いなくなっちゃったの。いつ帰ってくるか判らないの。どこに行ったのか知ってる？」

このスタッフはたしか前にも見た。鈴里と同時期に働いていたはずだ。

「たぶん海外だと思うけど……」

彼女は戸惑った様子で、はっきりしない口調で答える。すると聞こえていたらしきマスターが大きな声で「元カノんところよー」と言った。

元カノ、という単語の殺傷力が高すぎて息が止まる。

「詳しくは私も知らないけど、連絡来たら教えるわ。だからちょくちょく店に来てよ」

その後の記憶はない。

心と身体を乗っ取った鬼が狭い店の中で大暴れし、私は日を跨いで十二時間のうち二度も警察のお世話になった。そして両親はこの日を境に約三年間、私を一歩も家の外に出さなかった。引きこもりって社会不適合者が自発的にやるものだと思っていたけど、もしかしたら私以外にもこんなふうに、外的要因によって引きこもらされた人がいるのかもしれない。

警察署に留置されている間に、部屋からは布団と新旧聖書以外のものがすべて消えていた。鉄格子どころの話ではなく、窓を含む四方の壁と床には隙間なく分厚いウォールクッションが張り巡らされていた。食事を与えられ、排泄させられ、十日に一度くらいの風呂では私の身体を洗う母親が呪文のように言い聞かせてくる。これはあなたのせいだからね。パパを心配させたあなたが悪いんだから。ちゃんとパパの言うことを聞いていればこんなことにはならなかったの。あなたがいけないの。

死ぬための道具も頭を打ち付けるための壁も存在しない部屋の中で、毎日鈴里のことを考え、彼女の指や舌を思い出して自ら身体を触り、あまりの物足りなさに泣いた。鈴里が今どこで何をしているのか知りたかった。彼女の身勝手さに怒り、恨み、昼も夜もなく茫漠(ぼうばく)と日々を過ごし、そのうち自分が生きてるのか死んでるのか正常なのか異常なのか鬼なのか人間なのか判らなくなった。

　意思も言葉も失った、世に言う「廃人」になったころ、家に美容師とエステティシャンとカウンセラーが通ってくるようになった。彼女たちの手によって「外で労働したせいでちょっと心が弱ってしまい、しばらく家事手伝いをしていた繊細なお嬢さん」に仕立て上げられた廃人は、常人のラッピングを施され、出荷のレールに乗せられる。

＊＊

　七歳年上の見合い相手は一目で私の異常性を見抜いた。そのうえで私を配偶者に選んだ。

「生きてる物に触るのが生理的に無理」という、結婚どころか人間として生きていくうえで重大な欠陥を持つ彼は、人に対してそれなりの情は持つが性も愛も判らない。粘膜接触はもちろん、世の中で一番フレッシュな生きてる物、すなわち赤子が最も苦手な物質だったため、私たちは十年以上夫婦だが、肉体的な意味で夫婦になったことは一度もない。独身のままでは出世が見込めない勤め先で、周りがどんどん結婚しちらほらと出世していく焦りの中、目のみならず心も身体もぜんぶ死んでる感じの私と見合いをし、一目で「この人となら辛うじて一緒に生活できるかもしれない」と思ったそうだ。要するに彼は「妻帯者」というある種の社会的パスポートを取得するためだけに、同じく両親の世間体を守るためだけに出荷されたゾンビもどきを買ったのだ。

子供にペットとして子豚を与え、後日それを「命をいただく大切さ」を学ばせるために捌かせ食わせた彼の親は「おとなしくて育ちの良いお嬢さん」を息子の嫁に迎えて喜んだ。私の親も「浮いたところがない社会的に立派な男性」に娘が嫁いだことを喜んだ。彼らの顔面に空いたふたつの節穴にピンポン玉でも叩き込んでやりたいところだが、種類は違えど現代の日本の婚姻制度において欠陥を持つ者同士、私たちの夫婦ごっこは意外とうまくいっていた。できるだけ快適に過ごしたいから協力してほしい、という夫からの要請のおかげで私は「人の気持ちを考えること」や「人のために何かをしてあげること」、そういった行動に対しての返礼で自分が元の行動を上回る利を得る事実を初めて知った。反社会性人格障害と名付けられた私の鬼を、殺そうとするのではなくうまく手懐け、社会性のある（ように見える）まともな人間に育ててくれたのは親ではなく、自身の異常性を早くから自覚し、正しい擬態方法を身に付けてきた、おかゆとゼリー飲料しか食べられない夫である。

妻への返礼の一環で彼が座席を確保してくれたジョナサン・ベイカーのコンサート会場は、奇しくも鈴里と一緒に観たのと同じ、渋谷の大きなホールだった。

――〇〇です。

あのとき鈴里はなんていう名前を言って通してもらったんだっけ。関係者受付に向かう最中、思い出そうとしても思い出せない。

「ハクツーの森さんという方にお願いした、糸川と申します」

「お世話になっております。糸川様、一名様でお間違えないですか？」

私が頷くと、スタッフは支払い済みのスタンプが押されたチケットを一枚差し出してきた。これはもしかして賄賂扱いになってしまうかな、と逡巡したが、受け取ったのは夫ではなく私だからたぶん大丈夫だ。

「終演後、ご挨拶ってできます？」

「ベイカー氏が明日の朝一の便で出立なので本日は難しいかもしれません」

「ジョナサンじゃなくて、ロバートソンさんのほう」

「ああ、それなら大丈夫だと思います。確認して終演後にスタッフがお席までお迎えに上がりますね」

「ありがとう、よろしく」

一階席の正面五列目くらいに座り、五分くらいで開演ブザーが鳴った。

十五年が経つ。大きな拍手と共にステージに現れたジョナサンは、やはり若いころほど美しくはなかった。私ももう、若くもないし可愛くもない。綺麗なものだけ食べて育った感受性のうさぎたちも、親の監視下にあった三年間で一匹残らず死に絶えた。美しいものを心から美しいと感じたいがため、毎日欠かさず家に花を飾り、音楽を聴き、感受性を取り戻すためのリハビリをしてきたが、心は微動だにせず、視覚も聴覚も長いこと砂を食むような思いをしていた。

ジョナサンはピアノの前に座り、会場の刻を五秒くらい止めたあと、空を切るように鍵盤に指を落とす。ショパンの幻想即興曲という至極ありふれた、一週間に一度くらいは必ずどこかで耳にする最初の十二小節が鼓膜を伝って脳を震わした瞬間、世界が過去に向かって鮮血の色をした螺旋を描いた。

私は今アフリカの某国にいます。私があなたと同じくらいの年齢で付き合っていた人と一緒にいます。私が二十歳すぎで彼女は四十歳でした。あなたと私の関係に似ていました。あなたはかつての自分を見ているようでした。

三年間くらい一緒に暮らしたあと、彼女は私を置いて仕事で海外に行き、そこで出会った男の人と結婚しました。きっと今のあなたは当時の私と同じくらい辛いでしょう。私を恨みましたよね。でも平気。99％死んでも残りの1％で生きていられるから。

彼女の旦那さんが内紛で亡くなったと人づてに聞いて、死んでいた99％が生き返りました。我ながら人でなしだと思うけど、このチャンスを逃してはならないと思いました。ごめんなさい。でもあなたと過ごしたおかげで、私が彼女にどれだけ自分勝手な愛をぶつけていたのか自覚できました。ありがとう。

インドがいなくなってもちゃんと生きていますか？　どうかこの手紙が生きているあなたに届きますように。

このひどい内容の、文章も拙すぎる手紙を受け取ったのは、私（鬼バージョン）が新宿の店の内装を半分くらい破壊した六年後である。当時は父親が修繕費と被害届の取り下げのために一千万円くらい包んだらしいが、私も夫の収入からへそくりをして自力で百万円を貯め、お詫びとしてそれを包んで持って行った。それが六年後だった。

――みんな逃げて！　インドの破壊神が来た！

マスターは私のことを憶えていた。これは忘れたくても忘れられないことをしてしまった私が悪い。謝り倒し、手渡した百万円のほかに二万円分くらい酒を飲んで、帰り際に彼女は、切手をはがしスタンプを塗りつぶした鈴里からのエアメールを私に差し出した。

――出国した一年後くらいに届いてたんだけど、しばちゃんぜんぜん来ないから今日まで渡せなかった。

ジョナサンの奏でるピアノの音色は、手紙の内容を呼び起こす。

「ごめんなさい」「ありがとう」の文字を見たのが遅すぎた。もっと早く見られていれば、それを支えに少しは正気を保てていたかもしれなかった。

私は生きてます。あなたとの思い出は家に軟禁されていた三年間でぜんぶ殺されてしまったけど、今、あなたと一緒に聴いた美しいピアニストの奏でる音色が弔ってくれています。あと今思い出したんだけど、私の結婚前の苗字は「久良」で、しばちゃんって誰だろうってずっと疑問だったんだけど、しばじゃなくてシヴァだったんですねマスター。

水源ならぬ涙源はもう干上がったと思っていたのに、十五年流していなかった涙が絶え間なく頬を伝う。私は今、半分くらいは生きてます。鈴里はどれくらい生きてますか？　この世のどこかで幸せになっていますか？　なんて思えるわけがない。不幸になっていればいい。そうじゃなきゃ割に合わない。

一曲目が終わり、拍手の最中に音を立てないよう洟をかんだ。そして二曲目、うって変わって穏やかなソナタの音色に、目を瞑って身を委ねた。ハンマーが叩き出す音の一粒一粒が虹を内包する澄んだ水の玉となり、誰もいない世界に降り注ぐ。死んでいたところが潤されてゆく。鈴里への、辛くて痛くて苦くて爛れたどうしようもない思いを殺して埋めて固めたお墓にも、僅かばかりの草が生え、なんだかどこかに小さなうさぎがいる気配を感じた。

数曲後、二台ピアノ曲のために、深海のような濃紺のロングドレスを着た若い女性が舞台袖から出てきて、客席に向かってぎこちなく頭を下げた。ああ、思ったとおりあれは都岡さんだ。やっぱり目の下のクマがものすごいけど化粧で隠さないんだね。徹夜で練習でもしていたのかな。

彼女はジョナサンの弾くピアノと噛み合うように配置された屋根のないピアノの前に座り、二千人近い観客が見つめる中、正面にいる大ベテランと突上棒越しに数秒目を合わせる。世界の終わりのような静寂ののち、真新しい『幻想的絵画』を描き出さんと、エリアンタス・ロバートソンは白と黒だけが並ぶ八十八音の画具に視線と指先を触れた。

――ゴンドラは水面を滑り　時も愛とともに飛び去る　水はふたたび穏やかになり
情熱はもはや高まらない――

たぶん彼女の「将来の夢」はピアニストだった。かつての少女はステージの中央で顔を上気させ、満面の笑みを湛え、洪水のような、神の祝福のような拍手を受ける。クラシックを日常的に聴く人ならば誰でも知っているピアニストの横で。

四度のカーテンコールののち客電が灯り、観客たちが帰り始めた。なんとなく挨拶を申し込んでしまったが、今は後悔していた。どう考えても彼女は私を憶えていないだろう。合計で四ヶ月しか教師をしなかったし、まともに会話を交わしたのもあの音楽室のラ・カンパネラの一度きりだ。

やっぱり帰ろうかな、と思って席を立ったと同時に、主催者側のスタッフの女性が私を迎えに来てしまった。

「ご主人様にはいつもお世話になっております。どうぞ、ご案内いたします」

夫はナントカ省だか庁だかの国家公務員なのだが、未だになんの仕事をしているのか判らない。こういう催しのお世話もしているのか。

「エリーちゃん、まだぜんぜん無名な子なんですけど、西海岸の地元オーケストラでピアノコンチェルトを演奏しているのを偶然ジョナサンが聴いて気に入ったらしくて、日本での演奏は初めてなんですよ。もしかして海外公演の動画か何か、ご覧になりました?」

彼女の言葉になんて答えるべきか困ったが、そうか今は動画があるのかと気付き、そうなんですよ、と笑って答えた。

楽屋口を入った横にある簡素な部屋が面会スペースになっているらしく、そこで少し待たされた。三分くらいののち、お待たせいたしました、と言って先ほどの女性と、私服に着替えたサンダル履きの都岡さんがやってきた。同時に外から誰かに呼ばれた女性は「すみません」と言って慌ただしく部屋を出てゆき、その場にはかつての生徒と教師が残される。明らかに不審者を見る目で私の顔を見たあと、不自然すぎる作り笑顔を浮かべて頭を下げる都岡さんに、私は言った。

「とても良かったです。おめでとう、大成功だね」

なんてつまらない感想だろう。でもこの気持ちを言葉にして伝える術がない。どういう種類の感情なのかも判らない。

「ありがとうございます」

作り笑顔が本当に痛々しい。私が都岡さんでも、いきなり楽屋に不審者が来たらこんな顔をする。だから思い切って「都岡さん」と呼んでみた。

「……えっ?」

作り物の表情が弾け、あの頃の面影を持つ、人形みたいな都岡さんの顔に戻った。

「最初の鐘にはたどり着けた？」

「……」

私はどこにもたどり着けなかった。人生で唯一手に入れたいと願ったものは躊躇なく私を置いてどこかへ行った。何者かになろうという希望も気力も、家族に根こそぎ枯らされた。恵まれた人は「嫌なら抵抗するか逃げればいい」と簡単に言う。想像力のなさに笑うしかない。支配・洗脳・弾圧の力が抵抗する力を凌駕（りょうが）していれば、される側はいずれ力尽きて従うほかないのだ。けれど、あのとき、叫ぶように空高く鐘を鳴らしていたあなたは、私と違って枷（かせ）を断ち切り、どこかにたどり着くための長い旅をした末、きっと何かとてつもないものを手に入れて今ここにいる。

逡巡と沈黙ののち都岡さんの唇から声の断片が漏れる。だが同時に、日本語訛りの英語で誰かを罵（ののし）る女の声が聞こえてきて発言を妨げた。長らく英語を使っていなかったので即座には理解できなかったが、それは要約すると「少しは気を使えクソジジイ　彼女の日本デビューはおまえにかかってんだボケ　おまえ既に充分有名だろうが　ちょっとくらい手を抜いてもっと彼女を目立たせろやカス」みたいな感じだった。

少し離れた部屋から出てきたその声の主は、私たちのいる部屋にやってきて、私には目もくれず「帰ろう都岡、お腹空いた」と言って都岡さんの腕を摑んだ。

……あ、これ、三島さんだ。

外見はすっかり変わっていた。穏やかな清流のように背中と額を覆っていた長い髪の毛は、頭のてっぺんのほうでおでこ全開の適当な団子にまとめられていて、着ている服もカムデンロックの古着屋で売ってそうなヴィンテージ感溢れるシャツワンピースにぼろぼろのデニムだ。あれから十五年も経っているし、おそらく三島さんの実家は十年くらい前に日本を襲った災害級の大不況に直撃されている。しかし歳月も凋落も一切感じられないレベルで、彼女は未だに東京一顔が可愛かった。

……まだ一緒にいるんだ。離れ離れになってなかったんだ。

三島さんに引きずられるようにして都岡さんが部屋を出てゆく。止まったはずの涙が再び溢れる。

どうせ一生一緒にいることなんてできないって判ってた。奇跡が起きない限りいつか別れが来るものだと諦めていた。でも、彼女たちはまだ一緒にいた。一緒に生きる道も、この世には存在していたんだ。

スタッフの女性が戻ってきて、私の顔を見ると慌ててティッシュを差し出してくる。

「泣くほど好きでいらしてくださったなんてすごい嬉しいです。エリーちゃんも喜びます」

この上ない勘違いだが、捉え方を変えるとあながち間違ってもいないので、素直にティッシュを受け取り洟をかんだ。

「これからも応援させていただきますね。でも一緒にいた無礼な女の子は何？」

「ああ、あっこちゃん。自称マネージャー兼ドライバーなんですけど、何か失礼がありましたか？」

「（あのハイパーお嬢様が）……ドライバー⁉」

「あ、でも、メリーランドかどこかで免許取ったらしくて、日本の道は運転できないそうです。本当に失礼があったらすみません」

「……綺麗な子だったから許してあげます」

「そうやってみんな許しちゃうから困るんですよねえ……」

　ふたりが東海岸から西海岸まで旅をしている最中、よりによってカンザスの中西部でガス欠を起こし死にかけたらしい話などを聞きながら出口まで送ってもらい、外に出る。タクシーに乗ろうか少し迷ったが、なんとなく名残惜しさを感じ、二キロくらいだから歩いて帰ることにする。夜が始まってしばらく経つ渋谷の街はうるさくてくさくて人が多くて、空がとても明るい。

　ねえ鈴里、私は生きています。生物として復活したせいで夫には離婚されるかもしれないけど、なんだか今は、どういうふうにでも生きていける気がする。だから大丈夫です。さようなら。この世のどこかにいるあなたが誰よりも不幸でありますように。嘘。人並みに、くらいは幸せでありますように。

Yuri Collection wiz

悪い奴

アサウラ

Asaura

アサウラ

1984年、北海道生まれ。代表作となったシリーズ『ベン・トー』はスーパー閉店間際の割引弁当を巡る異色のバトル小説だが、第5回スーパーダッシュ小説新人賞大賞を受賞したデビュー作『黄色い花の紅』は、護衛を通じた女性同士の絆を扱い、守られる側だったヒロイン・紅花が銃を手に自らを強く変革させていく物語。第二作『バニラ A sweet partner』では、お互いの家族を殺し合う約束をした少女・ケイとナオが手を取り合い、愛し合い、救いのない世界を駆け抜けていく。多額の借金を抱えた少女・ユリが傭兵となり有名マスコットを相手に死闘を繰り広げるシリーズ『デスニードラウンド』の第二巻においても女性同士の友愛関係が物語の重要な核となる。2022年にはTVアニメ『リコリス・リコイル』のストーリー原案を務め、スピンオフ小説『リコリス・リコイル Ordinary days』の執筆も担当。〃ガンアクション×女性バディ〃という共通点から、上記の初期作品が百合ライトノベルとして再び脚光を浴びている。

見逃しがちな注目の百合作品

泉朝樹『見える子ちゃん』

ご紹介したいのは漫画の『見える子ちゃん』です。アニメ化もした人気作品ですが、百合的に注目すべきはアニメ後に原作コミックに登場した「一条みちる」というキャラクター。この子が個人的に大ヒットです。主人公にグイグイくる感じがたまりません。不気味で、狂気的で、それでいて真っ直ぐなアプローチは見ていると心が豊かになります。元々が百合作品ではないとはいえ、今後も目が離せない作品となっています。

友達に彼氏が出来た。

だから、拉致する事にした。


私が彼女を好きだと意識したのは、最近だ。

……というより、自分が女性を好む女だと認識できたのが、最近だ。

いや……実を言うと、まだ本当に自分が女性を好きなのかもわからないけれど、とりあえず彼女は好きだ。それだけは間違いない。

私がその事を告げると、隣に座る木藤さんは「いいね」とささやかに微笑んで、電子煙草を咥えた。薄暗い部屋にＬＥＤが光って、ミントの香りがする煙がわずかばかり漂った。

木藤さんは間違いなく美人の類いに入るであろう二十代後半の女性。シュシュで後ろに束ねた髪は少しボサっているし、眼鏡だけでは隠しきれない色濃いクマもあって……

良くも悪くも妖しげに見える。

強いて言うなら、締め切り明けの新人漫画家か、それに付き合って徹夜した担当編集という雰囲気だった。

「それで？　木蔦真紀ちゃんは、そのお友達……アオちゃん？」

「葵です。……天竺葵」

「その葵ちゃんを意識したのはいつ頃？　友達ってだけじゃ満足できなくなったのは？」

木藤さんは電子煙草を卓に置くと、私の肩に腕を回し、体を寄せてくる。

触れ合いは優しいのに、どこかしらにいやらしさが滲んでいる。その感覚は、嫌だというより、見知らぬものへの怖さをじわりと生んだ。

私は体を捻るようにして木藤さんに背を向ける。すると彼女はその背中を抱きしめ、私のうなじに唇をそっと当ててきた。

背中に感じる大人の女性の大きな胸の圧。それが嫌ではないのだけれど、きっと男子がするような興奮に類するものは私の中に生まれる事はない。

ただ、もしこれが葵だったら……そう考えると――。

「……好きになった時の事、教えて？」

唇の動き、声の振動を肌に受ける私は、背をのけぞらせつつも……頷いた。

……葵とは最初、気の合う友達だと思っていた。

出会いは四年前。中学校、入学式の少し後。親睦を深めるためという体のレクリエーション。向こうから話しかけてきて、普通に友達として仲良くなった。

そして、二人で遊ぶ事が増え、夜に通話する事も増えていった。

俳優やアイドル、アニメが好きなクラスメイトが多い中、ラジオを聞くぐらいお笑い芸人が好きだったのは葵と私だけだったから、関係が近くなるのはある種必然だったのだと思う。

特に、芸人さんの中でも、やたらと格好を付けたりモテようとするタイプを嫌っていたところまで同じだったのは奇跡のようでさえあった。

「待って。……ちょっと違うよね？　それは友達としての話。それはいいから。その先の話をして？」

木藤さんが私のブレザーとシャツのボタンを外し、その手を蛇のように滑り込ませてくる。そして下着（ブラ）と肌の境目を指先でそっとなぞりだした。

「わ、私……胸、ないです……」

「そんなの気にするのは服を選ぶ時だけでいいよ。……さ、いいから、話して？」

……葵はスラリとしたスタイルで、羨ましくなるほど大きな目を備えた顔は当然のようにかわいくて、さらにやたらと頭も良かった。そのくせして、犬のように無邪気でもある。

今でこそどこからどう見ても理想的な女の子だけれど、高校に入るまではまるで男子のようだった。パンツの方が自由に動けるからと中学時代は制服以外にスカートを穿（は）いているのを見た事がなかったぐらいだし、化粧なんてこれっぽっちもしない、髪だってショートボブを少し伸ばしたような感じで、少し伸びたらその都度邪魔だからと切っていた。

クラスメイトの中には家が貧乏だから服とか兄弟とかのお下がりなんじゃないのかと陰口を言う者もいたけれど、そうじゃない。葵は一人っ子だったし、彼女の家はむしろお金持ちだというのは付き合えばすぐにわかる事だった。

でも、そんな彼女が少しずつスカートを穿いたり、化粧をしたり……そして髪を伸ばし始めたのだ。

素がいいのに、そんな事をすればまるで芸能人のよう。派手さはないけれど、一目見れば誰もがかわいいと思う、そんな子になっていった。

どうして？　と、いつだったか訊いた事があった。

——だって、あんまり雑にしてると真紀が遊んでくれなくなりそうだし。

さらりと言われた。

でも、思い当たるフシはあった。葵と外で遊ぶ時は、私は自分なりに……それなりに、着飾ったりしていたのだ。

理由は簡単である。着飾ってようやく葵の遊び相手として釣り合うと思ったからだ。料理でたとえるなら、素材の差があるからと化学調味料を加えて味を調えていたようなものだ。

恥ずかしくなった私は、それを素直に告げた。

すると、葵は笑ってくれた。なにそれ、と。

その葵の笑顔は、忘れられない。美しかった。何より、理想的だと思う女の子が私なんかのために努力してくれていたという事が、嬉しくて、たまらなくて……。

でもそんな気持ちを告げるのはもちろん、察せられるのも恥ずかしかったので、私は顔をそらして誤魔化した。無理させちゃってたね、と。

——全然。アタシはね、絶対に欲しいって思ったらどんな努力だって苦にならないんだ。

「……嬉しい言葉だよね。自分のために頑張ってくれる、しかも自分との関係を欲してくれる……最高だよね」

「……は、はい……」

後ろから抱きしめる木藤さんの手はすでに私のブラの下。

ホックはいつの間にか外されていて、彼女の右手の五本の指はまるで生き物のようにゆったりと、けれど絶え間なく自由気ままに動いていて、恥ずかしくなるぐらい小さな私の胸を弄んでいた。

その一方で、左手はずっと私のスカートの上から下腹部を押さえたまま、動いていない。逆にそうであるが故に意識から外れない。いつ動くのか怯えるような、構えるような……。

「そこで真紀ちゃんは、葵ちゃんを好きだって気づいたわけだ？」

「……いえ、それは……くっ……そう思ったのは……別の時で……」

私が葵に友情とは違うものを抱いていると気づいたのは、もう少し後。

何の事はない。お笑い芸人のライブに行った帰り道、帰宅ラッシュに巻き込まれてしまった時だ。

満員電車。降りる駅で降りれなくなりそうだった私の手を彼女が握って、引っ張って降ろしてくれた……そんな時だった。

一日一緒にいて、同じものを見て笑って、そして手を繋いで電車を降りただけ……。

なのに、私は葵と握り合った手が離れる瞬間に、寂しさを覚えたのだ。

離れたくないと思った。

放したくないと思った。

もっと、繋がっていたいと……思った。

「なるほどね。……恋は知らぬ間に始まっていて……って感じか」

下腹部を押さえているだけだった木藤さんの左手がにわかに動き出し、私のスカートをまくり上げた。

そして、彼女の手の冷たさを、股の間に感じる。

思わず彼女の手を止めようとするも、内ももを撫で上げられる感触に力が抜けてしまう。私はソファに手を突くもそのまま倒れ、体を丸めて身を守ろうとするけれど、それでも彼女の手は私の肌から離れない。

「あ、あの……き、木藤さん……！」

なぁに？　上から私に覆い被さるようになった木藤さんは耳に吐息をかけてくる。

「さ、触るだけ……だって……！」

「そう。触るだけ。だって、ただのマッサージだからね。それもリンパの……あぁ、他の人に見られちゃうのを気にしてる？　大丈夫、廊下の方が明るいし」

「そうじゃなくて……！」

私はちらりとドアを見やった。

海の見える街の、カラオケボックスだった。当然部屋と廊下を区切る扉はガラス窓がある。

夏もとうに終わって秋風舞う季節だからか、ほとんどお客はいなかったけれど……貸し切りというわけではない。何より、監視カメラが……。

「ここのカラオケボックスはね、個室にカメラとかないんだ。だからお気に入り。……でも古い所だからね、あんまり防音は良くないと思うから……大きな声はやめようね」

「声って……」

私はたまらず手で口を押さえる他になかった。

他人の手による体への刺激と、それに混じる快楽の片鱗は私の知らないもの。それらに押し出されるようにして、ずっと妙な声が出てしまっていた。

「……やめる？」

木藤さんの手が、ピタリと止まった。

「わたしはいいけど……それじゃあ、真紀ちゃんが困るよね。……必死にSNSでわたしみたいいなのを探し当てて、ここまでやってきたのに……。今マッサージをやめたら……それって、残念じゃないかな？」

私は、頷いた。

「約束、覚えてるよね。マッサージだから、触るだけ。あとは真紀ちゃんが正直にお話をする。それだけで……。ね？」

「は、はい……」

「でも嫌ならやめようか。嫌だって感じてるなら遠慮なく言って。すぐにやめる。嫌がる相手に無理矢理なんて、わたしも嫌だから」

……正直に言えば、嫌かどうか、わからない。

見知らぬ国の見知らぬ料理を目一杯、口に押し込まれているようだ。それがなんであるのかきちんと説明されて、程よい量を口に運べばおいしいのかもしれないけれど……。

「真紀ちゃんは……わたしがマッサージするの、嫌？」

「……嫌じゃ、ないです」

それは、本当。わからないから。

「そう？　それじゃ、続けて欲しいって、ちゃんと言ってくれる？　誤解がないようにしたいから」

「マッサージ……続けて……ほしいです……」

わかった、と、木藤さんは耳に口づけするようにして、囁いた。

「それじゃあ続きを話して？　どうして拉致を決心したの？　ほら……話して」

木藤さんの手が再び動き出す。ただでさえ自分の想いを初めて人に話すのに……肌を舐め回すような指先が邪魔をする。どうしても意図しない声が出てしまう。

私の体に覆い被さる木藤さんの体重とじわりと服越しに感じる体温、そして耳に執拗にかけられる彼女の声と吐息が私の平常心をかき乱していく。

黙るだけでも難しいのに、喋り続けるなんて……。

「……話して？　さぁ」

私は、恋をした……いや、恋をしていた。それを確信した。

けれど、それを彼女に伝える気にはなれなかった。当然、友達としての関係が壊れてしまうのが怖かったからだ。

だからずっとこのまま……お互い同じ趣味を持った友達でいられたらいいと思っていた。……あの時までは。

「……彼氏が、できたんだね？」

葵はモテていた。私だって二回ほど男子から告白された事はあったけれど、葵はそんな比じゃない。街で出くわした男性からいきなり「付き合ってください！」と言われた事すらあるのだ。

でも相手がどんな人間でも、彼女はいつも苦笑いで断っていた。

私が告白されても断っていたのは男子という存在にピンと来なかったからだ。美少年もオジサンも、マッチョもアイドルも……何とはなしにそういう対象に思えなかったから、きっと葵もそういうものなのだろうと思っていた。

「それはね……そうであれ、と真紀ちゃんが願っていたんだよ」

……かもしれない。断る理由を訊いた事はなかったし、男からの告白を見たり聞かされたりした後には、私は必死に恋愛とは関係のない話をしていた。

早く忘れてくれるように、彼女の頭から男達の事を追い出すように。

「……でも、彼氏は出来た」

小柄で、気弱そうな、人のいい男だった。

私が熱を出して学校を休んでいた数日の間に、たまたま同じお笑い芸人のラジオを聞いていたとかで話が弾んだらしく、そのまま告白されて……という事らしい。ずっと好きだった……とか急にのたまったそうだ。

「あぁ……悔しいね。自分と彼女だけの世界に、邪魔者が入ってきたんだ。しかも男。おまけに、自分が寝込んで苦しい時に……やられたんだ」

木藤さんの言葉に、私はぎゅっと閉じた瞼(まぶた)から涙を滲ませながら何度も頷いた。気を抜くと大きな声が出そうだ。

「付き合ったのって、一ヶ月前だっけ？　もうキスとかしちゃったかもね？　若いんだから、もしかして……それ以上もやってるかも？」

私は首を振る。それはまだだ。もしたら葵は私にそれを無邪気に言ってくるはずだ。手を繋いで街を歩いたというだけで、すぐに連絡が来たぐらいだから……。

だから……きっと……。

「真紀ちゃんは……あ〜、男女どっちでもいいんだけど……経験はあるの？」

私は、また首を振った。

「……そっかぁ」

いやらしく微笑む木藤さんの言葉は最初と変わらず優しく、ゆったり、しっとりとしているのに、手の動きだけは激しくなっていって……まるで頭の中に手を突っ込まれて、脳を直接いじくりまわされているようだった。

「でも、それで拉致って……珍しいね。普通はお邪魔虫を殺したりするのに」

照れる葵から紹介された、彼氏という肩書きを持ったヤマダ――いや、名前なんてどうでもいい。その男は、確かに悪い人間じゃないというのはわかっていた。

何せ去年は同じクラスだった。少しいじられ役だけれど、誰からもそれなりに好感を持たれているような、そんな――毒にも薬にもなれはしない、モブのような奴。

そんな奴に恨みを持つのは違うと思ったし、もし仮に彼を殺したとしても、葵が私のものになるわけでもない。傷心した彼女を慰める事はできても、彼氏の代わりにはなれはしないのもわかっていた。

だから……。

「拉致……か。他人に盗(と)られるぐらいなら……いっそ強引にでも自分のものに……。いいね」

私はもう木藤さんの声に応じられず、必死に口を手で押さえる他になかった。そうじゃなかったら大きな声が漏れてしまう。

「そういう思い切りは嫌いじゃない。さっさと諦めて……これも経験だの何だのって綺麗事をほざいて、納得しようとする負け犬気質なお利口ちゃんより何倍もいい。人間らしくて。心のままにって感じでさ」

視界の端に、目を細めて微笑む木藤さんの顔が見えた。

私に覆い被さるような彼女。細められた目。悪い顔。でも……楽しげで。いやらしげな吐息を笑みを形作る唇からこぼれさせている。

そんな、約束の〝触るだけ〟の時間は長く続いた。幾度かたまらず声を上げ、私の服が汗で湿りきった頃になって、ようやく木藤さんは私の体から離れてくれた。

指を舐めつつ、これ以上は着替えが必要になっちゃうからね、と彼女は言う。

「本当はもっとしちゃうつもりだったんだけど……真紀ちゃんのファーストキスは愛する葵ちゃんのために盗らないでおいてあげるよ」

ソファの上に倒れたまま、起き上がる事もできずに乱れた息を整えようと必死の私に、木藤さんはクスクスという笑い声を降りかける。

「それじゃ、約束のこれね。……確か、四粒だったよね」

木藤さんはハンドバッグからテーブルの上に四つの青いカプセルが入ったピルケースを置く。

「体重一二〇キロの不眠症のデブでも一粒で一晩ぐっすり。真紀ちゃんみたいな女の子なら半日以上かな。……間違っても二粒はダメだよ？　永遠におねんねしちゃうからね」

使い終わったら絶対に連絡してね、約束だよ、と木藤さんは最後に言った。


薬を手に入れてから六日後の金曜日。私は計画を実行に移す事にした。

放課後、クラスの片隅で私は葵に仕掛ける。

「実は、親戚が昔使ってた倉庫に、誰にも見せちゃいけないっていう呪いの箱があ――」

「なにそれ、面白そうじゃん！　見に行こう！　この後、放課後はどう⁉　急いで準備したらちょうど暗くなる時間帯とかに行けないかな？」

……言い切る前に葵は乗ってきた。

葵を隔離された場所へ誘導する――正直言えば、ここが一番の勝負どころだと思っていた。

木藤さんには〝拉致するために眠らせたい、できれば予備も含めて四つ〟と言っていたのだけれど、正直言えばまだ一七歳の私には昏倒した葵を人里離れた場所へと運ぶ手段がなかったのだ。だから、自分で動いてもらう他にない。

木藤さんは、SNSで女性限定で困っている人に薬を渡すなんて危険な事をやっている人なので、何か察していたかもしれないが……ともかく、全てはうまくいっている。むしろ、〝ラジオに投稿できるネタになるかもだし！〟と葵は興味津々だった。彼女がお泊まりすると親に告げて簡単に私に付いてきたのは……逆に心配になる。よくコレでこれまで生きてこられたなとさえ、思ってしまう。

しかしよくよく考えてみれば、葵は、そういう子だった。

普通という枠を当たり前に少しはみ出している。浮世離れした、というやつだ。

そして、私の事をいつも当たり前に受け入れてくれる。だから……好き。

拉致計画は全てうまくいっている。問題はない。……あるとすれば、私の気持ちだけ。

やると覚悟はしていた。けれど、もう二度と戻る事ができない道へと足を踏み出しているという事実は、緊張と動揺を抱かせずにはいられない。

「真紀……ひょっとして、怖い？　震えてる。……大丈夫だよ、アタシ、霊感とかなさすぎて心霊現象に無敵だから！」

海沿いを田舎へと向かって走るバスの中。隣に座った葵は、私の緊張に別の理由を見つけて、笑顔で手を握ってくれる。

柔らかくて、温かい手。細い指。強く握りたい気持ちを抑えて、そっと握り返す。

——この手を二度と私以外の誰にも触らせない。

そう思うと酷かった動悸がピタリと収まる。まるで心臓の代わりに鉄の塊を入れられたかのよう。

もう、迷いはなかった。

あるとすれば、こんな私を勇気づけようとする健気な葵への罪悪感だけ。

これから私は葵に酷い事をする。彼女の自由を奪い、好き勝手にするのだ。

彼女の友人としての私への想いを、私は最悪に近い形で裏切るのだ。

きっと私は悪い奴。それでもいい。何も手に入れられない善人より、大切なものを守り、手に入れられる悪人でありたい。

葵を自分のものにするんだ。そのためなら——。

「あ、降りるのこのバス停じゃない？　降ります降りますー！　行こう、真紀！」

葵に引かれてバスを降りると、今度は私が彼女の手を引いて目的の場所へと向かった。

三時間に一本しか来ない海沿いの田舎のバス停から、薄暗くなりつつある山へと続く未舗装の道を二〇分。

そうしてたどり着くのは、叔母が四年前まで使っていた家とその横に建つ倉庫。立地が悪すぎて売るに売れず、放置されているそこ。

足を悪くした叔母は快適な生活のために東京のマンションにいて、今や訪れるのは大昔に合鍵を貸してもらったままの私だけ。そしてそれを覚えているのは誰もいない。

　倉庫の扉を開けた時には、もう夜になっていた。

　葵はスマホのライトを点灯させ、真っ暗な中へと当たり前に入っていってしまう。

「何か……倉庫っていうより、小屋って感じ。物もそんな多くないし……」

「ここは叔母さんが引っ越す時にあらかた片付けたからね」

「あれ？　カーペットが敷いてある……ここ、靴脱いだ方がいいやつ？」

「そうして。……ねぇ、葵は……怖くないの？」

「えー、怖くはないかな。むしろワクワクしてるよ？　霊感ないって言ったでしょ？

……それに、真紀がいるしね」

「私、幽霊相手に戦力になるかな」

　違うよ、と葵は靴を脱ぎながら笑った。

「そういうんじゃなくて……ほら、真紀さ、ここ最近ずっとアタシと遊んでくれなかったから。何か忙しそうっていうか、急いでる感じで、離れていってたっていうか……」

「それは……葵に彼氏ができたからで……」

「気を遣ってくれてた……とか？」

「違う。本当に忙しかったんだ……ここの準備をしてたから」

　私は倉庫の扉を内側から閉め、南京錠をかける。それの小さな鍵は葵からは見えないようにポケットに隠すと、入り口の脇に用意してあったＬＥＤランタンのスイッチを入れた。ボンヤリと倉庫内が照らし出される。

そして、私は葵に近づきつつ全てを話していく。

最近会えてなかったのは本当に忙しかったから——ここの掃除、水や食料の準備、計画を練っていたから。

そして……私が、葵を好きだという事も、口にした。すでに自分のテリトリーだ、圧倒的に優位だ。だから、すらすらと気持ちが言えた。

最初は意識する事すら躊躇（ためら）っていた恋だというのに、今や、私は当たり前としてそれを口にできる——。

「ちょっ、ちょっと待って……真紀は、アタシが好きっていうのは、友達とかじゃなくて……その、異性というかそ、その……そういう感じで？」

私が靴を脱いでカーペットの上に行くと、葵はおろおろとした様子で後ろに下がっていく。ランタンに照らされる彼女の顔は焦りの色濃い、引きつったような笑み。

人が本気で怯えた時など、極限の状態に置かれると笑みが浮かぶというのは本で読んだ事がある。脳の作用とかいろいろあるらしい。

今回の葵は、多分、加害者である私を落ち着けよう……なだめようとするために自然と湧いたものだろう。

葵を怖がらせたいわけじゃない。けれど、気遣うつもりもない。

葵は私のもの。私の素敵なおもちゃ。何をしたっていい。

冷酷に、私は歩みを進めた。

「そうだよ。でもずっと友達でもいいって諦めてたのに、葵が彼氏なんか作るから……拉致する事にしたの。だって、他の奴に盗られたくないから。もういいやって。もう躊躇うのはやめちゃった。……ごめんね葵。私、あなたが好き。だから――」

「あ、それ、アタシもなんだけど……」

カーペットの中央で葵は下がるのをやめ、私もまた足が止まった。

「ぃや、あの、ね？　アタシも結構前から、真紀いいなぁ、って思ってたんだけど、あ、友達としてかなって最初は思ってたんだけど……これ違うなーって。でもそれ言っちゃうと真紀嫌がるかなーって。だから……けじめ付けるつもりで、彼氏とか作っちゃったわけで」

葵の視線は泳いでいて、両の手の細い指先は胸元でもじもじと動き続けている。顔色は赤いように見えなくもないが、ＬＥＤの光源が弱いせいで、よくわからない。

だから、思う。これは――嘘だ、と。

「だから、その……今のこれは、ドッキリじゃないよね？　だったら……その、りょ、りょりょ両想いって事……で、いいんだよね？」

葵の視線が私に定まる。少しだけ上目遣いのような、それ。男なら一撃で落ちるだろう、その表情。

私だって同じ……だけれど、状況がそれを許さない。

自分の顔が歪むのがわかる。葵は、この状況を脱しようと咄嗟に嘘を吐いた……それが、腹の底から嫌だった。そんな事を言うぐらいなら、泣き叫んで嫌ってくれた方が良かった。

そうしたら私は罪悪感など投げ捨てて、彼女を——あぁ、だからか。だから、葵は必死にこうやって私が望むような言葉を……！

「そういう嘘、いいから」

「う、嘘じゃないって！　マジだって！　だって、真紀より気のあう人なんていないよ!?　それにかわいいし！　アタシのためにいつも気を遣ってくれるし、なんかいつもいい匂いしてるし、かわいいし、って二回目だわ！　ともかく！　めっちゃ好き。好き。マジで。大好き」

嘘だ。わかってる。

嘘なんだ。わかってるんだ。

それなのに……何で、嬉しいと思っちゃうんだろ……。

顔だけじゃなく、全身から力が抜けそうになる。私は文字通りに歯を喰い縛って堪える。

「……そういう嘘、いいから。何言ってすり寄って来たって、無駄だよ。私はもう拉致するって決めた時に覚悟したんだよ、葵を好き勝手するって。どんなに泣き叫ばれても無視する、彼氏なんて作る方が悪い、良心の呵責なんてくそ食らえだって」

「多分、泣き叫んだりはしないと思うけど……あ、その前に、これ拉致っていうか、監禁じゃない？　アタシここまで自分で来たし」

「…………………………………そう……だね」

「それで……えっと……好き勝手するって……何するつもりだったの？」

まずい、と思う。葵のペースだ。乗せられている。

彼女は私を騙して、ここから脱出しようとしている。それは間違いない。そのために、私と両想いだと思わせ……クソ！　何だよ！　何て事を言うんだ⁉　叩いてでも言う事聞かせようと思ってたのに、こんな事になるなんて思ってなかった！

嘘だ嘘だ嘘だ！　葵は私が油断するのを待ってるんだ‼　言葉は全部嘘だ‼

「……真紀？」

葵が怯えるような弱々しい指先で、私のランタンを持つ手に触れてくる。

「アタシと……何、したかったの……？」

蔦が柱に絡みつくように、葵の指が私の手に——。

甘い誘惑だ。これは、まずい。

それはわかっているはずなのに……私は思わず言葉を——想いを紡いでしまう。

「……キ、キスとか……してみたい……」

「アタシも！」

腰が抜けそうだから、と葵がカーペットの上に座る。私も、誘われるようにして座った。

そしてランタンを置くと、私達はお互いの手に己のそれを絡め合い、緊張した顔を寄せ合う。

触れ合う額。そして、かすかに鼻先。

私の指先は冷たく、彼女の指先は震えていた。

間近に感じる葵の湿った吐息が、私の頬を撫でていく。私は小さく頷いて、瞼を閉じて、葵とのそれを待つ。

「……い、いい？　ホントに、いいんだよね？　嫌じゃない……よね？」

腹はくくっていた。

それでも……構わない。葵に彼氏が出来る前にした妄想にも似たこの状況――欺瞞に、今は乗ってしまおう。これはこれで楽しもう。

それでも……構わない。きっと葵のこれは嘘だろう。好きだと言って隙を突いて逃げようという演技なのだ。

何故なら脱出するための鍵は私が持っている。木藤さんからもらったカプセルはすでにドリンクに仕込んである。

二粒入ったそれが、二本。

葵が本性を見せるまで恋人ごっこで遊んで、そして……彼女を自分のものにしてしまえばいい。

どうなったって、最後はそこにいきつける。それなら……途中、何をしたっていい。

ごめんね、葵。私、こんな悪い奴で。

葵が眠ったら私もあなたの隣で眠るから。ずっと一緒にいさせてもらうからね。

あなたは嫌がるかもしれないけれど、それでも、ずっとずっと……逃がさない。

「……何だか、夢みたいだね」

葵の言葉に思わず閉じていた瞼を開く。彼女の緊張した笑みが間近に——。

その表情は、もし葵の言う事が全て本当だったら……と、それこそ夢のような考えを私に抱かせる。

だとしたら、こんなに素晴らしい事はない……。

そう……ないんだ。あり得ない。わかってる。これは彼女の嘘、助かろうとする必死の演技……あぁ、わかってる、わかってるのに、騙されたい自分がいる。

決心が揺らぎそうだった。決まっていたはずの結末に、乱れが生まれる。

葵の言葉を信じるか否か——選択肢は二つ。結末は三つ。

信じて愛し合うか、信じて裏切られるか、信じずに一緒に眠るか。

「……真紀……するよ？」

「うん……」

今はまだわからない。選べない。

けれどキスした後なら、わかるかもしれない。

そこに、彼女の私への想いが本当にあるのなら、きっと——。

○

心臓がどうにかなってしまいそうだった。

足腰に力は入らず、指は震えていた。それでも緊張しきった様子の真紀に比べたら、アタシのそれは些細なものだろう。

本人はうまくやれていると思っているのかもしれないけれど、真紀はまるで小学生が初めて演劇の舞台に立ってるような緊張の仕方だった。アタシを怖がらせようとする仕草一つ一つがチープで、かわいくて仕方ない。

でも、アタシを拉致——いや、監禁してくるとは、予想外。てっきり泣き落としですがってくるか、はたまたヤマダ君を殺したりでもするかと思ったけれど……なるほど、という感じだ。

拉致という言葉を使った辺りからするに、アタシを捕らえた後の事も考えているはずだ。

二日と経たずに両方の家族が何かしらのアクションをするはず。そうなれば、学校も警察も動くから、どうあがいても何もなかったとはいかない。

嫌がるアタシを無理矢理にでも……と真紀が想定していたのならば、最後は普通に考えて、殺すか、心中のどちらかだろう。

さすがはアタシの真紀。かわいくて、いい。変にマメで、まじめで、そして思い切りがいい。……最高にゾクゾクする。

ヤマダ君を殺しちゃって、少年院に入れられた真紀にアタシが通い詰めて……ボロボロの彼女のすがる先はアタシだけ、というのが理想的かな、と思ったりもしたけれど、そうすると何年もキス一つできないと思うと、今の方がいいかもしれない。

わざわざ弱そうな男を選んであげたんだけど、無駄になったかな。でも、真紀の背中を押す事ができたのなら、正解か。

きっと真紀はまだアタシを殺そうとしている。けれど、両想いだと聞かされて揺らいでもいるはずだ。彼女の全身から動揺が溢れていて、微笑ましい。

だから、恐らくこれからするキスでアタシの命運が決まる。

アタシが本当に真紀を愛していると信じさせる事ができれば、きっと二人で生き残れる。けれど、少しでも疑念が残れば……。

あぁ、最高のゲームだ。こういうのがいい。これぐらい本気でアタシを愛してくれるのがいいんだ。

ごめんね、真紀。アタシはあなたが思うような女の子じゃないんだよ。

あなたが想像もしないような、悪い奴。初めて会った時からあなたをずっと狙っていたんだ。……だいたい、冴えない男子みたいに、芸人の深夜ラジオを聞いている女子中学生が二人もクラスにいると思う？

やっぱり恋は初恋がいい。他の誰かを好きになった後の中古の恋じゃない、新品のままの、穢(けが)れのない初心(うぶ)なままの恋。

それも決してアタシを裏切れない、呪いのような恋。そうじゃなきゃ嫌だって、昔からずっと思ってたんだ。

真紀を見つけてから四年。それだけの時間をかけて育てたあなたの初恋。今、ようやく収穫の時。

おぞましい程の毒を持っているけれど、それぐらいのリスクは喜んで受け入れる。

世間に転がる恋など気まぐれで終わる。けれど、これは本物だ。

もし二人一緒に生き残れたら、真紀は何があっても永遠にアタシを裏切る事もなく、愛し続けてくれるだろう。大人になっても、おばさんになっても、おばあちゃんになったって、ずっとずっと……アタシを世界で一番愛し続けてくれるはず。

殺してでも、と想ってくれたんだもん……そうだよね？

あぁ、最高。ゾクゾクする。興奮する。緊張する。震えちゃう。

かわいいかわいい真紀とのキス。

きっと彼女は初めてだろう。どんなのがいいのだろう。触れ合うだけ？　それとも舌を絡ませ合う感じ？　あぁ、歯をぶつけちゃうなんて失敗も、アタシ達なら楽しいはず。

あぁ、あぁ、あぁワクワクが止まらない。運命を選択するファーストキスだ！

友達から恋人になるのか、それとも加害者と被害者か。

四年かかっての結末は、今まさにこのキスで決まる。

「……真紀……するよ？」

「うん……」

そうして唇が触れ合い、一世一代のキスが始まった。

○

今夜の海は荒れていた。音でそれがわかる。

すでに世界は暗く、眺めてみたところでいまいち様子はわからない。

海辺の道、その路肩に止めた愛車に背を預け、わたしは電子煙草の煙を夜空に吹きかけていた。

スマホを見る。着信は、まだない。

六日目だ。真紀ちゃんは今日もまだ薬を使っていないのか、それとも今頃ついに使っているのか。

——使い終わったら絶対に連絡してね、約束だよ。

そう告げた。だからというわけではないが、きっとこのスマホは鳴るはずだ。

そこから聞こえてくるのは絶望か、それとも……。

「……フフッ、笑顔になっちゃうよねぇ」

いつもは薬を餌(えさ)にして、絶望にまみれた少女達を喰い物にしていた。彼女達はみな眠れないからと嘘を吐きながら、自殺のための薬を欲してくる。だから、何でもさせてくれる。最初嫌がっていても、どうせこの後すぐに……と。

女である自分が好き勝手に若い女の子を弄べるというのは楽しいし、湧き起こる欲望を満たしてくれる。その中でも絶望にまみれた少女は特別な味わいがあって好みだった。

けれど、真紀ちゃんは初めてのパターンだった。

誰かを殺そうとして薬を欲してくる奴は少なくないが、愛するが故に、というのは他にいない。しかも初恋。女の子同士のそれ。最高だ。

同性の友達への想い、それに気づいてからの戸惑いと葛藤と、そして決意は、わたし、木藤加奈子(かなこ)という人間がまだ純粋だった頃を思い出させてくれる。傷つくばかりで、弱かったあの頃を――。

だから最後までやる事はしなかった。

あくまで、初恋のつまみ喰い。喰い足りないぐらいが、一番いい。

あとは、スマホが鳴るのを待つだけだった。

「楽しみだねぇ……どんな事言われるんだろ」

体を条件に女の子限定で薬を渡す女……それが、わたし。

強力な睡眠薬、二粒であの世行き……それが謳い文句。

けれど、渡すのはいつだって偽物の薬。何粒飲んだって死にはしない。鼻炎薬だから、少し眠くなるだけ。

それで文句を言ってくる奴には「警察に通報しようか？」と言えば、すぐに黙る。その時の彼女達の反応は何度経験しても面白い。

「ごめんね、真紀ちゃん。……わたしさ、あなたが思うより、悪い奴なんだ」

真紀ちゃんに渡したのは当然、鼻炎薬。

だから死にはしない。だから、使えばスマホは必ず鳴る。

わたしのスマホが奏でるのは大抵罵詈雑言(ばりぞうごん)。

けれど、今回ばかりはそうでなければいいと思う。

幸せな恋なんて一つも経験できないまま大人になって、少女達を喰い物にする自分でさえ、初恋を抱く少女を見たら……応援したくなってしまう。

報われて、幸せになって、そしてあんな偽薬など捨ててしまえ、と、そう願わずにはいられない。

スマホよ、鳴るな。大人しくしていろ。

それはきっと奇跡でも起こらなければ叶わぬ事。

けれど、わたしは祈った。少女の初恋が実りますように、と。

「……ふぅ」

電子煙草の薄い煙が更けゆく夜空に消えていく。

車に寄りかかったまま、わたしは瞼を閉じた。

荒い波の音だけが聞こえ続ける。

Yuri Collection wiz

嘘つき姫

坂崎かおる

Sakasaki Kaoru

坂崎かおる

さかさき・かおる

1984年、東京都生まれ。掌篇「リモート」で第1回かぐやSFコンテスト審査員特別賞を受賞した坂崎かおるは、人が惹きつけられる〝もの〟を書いてきた。たとえばそれは兵馬俑（「VR兵馬俑の凱旋」）だったり、ご近所さんのくれたザリガニ（「あたう」）だったりする。それらは一見、人とはなんのつながりもなく存在している。しかしある瞬間を境に、不思議と引き離しがたい関係に変わっていく。第3回百合文芸小説コンテストでSFマガジン賞を受賞、『ベストSF2022』にも収録された「電信柱より」もまた、女性が唐突に女性の電信柱に恋をする異色作。「春に五月は」（『百合文芸小説コンテストセレクション4』特典）では、二枚しかない写真を介して、同性の「あなた」に向けられる女性の感情が語られる。百合小説の近作として、「あーちゃんはかあいそうでかあいい」（『零合』創刊号）がある。本作「嘘つき姫」は、第4回百合文芸小説コンテストの大賞受賞作。とある歴史的背景のなか、〝嘘〟が人と人とをつなげる瞬間が描かれる。

原点の百合作品

萩尾望都「半神」

女性同士の巨大な感情を百合と呼ぶなら、この作品もそれに入れることをお許し願いたい。初めて手にしたのは小学生か中学生のころ。いわゆるシャム双生児の姉妹の物語。無垢で美しい妹ユーシーを姉ユージーは疎むが、切断手術のあと、鏡の中に妹の姿を見るラストが美しい。愛であり憎しみでもあるどうしようもない気持ちを抱えて生きていかなければならないユージー。子どもには持て余してしまいそうなその感情が今も私には残り続け、自分の作品に砂紋のように残っている。

1（3）

1940年、わたしたちは嘘つきだった。

でも、とあなたは思うかもしれない。あの年は、みんなが嘘つきだったたって。確かにそうだ。それはわたしも認める。宣戦布告の際も、誰もが連合軍が勝つと吹聴（ふいちょう）し、ラジオではマジノ線の頑強さが語られ、「パリはフランスで最も防衛された都市」だと新聞は書き立てた。ベルギーやオランダなどからやって来る逃げ出した人々はただ「臆病」なだけで、ドイツ軍は必ずや天啓をもって撃退され、わたしたちには何の危害も及ぼさないと。わたしたちは嘘を愛した。

とりわけママは嘘つきだった。でも嘘が下手だった。わたしはママの嘘を愛した。

靴屋のポールじいさんの裏庭には、細長いろうそくのような小屋がある。中には下りの階段があって、その階段を五百十三段数えると、小人の国（リリピュット）にたどり着けるのだという。「ポールじいさんは小人の王様で、靴はいつも小人の家来につくってもらっているの」

確かにじいさんは小柄で、そのころのわたしの背丈とそんなに変わらなかった。いつもは黙って靴を磨いているのだけど、酔っぱらうとよくわからない言葉で奥さんを罵（のの）った。「あれは小人の言葉なの」ママはその様子を眺めながら、わたしに囁(ささや)いた。「怒っているように見えるけど、実はああして小人たちに指示を出しているのよ。『今日は編み上げのブーツを三足だ！　紐は少し長めにな！』」

　わたしはある日、ママの目を盗んで、ポールじいさんの裏庭に忍び込んだ。ろうそくの小屋のドアには鍵もなく、たてつけの悪いギシギシの音だけでするりと開いた。中は暗かったが、夕暮れの日差しがまだ隙間から届いていて見渡すことができた。鍬(くわ)や鋤(すき)（じいさんは畑をもっている）、それに靴づくりに使うであろう何かの材料たち。要するにただの倉庫だ。歩き回れるほどの広さもなく、わたしはそこかしこを足で踏んでみたが、小人の国への入り口は、ほんのかけらもなさそうだった。

　家に帰って、わたしはママに言った。「あの小屋はただの物置だったよ」

「へえ！　あなたあそこに行ったのね！」

嬉しそうにママは言った。「百聞は一見に如かず(Voir c'est croire)、理よりも実践を重んじるとは、さすが私の娘ね」

　それから彼女は、わたしに顔をぐいっと近づけた。「だけどあなた、小人というのはどのぐらいの大きさだと思ってる？」

「ポールじいさんぐらいじゃないの？」

「いいえ！」ママは笑った。「あれは王様だから大きいの。普通の小人はそうね、こんぐらい」と、彼女は親指一本を立てた。「お前はネズミの巣穴をそんな簡単に見つけることができるの？」
そんな調子だったので、わたしはママの嘘を嘘とわかっていながらも、どうにも言い返すことができずにいた。だから、肉屋のダニエルおじさんは日曜になると呪いが解けて豚に戻るし（確かに彼はでっぷりとしていた！）、司祭のアランさんは毎日牛乳風呂に入っているからお肌がすべすべで（大人たちからは赤ん坊（プポン）と呼ばれている）、そしてパパは、遠くイギリスの宮殿に呼ばれて、新しい時代のオペラを書くために「家に帰れない」ということになっていた。ママは嘘を愛し、わたしもそれを認めた。

ドイツ軍が背後に迫り、非武装都市宣言がなされたときも、ママは「ピクニック」に行きましょうとわたしに告げた。「このところ嫌なニュースばかりだから、少し羽を伸ばしたいわ」

ママはどこからか自転車を調達してきていて、その後ろに山のような荷物を積んだ。大きな旅行鞄に毛布に水筒、干し肉（！）、パパの写真に、ラジオ。ママは大切にしているトパーズのイヤリングを、両耳につけた。わたしは「肌身離さず持ち歩きなさい」と、茶色の肩掛けカバンを渡された。そこに、パパからの手紙とお気に入りの小さなネコのぬいぐるみ、それからキャンディをいくつか入れた。「すてきなピクニックになりそうね」とわたしが口を歪（ゆが）めて言うと、ママはにっこり笑い、「急いで出発しましょう」と答えた。

同じような「ピクニック」の人々が、表では列を成していた。わたしの傍らを、高そうな車が通り過ぎた。ママが慌てて手を挙げたが、実直そうな運転手は前をまっすぐ向いたままで、あっという間に見えなくなった。黒くべたべたとしたものが、家々にまとわりついていた。何かの燃えカスだ。「ドイツ軍の攻撃だ」と誰かが言い、「いや、石油を燃やしてるだけだ」と別の声が答えた。「小人の仕業ね」とママは呟いた。

「その家には大きな煙突があってね」

ママはこれから「ピクニック」で訪れるのだという「古い知り合い」の家の話をした。「クリスマスの前の日は、その暖炉の前で一晩中サンタクロースを待ったわ。だけど彼は結局来なかった。火に近づきすぎたせいで私の鼻毛が焦げちゃっただけ」

その家は列車を使えば時間がかからない、とママは言ったが、肝心の駅は人でごった返していた。遠くのホームには、文字通り人が隙間なく並んでいた。担架で気絶した女性が運ばれ、赤ん坊は押しつぶされないようにか、人々が頭の上をバケツリレーで運び、駅舎の一画に集められていた。子供たちは泣き、辛抱強いご婦人たちは唇を結んで静かに待ち、気の短い男たちは怒鳴っていた。

「あそこに、赤いマフラーをした女の人が見えるでしょう」

ママはその様子を眺めながら言った。わたしが頷くと、「あの人はさる国の王女なの」と囁いた。見ると、その女性は壁に寄りかかり、小さくうつむきがちに口を動かしている。

「王女?」わたしの反射的な繰り返しににこっと笑い、ママは話し始めた。

「私たちの知らない遠い国の小島の王女。とても歌のうまい、元は町の仕立て屋の娘だったんだけど、その歌に王子様が惚れ込んで無理やりお姫様にさせられた。だけどその王子はなかなかの悪い奴で、即位してからは、その王女をずっと塔に閉じ込めて、歌を歌わせた。必ずきまった時間に歌えと命じて。朝、昼、晩。その島にはだから、時計のように王女の歌が流れた」

わたしは想像した。塔から流れる彼女の物悲しい歌を。でも、上手に思い描くことはできなかった。その間、赤いマフラーの女性は、確かに何かを口ずさむように唇を動かし続けていた。

「それで、どうやってこの町まで来たの？」

ふふっとママは微笑み、「それはまた今度ね」と言って、駅に背を向けた。「仕方がない。運動だと思って、もう少し歩きましょう」

小さな農村に着いたときには、日が暮れかかっていた。疲れ切った人たちが、家の戸を叩いて、泊めてもらえるように頼んでいた。でもどこもいっぱいで、多くの人は締め出された。お金を渡している人もいたけど、「紙幣なんてすぐ紙屑（かみくず）になるよ」と、にべもなく断られていた。どこもかしこも人でいっぱいだった。納屋（なや）に集会所、教会に馬の小屋まで。屋根のある建物には必ず人がいたし、屋根のない道端にも、疲れ切った人々が座り込んでいた。ママも何軒かの戸を叩いてお願いをしていたけど、首を振られるばかりだった。ある家では、ママのトパーズのイヤリングをせびられた。それでも、ママは断られるたびに笑顔を見せて、「ちょっと運が悪かっただけ、大丈夫よ」とわたしの頭を撫でた。

一軒だけ、わたしたち母子の様子に同情したのか、納屋を貸してくれたおかみさんがいた。納屋といってもかなり狭くて、自転車や荷物を中に入れたら、ほとんど立って寝るしかないようだった。ママはわたしを納屋の中で寝かせると、自分は戸の前でコートをかぶって座り込んだ。

翌日もわたしたちは歩いた。ママは笑顔は絶やさなかったが、口数は減っていった。道はときどき軍によって規制されていて、思うような方向に進めないこともあり、わたしは自分がどこを歩いているのか、よくわからなくなってしまった。もしかするとママもそうだったのかもしれないが、決して顔には出さなかった。

人だかりができている場所があり、わたしたちが覗き込むと兵士が何人かいた。フランス軍の記章をつけている。原隊からはぐれてしまったということだった。間抜けな話に聞こえるが、当時はそんな兵士が多く出るほど、混乱した情勢だった。

「ロワール川に兵士は集結しつつあるらしい」

人々は口々に噂していた。ママは彼らと長く話し込み、地図に印をつけながら、進むべき道を決めたようだった。

「ママは迷子になったの？」

わたしが訊くと、「みんな迷子なのよ」とママは答えた。

その日は運よく空いている駅舎に泊まることができた。列車が来ればと思ったが、一台も来ず、同じような人々が毛布にくるまり、肩を寄せ合い眠った。

次の日、見晴らしのいい一本道を歩いていると、遠くからモーター音がした。

「爆撃機(スツーカ)！」

誰かが叫ぶと同時に、ママはわたしを抱え、草むらの中に飛びこんだ。ぎゅっと覆いかぶさる。心臓の音がする。あたたかい息が耳元をくすぐり、こんなときなのに、なぜか笑い出しそうになる。でも、そんなことができるわけがない。ママの息遣いと心音の合間に、飛行機のプロペラ音が低く遠く近く響く。飛行機は通り過ぎたようだったが、ママはしばらくそのままだった。乾いた音が、向こうの方から聞こえてくる。

ようやく立ち上がると、他の人たちも呆然としていた。ドイツ兵へ呪詛(じゅそ)の言葉を投げかける人もいた。意外と子供は平気な顔をしていて、何かのアトラクションを楽しんだかのように、興奮した面持ちで走り回っていた。

「ケガはしていない？」

土埃(つちぼこり)がついていたが、擦(す)り剝(む)きもしていなかった。よかった、と言ったのも束の間、少し進むと、何人かの人が倒れていた。爆撃機(スツーカ)は銃撃をこの辺りで行ったらしい。ママはわたしが死体を見ないように前を塞ぎながら、気の利いた言葉をかけようとしたが、何も言えず、その惨状に立ち尽くしていた。誰かの泣き声が聞こえ、大人たちは十字を切りながら、死体を道の真ん中からどかしていた。それ以上する余裕は彼らにはない。

ごろんと、丸太のようにそれらは転がっていた。ママがぎゅっとわたしの手を握った。

エマはその中に立っていたのだ。倒れ伏す人々の間に、どこかの国の英雄のように、しっかりと、それでいてすずやかに立っていたのだ。金色の癖っ毛を、風になびかせ、地面を踏みしめ、空を見上げて。目を引いたのは真っ白いワンピースだった。肌は汚れ、爪の先まで真っ黒だったのに、その服だけは輝いていた。わたしは彼女から目を離せなかった。

彼女はゆるゆると顔を動かした。わたしと目が合った。口元が動いたが、何と言ったかはわからない。わたしと同い年ぐらいに見える。その瞳は、一度だけ旅行で行った、ナントの海みたいに鮮やかな青だ。わたしは突然、彼女の顔に触れ、その瞳をとても近くで覗き込みたい衝動に駆られた。だけど、足が地面に刺さったように、動くことができなかった。頬が赤くなり、息も止まったのかと思った。

「大丈夫？」

真っ先に駆け寄ったのはママだった。少女はその声には反応しなかったが、ママが肩をつかむと、小さく頷いた。靴はボロボロで、わたしたちと同じように、ずっと遠くから旅をしてきたみたいに見えた。

「お母さんは？　お父さんは？　名前は？」

矢継ぎ早にママは質問した。少女は「エマ」と言い、それから、死体のひとつを指差した。男がひとり、女の身体に覆いかぶさるようにして死んでいる。ママはエマの顔を隠すように自分の胸に抱きしめた。エマは青い海を湛えた瞳をまばたきすることなく、ママの胸の中でまっすぐとして見つめていた。

「マリーよ」

ママはわたしの肩を抱いてそう紹介した。わたしはママを見たが、ママはわたしを見なかった。わたしはエマに手を差し出した。だが、彼女は何か奇妙な生き物の動きでも見るようにしたまま、動かなかった。

「あの子をそのままにはしておけない」

少し離れた場所で、ママはわたしに囁いた。「少なくとも、どこか引き取り先が見つかりそうな場所に着くまでは」こういうときのママは、梃子でも動かないのを知っていたので、わたしは頷くだけにした。

それから二時間後、わたしとエマは姉妹になった。ママがそう決めた。途中の道で兵士たちが検問をしていて、わたしたちのことを訊ねられたとき、ママはそう答えたのだ。ええ、姉妹なんです。年子で。あまり似ていないんですけど、ええ、だけど本当に仲が良くって。この前は同じ夢にうなされていたみたいで、そうなんです、二人同時に起きて、私のところに抱きつくぐらいで。兵士たちは、ママの嘘に少し顔をほころばせ、「お気をつけて、マダム」と、丁寧に送り出した。

エマはとにかく無口だった。わたしとそんなに歳は変わらなかったのだろうが、名前以外は、年齢も、出身も、何も口にしなかった。そのくせ、目にはいろいろな感情がのっていた。苛立(いらだ)ち、敵意、諦観。今のわたしなら、そんな言葉で形容するところだけど、そのころのわたしは、ただ彼女から発せられる淀んだ空気を息苦しく感じ、そんな子供をためらいもなく自分の手に引き取ったママに複雑な気持ちを抱き、でも彼女に見据えられると頬が赤らみ身体が動かなくなる自分に気づき、この胸のつかえのようなものが何かわからず、ただただ目を背(そむ)けた。

「私の父さんは郵便配達夫でね、仕事を辞めるまで、一日も休んだことがなかった」

ママは、そんなエマにも話をして聞かせた。いつものやつだ。「面白い話をしてって言うと、キツツキ(ピヴェール)と呼ばれてたおじいさんのことを話してくれた。よく大工仕事を庭でしてて、トンカントンカンうるさいから、そう呼ばれてたの」

エマは聞いているのかいないのか、まっすぐに前を向いて歩いている。

「ピヴェールはとにかく手紙を受けとらなかった。『捨ててくれ、そんなもん！』が口癖で、年金の受け取りサインもしないし、役所からの督促状もつっ返す。新人の配達夫は、どうやって彼の郵便受けに手紙をねじ込むか考えることが最初の仕事だった」

どうして彼は受けとらないのだと思う？　とママはエマに訊いた。もちろんエマは答えない。わたしはその話は何回も聞いたので、わかってるよ、という合図のように肩をすくめる。

「彼は実はこの星の住人じゃなかったの」ママは声をひそめた。「いわゆる、宇宙人(extraterrestre)。言葉はしゃべれるけど、読むのは苦手だった。だから、視界にいれたくなかったのね」

「そのおじいさんは」いきなり、いや、話の切れ目をしっかり選んだのだけれど、どことなく唐突な感じでエマは訊ねた。「どうなったの、そのあと」

「さあ、それは」

ママは笑顔になった。「そのまま地球で亡くなったのか、それとも自分の星へ帰ったのか。人付き合いも悪かったみたいだから」

エマはそれきり黙った。ママも話の終わりだったので、わたしたちは、静かなまま歩き続けた。だから、しばらくしてから、「あたしはその話、違うと思う」とエマが話し始めたとき、わたしもママも、何のことを言っているのか最初は気づけなかった。

「そのおじいさんは読めないふりをしたんだよ。きっと今まで、悲しい手紙しか受けとってこなかったんだ。誰かが死んだとか、お前が嫌いだとか、そんな。だから読みたくなかったんだ。誰かがそのおじいさんのために、手紙を読んであげればよかったんだ。おじいさんが宇宙人だろうがなんだろうが」

わたしたちは示し合わせたように、ぴたりと立ち止まった。ママはまじまじとエマを見つめ、「そうね」と呟いた。「誰かがそうしてあげれば、彼は少しは幸福だったかもね」

地図とにらめっこしていたママは、「そろそろ川が見えるかな」と、辺りを見回した。川に近づくにつれ、人の流れは滞留した。みな口々に何かの噂をしていた。それはパリが陥落したとか、ドイツ軍が近くの村を略奪したとか、イギリスが降伏したとか、とにかく様々であったが、悲観的な内容という部分では一致していた。ぼんやりと流れの淀みにたたずむ人たちは、きっとわたしたちと一緒で、何日か歩き続けた人たちだった。どこへ？　南へ。とにかく南へ。このピクニックには目的地がなかった。幸運な人は知人の家にもぐりこめた。賢明な人はパリに留まり続けた。だが、多くの人々は、ただただ逃げるために歩いていた。なにから？　ドイツ軍から？　いや、違う。今ならわたしにはわかる。人々は嘘から逃げていた。自分たちがつき続けていた嘘から。

「川を越えたらもうすぐだから」

ママはそう言った。だが、そうはならなかった。「橋が落とされたらしい」と、誰かが言い出した。確かに、人々の列は遅々として進んでおらず、不満が漏れ始めていた。

「少し様子を見てくる」ママはわたしに自転車を渡し、絶対に動かないようにと命じた。それからエマの頭を撫で、「すぐに戻るわ」と、背中を向けた。エマは相変わらず、何も反応せず、人ごみに消えていくママの背中を見つめていた。

わたしは近くの崩れた塀に腰かけ、キャンディを舐めた。エマは立ったままだ。バッグを探ると、もうひとつ出てきたので、エマに差し出すと、彼女は黙って受けとり、口に入れた。おそらく最後のひとつだった。不自然なほど赤い唇から、ときどき、ちらりと舌が覗き、カラコロンと飴玉と唾の音がする。

「あなた、どこの出身なの」

目をそらして、わたしは訊ねた。エマは答えない。カラコロン。「ランス？　ルアン？

シャルトル？　それともフランス人じゃない？」

「宇宙人（Extraterrestre）」

ぶっきらぼうにエマは答えた。わたしは黙ったが、彼女の唇のはしっこがちょっと持ち上がったので、冗談だということに気がついた。日は落ちかけ、ふたりの影が、ゆらゆらしている。わたしは隣の影の縁を、足の先で撫ぜようと伸ばしてみる。

座ったら、と言いかけたところで、鋭い音がした。遠く前の方の人たちがばたばたと倒れた。「ドイツ軍だ！」誰かが叫んだ。爆撃機（スツーカ）の音はしなかった。機関銃だった。逃げ惑う人々の様子を、わたしは呆気にとられて眺めていた。女たちは叫びながら近くの林の中に逃げこんでいた。少し大きい子供たちは、溝の中に飛びこんだ。悲惨だったのは車に乗っていた人たちで、抜け出して物陰に隠れる不格好な長い時間に、銃弾が身体を貫いて血を流しながら倒れた。

「マリー！」

叫んだのがエマだと気がつくのに時間がかかった。彼女はわたしを身体ごとつかんで、塀の向こうへと跳び越えた。銃撃は続いた。少なくとも音は続いた。叫び声と異様な沈黙が交互に訪れた。エマはわたしの頭を抱えたまま倒れ伏していた。甘い匂いはキャンディだ。心臓の音がする。エマのものか、自分のものか、よくわからない。重なって、息が苦しくなる。叫び声。キャンディ。心臓。沈黙。沈黙。沈黙。立ち上がるべきかもしれない。でも、わたしはそのとき、もう少しこのままでいたかった。彼女の息遣いを、においを、感じていたかった。

人々のざわめきを合図に、わたしたちはそろそろと立ち上がった。見渡すと、何人かは倒れたまま動かず、何人かはうめき声を上げていた。母親が子供を抱いて泣き叫んでいた。男のひとりが、近くで呆然としているフランス軍兵士につかみかかっていた。ママ、と小さな男の子が泣きだした。ママ。ママ。わたしが駆け出そうとすると、エマが腕にしがみついてきた。

「行っちゃダメ、まだいるかも」

わたしは彼女を振り払った。駆け出し、転び、起き上がると、死体が目の前にあった。目は開かれ、空中を見つめていて、泥か煤にまみれて顔は黒かった。立ち上がろうとしたが、できなかった。自分の足が震えていることに気がついた。気がつかなければよかったとわたしは思った。気がつかなければ、まだ走れたかもしれない。ママを探しに行けたかもしれない。でも気づいてしまった。足は震えている。立ち上がれない。走り出せそうにない。

「マリー」

いつの間にかエマが近くに来ていた。わたしの頭を軽く撫でた。その仕草は誰かのことを思い出して、涙が出そうになったけど、そんなことで泣くのは恥ずかしくて、何度もまばたきをした。

「あたしが見てきてあげる」

彼女はそう言ったかと思うと、止める間もなく、軽やかに走り出した。死体を二つ跳び越すと、彼女の姿は遠くなって消えた。

どれぐらい待っただろうか。今でも、あのときの空白の時間の長さを思い出せる。果てしない時間だった。恐竜が誕生して絶滅するぐらい。心細く、帰ってきて欲しい気持ちと、二度と誰にも会わず、たったひとりで元来た道を引き返し、我が家のベッドで眠りたい気持ちと、エマの赤い唇と心臓の音を、胸に抱えてわたしは待った。

エマは帰って来たとき、手にトパーズのイヤリングの片方を持っていた。ママが大事にしていた、あのイヤリング。首を振り、これを渡された、とわたしに差し出した。他には何も言わなかった、とも付け加えた。彼女の腕には、べっとりと血がついていた。わたしは叫び、駆け出そうと立ち上がり、転び、エマに抱きとめられた。

「行かないで！」彼女は必死に叫んだ。「あなたも帰れなくなっちゃう！」

わたしは口を大きく開け、泣き声とも吠えとも区別のつかない、奇妙な音を上げ続けた。喉も枯れ、腕に力も入らなくなったころ、ようやくその音は止まった。エマはわたしの肩に腕を回し、ゆっくり立ち上がった。わたしたちは歩き出した。ふたりで。ふたりだけで。

わたしはその黄色い宝石を、歩きながら、口に入れた。キャンディのように。カラコロン。味はしない。溶けもしない。口の中で、残り続ける。

2（1）

そこで一番の早起きはシスターではなくエマだった。子供たちの寝泊まりする部屋の壁には隙間があって、朝日がちょうど昇るころ、ひと筋、光が差しこむ。それを合図に、むくりとエマが起き上がる。他の子供たちを踏まないように、そっと、軽やかに、バレエでも踊るかのように、部屋を抜け出る。

仕事はたくさんあった。水汲み、雌鶏（めんどり）の卵集め、洗濯、かまどに火をつける。郵便が届いていればそれを仕分けする。手際よくエマはそれらをこなし、手伝いの女たちが起きるころには、おおよその支度が整っていた。女たちはエマの頭を撫で、朝ごはんの支度をする。

他の大人たちはここを「孤児院」と称した。シスターはただ単に我が家（ma maison）と呼んだ。わたしとエマは、一か月ほど前にここに連れてこられた。それまではエマが頼み込んで、いろいろな家々に泊めてもらったり食料をもらったりしていたから、落ち着ける場所ができたのは、なんにせよほっとする出来事だった。子供たちの中では、わたしたちが年嵩（としかさ）で、「みんなで協力しましょう」と、シスターは肩をぽんと叩いた。

それに応えるように、エマはよく働いた。下の子供たちの世話もよく焼いた。あの仏頂面が嘘のようだった。いちばん泣き虫なのはルイで、おねしょをしたと言っては泣き、風が吹いたと言っては叫び声を上げた。エマはそのたびに彼を抱きしめ、背中を撫でながら、「大丈夫」と声をかけた。エマの周りには小さな子供たちがいつもいた。

わたしはほとんど何もしなかった。それでも、誰も何も言わなかった。ここにいる子供たちはほとんどが同じ境遇だったけれど、わたしには誰もがやさしくしてくれた。ぎゅっと抱きしめてくれたり、スープを少し多めによそってくれたり、目の前で楽しい話をしてくれたり。この場所では誰も嘘はつかなかった。ただ、本当のことも話さなかった。

エマはわたしをよく散歩に連れ出した。近くには川があり、平和そうに夏の光をきらきら反射させていた。エマはコツをつかむと、そこで釣りをするようにもなった。釣りをしている間、わたしはぼんやりその光を瞳の中にためていた。ためすぎると、ときどき涙がぼろぼろこぼれた。こぼれると、エマはそれにすぐ気がついて、わたしの傍に屈み、そっと人差し指でそれを拭った。拭っても拭っても止まらないときは、わたしの頬を両手でつかんで、小さな赤い舌で舐めた。

わたしたちは自分たちがいる場所を正確には理解していなかった。ロワール川を越えたのかどうかさえ知らなかった。ヴィシー政権によって定められた分離境界線はそのころはまだ曖昧で、大人たちはときどき、自分たちのいる場所が「どちら側になるか」不安そうに話をしていた。わたしは興味がなかった。線をまたいだあちらもこちらも、わたしにとっては関係がなかった。

　エマがコマドリのように忙（せわ）しく働いている間、シスターは礼拝堂の掃除をしている。「朝の清め」は、彼女の仕事で、絶対に他の人に入らせなかった。シスターは一般的な修道女からすると少し変わっていた。子供たちにはやさしく、大人たちにとってもそれなりの人望があったからこそ、このような施設を運営できたのだろうが、自分のことは多くは語らず、ひとりでいることを好んだ。わたしたちは彼女をその服装から〈シスター〉とは呼んだけれど、本当のところはよくわからない。くたびれた緑のスカプラリオを着て、聖書をどこからでも諳（そら）んじることができた。ちりちりとした赤毛は、ベールの下からでも頑丈そうな雰囲気をしていた。瞳は黒に見紛うほど濃い茶色で、肌の皺の様子は相応の年齢を感じさせたが、動きは大げさで力強く、頼もしさすら感じた。

　日々は鈍重に過ぎていった。それでもわたしは少しずつ、自分にできることを増やした。水汲み、薪（まき）集め。ひとりでできることを好んだ。エマは子供たちにはやさしかったけれど、相変わらず無口ではあった。でも、いつも遠くからわたしのことを見ていた。困ったときにはいつの間にか傍に来て、手を添えてくれた。それでもやはり、わたしは何もしない時間の方が多かった。

「エマとマリーはきょうだいなの？」

　子供たちはときどき、不思議そうに訊いてくる。わたしは「そう、年子なの」と頷き、エマは黙ってわたしの服の裾（すそ）をつかんだ。似ていない、と子供たちは笑う。そうね、とわたしは言う。わたしの鼻は鷲鼻（わしばな）だし、唇だって薄すぎる。汗をかいたときにエマの頬に浮かぶバラのようなそばかすもない。青白く、骨まで透けてしまいそうだ。パパ譲りの黒い髪は陰気で、鏡を見るだけでげんなりする。そう、エマとわたしは違う。でも、わたしたちは姉妹のままだった。「わたしがお姉さん」エマは、ふたりのときにそう言った。「だからマリー、安心して」

自分の生活が少し変わったのは、子豚が来てからだった。そのころ、フランス南部では、イタリア軍まで進駐していた。もちろん、当時のわたしたちに、そんなことは知る由もない。大人たちだってどこまでわかっていたか。幸いにも、どちらの軍もシスターの孤児院まで来ることはなかったが、時折の銃声や飛行機のプロペラ音は、明らかにみなの生活をむしばんでいた。

子豚は当たり前だが食用で、建物の裏手の広場に柵が立てられた。わたしはエサの当番を行い、食べ残しや野菜クズを子豚にあげた。豚はわたしが思っているよりもきれい好きでかしこく、糞尿が残っている場所には決して近寄らず、わたしの顔を覚えると、掃除をしろと言わんばかりに鼻を鳴らした。わたしはシスターに箒やバケツを借り、毎日掃除をした。子豚は喜んだどうかはわからないが、すくすくと大きくなった。

ある日、大人たちが子豚を抱えていたので、わたしは叫んだ。ここに来てから、初めて大きな声を出した。大人たちはわたしも抱きかかえ、子豚を柵の中に戻して見せ、大丈夫だからとなだめるように言った。わたしはエマが来るまで、なおも叫び続けた。

子豚は食べるにはまだ早かったが、順調に育ってきていたので、近くの農家に売られる予定だったらしい。シスターは「残念なのですが」とわたしの肩に手を置き、わたしはその手を振り払った。わたしは寝起きする部屋の隅に隠れ、食事もとらなかった。

　二日目の晩、エマが皿を持ってやって来た。「シチューよ」と彼女は言い、目の前に置いた。シチューには、大きな豚肉の塊が入っていた。わたしは思わず声を上げた。

「安心して、あの子豚じゃない」

　エマはにこりともせずに言った。

「わたしに怒ってるの？」

　皿から目を背けながら、わたしは訊ねた。「我儘（わがまま）だって言いたいんでしょ」

「違う」エマはどかりと腰を下ろした。「あの豚を売ったお金は、この家の食費に回すはずだった。でも、あたしがそれをやめさせた」

「どうやって」

「売って手に入れるはずだった分だけ、あたしが稼げばいい」

　どうやって、とまた言いかけ、わたしは口を閉じた。エマの瞳は、ぎらぎらと燃えていた。

「だけど、理解して欲しい。この豚は、あの子豚の代わりに犠牲になった。この豚は、時間の差こそあれ、今夜は死ななくてもいい豚だった。マリーには、それを忘れないで欲しい」

「やっぱり責めているんじゃない」

わたしの言葉に、マリーはいっとき顔を伏せ、でもすぐに、あの瞳で見返した。「違う」彼女は断定するように言った。「あなたにはそうやって生きて欲しい。何かを犠牲にしてでも、その代わりにあなたが生きるなら、あたしはそれでいい。そしてときどき、その犠牲の何かに、憐れみの目を向けてくれればいい。歩けないなら、あたしがあなたの靴になる。立ち上がれないなら、杖になる。あなたが開ける門の鍵を、あたしが探し出す」

エマはフォークを刺し、豚肉をわたしに突き出した。わたしは口を開けた。エマは無造作にそれを入れる。肉が喉の奥に詰まり、わたしはむせる。エマはわたしの肩をつかんでいる。その塊がわたしの口の中で裂かれ、喉を通るまで、エマは瞬きもせずに、ずっと見つめる。

翌朝、子豚は元通りの柵の中にいた。わたしとエマは、彼の名前を考え、ダニーにした。いい名前だね、とエマは言い、由来については何も問わなかった。ダニー、とそのブチのある肌を撫でるとき、わたしはママを思い出した。もしかしたらこの子も日曜の安息日に、人間に戻る瞬間があるのかもしれない。そうなればいいとわたしは思い、気が向いた夜中に、エマとふたり、豚が寝ている様子を眺めた。豚はすやすやと、何も知らず、ただただ眠っていた。エマはわたしの手を握り、わたしはエマの手を握った。

ヴィクトルが来たとき、夏の盛りはとうに過ぎていた。

見つけたのはエマだった。いつもの川辺の草むらから、軍靴が覗いていた。エマは釣竿を、わたしはバケツを前に抱え、恐る恐る草をかき分けた。それがヴィクトルだった。フランス軍の軍服を着ていたもののボロボロで、全くの手ぶらだった。銃はおろか、ナイフすら持っていなさそうだった。

「死んでる？」

エマは手早く男の口元に手を当て、「息はしてる」と答えた。「大きなケガをしているようには見えないけど」

わたしは立ち尽くしていたが、エマは慣れた手つきで男のポケットやら服の中を探った。「認識タグ（plaques d'identité）でもあるかと思って」エマの言う通り、小さなプレートが出てきた。

「1940 Victor Bertrand」と彫られている。

「水を汲んできて」

わたしはエマに言われるがままにバケツに水を入れた。エマはそれをつかむと、間髪を容れずに男に水を浴びせた。男は叫び声を上げ、跳ね起きた。

「静かにした方がいい」

ヴィクトル、とエマは顔を近づけ呼びかけた。「ドイツ兵がどこにいるかわからない」

彼は状況が飲み込めていないようで、立ち上がる気配はなかった。

「ここは非占領地区（non occupée）か？」

そうヴィクトルは訊ね、エマは「たぶん」と答えたあと、「でも、本当のところはわからない」と続けた。ヴィクトルの顔は険しくなった。

「すまないが食べるものは何かあるかな」

わたしたちは顔を見合わせた。お互い何を考えているかはわかった。

「あるにはあるけど」わたしは言った。思ったよりも小さな声になり、わざとらしく咳ばらいをした。「シスターにお願いをしないと」

「それは困るな」

ヴィクトルはうつむいた。わたしはエマの袖をつついた。関わらない方がいいと示すように、バケツを拾って二、三歩下がった。でも、エマはわたしと同じようには動かなかった。エマはじっと、ヴィクトルを見ていた。初めて会ったとき、わたしがエマにそうしたように。

「少し待ってて」

彼女は駆け出した。わたしは手持ち無沙汰になったが、話すことは躊躇(ためら)われた。彼も黙ったまま、遠くの川を見ていた。わたしよりは年上だったが、兵士というには若すぎるように思えた。顔はひっかき傷だらけで、腕はわたしと同じくらい細かった。軍服からのぞく首元は、見ていて痛々しかった。

「君の名前は？」

「マリー」すぐにわたしは答えた。「さっきの子はエマ。わたしの姉」

「そうか」

似てないね、と続けるのかと思ったが、ヴィクトルは「きょうだいはいいものだよ」と呟いた。

「そのカバンは何か大切なものでも？」

彼はわたしの肩掛けカバンを指差した。特には、とわたしは短く答えた。

「君たちの家は」

ヴィクトルはそう続け、わたしは自分たちの住む西の方を指差した。

「教会に住んでるのか」

そうではない、とわたしは答えた。

「シスターと言ってたから、てっきり」ヴィクトルは言った。「もしかして、君たちは孤児なのか」

そう訊いてから、慌ててヴィクトルは「失礼なことを訊いた」と訂正した。わたしが口を開きかけたところで、エマが戻ってきた。

エマが持ってきたパンのかけらを、時間をかけてヴィクトルは食べた。どこから、とわたしが問う前に、「夕飯の残りを少しずつ貯めてる」とエマが言った。

「ありがとう」

いくぶん血の気の戻った顔で、彼は言った。「僕はヴィクトルだ」そして、自分の夕グをエマが持っていることに気づき、苦笑いを浮かべた。エマは「ごめんなさい」と彼に返した。

「訳あって部隊から離れてしまって、ここに迷い込んだんだ」

彼はよろよろと立ち上がった。「君たちに迷惑はかけないようにするよ」

去って行く彼の背中を、エマは長く見つめていた。わたしが彼女の腕を引っ張らなければ、そのままそこに立ち続けていたかもしれない。

「脱走兵かな」

空のバケツを持った帰り道、わたしがそう言うと、エマは首を振って「わからない」と答えた。

「捕まらないといいけど」

エマの顔をうかがうように呟いてみると、彼女も、そうね、と言葉をこぼした。


だから、またヴィクトルに会うとは思ってもみなかった。助けたのは、エマだった。

この辺りの外れには墓地があって、戦争の前には墓守が住んでいたようなのだけれど、このどさくさでどこかに消えてしまっていた。小屋は空き家で、場所柄もあって普段は誰も近寄らない。人が隠れるにはうってつけの場所だった。

「マリーを巻き込みたくはなかったから」

エマはわたしの顔を見ると、そう言った。わたしが気づいたのは、ヴィクトルと会って一週間ほどした晩だった。夜は徐々に長くなってきていたものの、満月で、驚くほどまわりをよく見渡せた。みなが寝静まったころに、エマが起き出して、あのバレエのような足取りで部屋を出て行った。その日、寝つきの悪かったわたしは、彼女の静かな足音を聞き、そっと後をつけ、ヴィクトルに食べ物を持っていくエマを見つけたのだ。小屋に入る前に、わたしはエマの腕をつかんだ。

「見つかったら、彼はきっと殺されてしまう」

エマの声は小さかった。わたしは彼女に顔を寄せた。

「だけどエマだって危ないじゃない」

わたしの言葉に、エマはうつむいた。そんなことはない、とエマに言って欲しかった。自分にはこんな方法がある、だからマリーは心配しないで。そう断言して欲しかった。でも、彼女は顔を上げない。

だから、ため息を吐き、「わたしも手伝う」と言った。「今度は、わたしがあなたを助ける」

それから、わたしたちは交代で、ヴィクトルに食事を届けるようになった。夕食のとき、足元に袋を置いて、お互いのパンをちぎってこっそりと入れた。スープは、バケツをきれいに洗って、水汲みに行くふりをして届けた。肉が出ることはほとんどなかったけど、魚釣りはエマの役目だったから、数を誤魔化すのは簡単だった。シスターが野ウサギを捕まえてふるまったときには、わたしたちは焼かれたそれを服の中に忍ばせた。

少ないとはいえ、まとまった食事にありつけたことで、ヴィクトルは徐々に元気を取り戻してきた。彼はおしゃべりが上手で、歳の離れたお兄さんのことを話してくれた。

ヴィクトルのお兄さんは怖いもの知らずで、上級生の弁当を糞まみれにしたことや、それの仕返しで追い詰められたとき、窓から「コケッコー」と叫びながら飛び降りた話とか、面白おかしく話してくれた。お兄さんは軍隊に入り、その怖いもの知らずさは勇猛さに変わり、本当か嘘か、あのマキシム・ヴェガン将軍にお褒めの言葉を頂いたとまで吹聴していたそうだ。

「兄貴とはしばらく会ってないから心配なんだ」ヴィクトルは目を伏せた。「彼のことだから、きっと大丈夫だろうけど。だから、君たちきょうだいは仲良くいなよ」

ヴィクトルは猟の仕方を教えてくれた。彼が作ったのは弓矢だ。小屋の中で何もすることがない間、木の皮から繊維をとり、それをよじって弦をつくったのだと言った。

「僕の故郷には森があって、子供のころは兄貴と一緒に走り回ってたんだ」

弦をはじきながらヴィクトルは言った。「兄貴は器用でね。つくり方もみっちり仕込まれた。野ウサギぐらいだったら、これで仕留められるよ」

射ち方もヴィクトルは教えてくれた。墓地には葉の落ちた枯れ木があり、そこに×印をつけて、わたしたちは練習をした。弦は、人差し指・中指・薬指をかけて引き、自分が思ってるよりももっと奥まで肘を引く。的からは絶対に目を離さない。わたしたちは木の×印に何度も何度も矢を放ち、運よく刺さったときがあれば、笑い合った。

ヴィクトルの器用さは機械にも及び、壊れていたラジオも直してしまった。電源をつけると、フランス語の歌が流れてきた。占領期において、ドイツはプロパガンダ放送も行っていたが、飴とムチのように、音楽番組を流し、その中にはもちろんフランスのものも多く含まれていた。ラジオはドイツ語で話されるものだと思っていたわたしはかなりびっくりした。ヴィクトルはその歌を口ずさみ、エマもそれに重ねるように合わせた。ヴィクトルは北部の農村の出身と言っていて、ラ・マルセイエーズを飲んだくれの自分の父親にかえて歌ってみせたときは、わたしたちはお腹を抱えて笑った。

エマとわたしはかなり慎重に行動していた。特にエマは徹底していた。たとえ二人きりのときでも「ヴィクトル」の名前は出さず、「あの」とか「例の」といった言い方をした。幼い子供たちはそこまで気にすることはなかったが、大人たちには注意したため、自然とエマとの会話も減っていった。けれど、それはエマと離れたというわけではなかった。むしろ、些細な彼女の挙動を、わたしは敏感に感じとるようになった。目配せ、髪をかきあげる仕草、つま先のコツコツ。わたしはエマの見せるその様々な変化に、彼女の種々の感情を見出し、ひとつひとつを心に刻んでいった。

そうやって気をつけていたから、シスターが墓地に来たときにはびっくりした。わたしは袋に昨日のパンの残りを抱えていた。

シスターは、わたしには気がつかなかった。背中をまるめ、粗末な墓石の前で一心に祈っていた。その日は風がごうごうと吹いている日で、彼女のスカーフは生き物のようにゆらゆらなびき、わたしは思わずその端っこに手を伸ばしそうになったけれど、もちろんそんなことはせず、ぼんやり輪郭を失った彼女の背中を見ながら、その場を離れた。

遠くから、もう一度振り返ったときにも、彼女はまだ、その場にうずくまっていた。

「子供のお墓があるって、聞いたことがある」

その話をすると、エマはそう答えた。「ずいぶん昔に亡くしたんだって。ヴィクトルもときどき見かけたって言ってた」

その日、わたしたちは薪を集めに森に入っていた。自分たちの分もそうだが、ヴィクトルの小屋にもあった方がいいとエマが言い、それもあわせて集めていた。冬はまだ先のようで、確かにその尻尾を見せていた。

「シスターは結婚してたんだね」

わたしが言うと、エマは薄く笑った。

「結婚しなくたって子供は産める」

エマのそういう物言いに、わたしはどきりとした。ときどき彼女はそんなことを言った。わたしの知らない世界を、ほらご覧と見せるのではなく、袋の中に無理やり頭を突っ込ませるような。そういうときのエマの顔はおそろしいほど澄んでいて、瞳は遠くを見ている。

「マリーのお父さんって何をしてるの」

めずらしくエマが話を続けた。わたしは、イギリスの宮殿に、と言いかけ、やめた。

「わからない」と答えた。「ある日、家を出て、一度手紙が届いたきり。今は何をしているのか」

「そう」

エマは短く言った。しばらくわたしたちは黙った。森には去年の落ち葉がまだ溜まっていて、がさがさと耳障りに音を立てていた。

「あたしも覚えてないんだ」

少し後で、エマが言った。「顔もあんまり。ひとつだけ覚えてるのは、ブドウ畑のこと。広い広いブドウ畑があって、そこにお父さんとふたりでいるの。『どこにいると思う?』ってお父さんの声が聞こえて、あたしは声のした方を探しに行くんだけど、見つけられない。すると、また別の方向から『ここだよ』って声がして、またあたしはそっちに行くんだけど、誰もいない。そんなことを繰り返している思い出」

「お父さんは」

見つけられたの、と訊こうとして、わたしは口を噤んだ。ただ、甘酸っぱい香りの漂う畑を思った。

その深夜、わたしはシスターと礼拝堂で会った。よく眠れず、ぶらぶらと散歩をしていたら、礼拝堂から明かりがもれていたのだ。わたしがそっと中を覗くと、シスターが椅子に腰かけぼんやりしていた。手には酒瓶を持っている。

「寒いでしょう」シスターはわたしに気がつくと、悪びれるでもなく呼んだ。「こっちにいらっしゃい」

彼女からは甘ったるいにおいがした。「リンゴ酒」と、シスターは罎を振った。「うちの故郷じゃ、これが有名で。リンゴの酵母をつくるのですが、ぷつぷつと話をするみたいでかわいいんです」

わたしはシスターが差し出した壜をよく眺めた。どろりとしたような黄金の液体があるほかは、なんの声もしない。「お酒になったら壜の中の声は消えます。代わりに空から降ってくる。『からだを殺しても、たましいを殺せぬ者どもを恐れるな』」

「シスター」

なんでしょう、とわたしの呼びかけに、彼女はにこりと笑った。「シスターは、嘘をついたことがある？」

「あります」

彼女は即答した。「大きな嘘をひとつ。小さな嘘をふたつ。おかげで狭き門がもっと狭くなりました」

「どうして嘘をついたの？」

「必要があったからです」シスターは言った。「それは天国に入るよりももっと大切で、重要なことでした。私は自分のためには嘘はつかない。そういう決まりの中で生きてきました」

わたしは、墓石の前で祈るシスターの背中を思い出していた。彼女の嘘は、それと関係があるのかもしれない、と思った。

「マリーは誰のために嘘をついているのですか」

シスターは訊いた。穏やかだが、しっかりとわたしを見つめている。わたしは答えない。「エマのためですか」彼女は続けた。わたしは黙り続ける。「お母さんのためですか」わたしは何も言わない。

「それでいいんですよ」と、シスターはわたしの髪の先を少し触った。蝶をつまむような仕草だった。「嘘をつくなら、最後までです。あなたが誰かを愛しているなら、なおさら」

もう寝なさい、と背中を押した。シスターとそんなに長く話したのはそれが初めてだった。部屋に戻ると、エマが心配そうに毛布の上に座って待っていた。

「どこに行ってたの」

彼女はそう訊き、わたしは「ダニーの様子を見てきた」と嘘をついた。なぜ本当のことを言わなかったかはわからない。でも、ここに来て初めてついた嘘かもしれない、と思った。

ドイツ兵がやって来た。前触れもなく、予感もなく、静かに、友人のようなふりをして。

シスターは子供たちを一カ所に集め、部屋から出さなかったから、どんな会話がなされたのか、正確なところはわからない。小型軍用車（キューベルワーゲン）を見たのはエマだった。その軍用車は生き物の唸（うな）り声のような音を立てて現れ、三人の兵士が降りたと彼女は言った。

「ヴィクトルに知らせなきゃ」

エマは小さな子供たちを抱えるようにして呟いた。わたしは頷いたが、どうにも動きようがなかった。ルイが泣き出した。エマは彼の背中をずっとさすっていたが、なかなか泣き止まなかった。徐々に他の子供たちにも不安が伝染していったのか、すすり泣きが聞こえ始めた。

「お話を」エマはわたしに頼んだ。「なにか、お話をしてあげて。明るくて楽しい、そういう」

明るく、楽しい（Brillant et amusant）。エマの赤い唇からこぼれるその言葉は奇妙だった。意味とは裏腹に冷たく、のっぺりとしていた。でも、だからこそよかったのかもしれない。わたしはすぐに口を開くことができた。

「礼拝堂の裏には小さな井戸があるでしょ。そこは小人の国につながっているの」

ねえ、ルイ。わたしは彼の頭に手を載せた。ときどき、ものがなくなることがあるじゃない。ボタンとか、髪留めとか。あれは全部、小人の仕業なの。夜中、あなたたちが寝静まったころに、こっそりと持っていくのよ。それで、いたずらもするの。ほら、リディ、あなたの髪の毛にパンくずがついてる。小人があなたのそのもじゃもじゃの頭の上でパンを食べたのね。あら、ジャン、笑ってるあなたの歯に、ほうれん草が挟まってるわよ。小人が口の中を探検したのね。次から次へと言葉が出た。わたしは話している間、ママのことを一回も思い出さなかった。でも、どうして彼女が嘘を愛していたのか、その理由はわかる気がした。

シスターが戻って来たとき、子供たちの表情はだいぶやわらかくなっていた。シスターは、エマとわたしの手を握り、「ありがとう」と言った。「心配しなくていい、大丈夫」と彼女は笑った。その口調は、誰かに似ていた。

薪を集めにいく、とエマは言い置いて駆け出していた。わたしもすぐに追いかけたかったが、子供たちがなかなか離してくれなかった。墓地の小屋に着いたとき、もう日は傾いていた。

「マリー」

エマは言った。彼女はヴィクトルと抱き合っていた。小屋の塞がれた窓から、西日の淡い光が差し込んでいて、エマが彼に回す腕を舐めるように照らしていた。その肩越しに、わたしを呼んだ。「無事だったみたい」何が、とわたしは言った。ヴィクトルが、とエマは答えた。ここまではドイツ兵は来なかった、と続けた。でもそうじゃない。わたしが聞きたかったのは、そういうことじゃない。わたしは背を向けた。走り出そうとする足を懸命におさえ、歩き続けた。地面のかたい感触を、しっかりと感じながら、一歩一歩。

部屋に戻ると、シスターがわたしを待っていた。「あなたにお願いしなければならないことがあります」と彼女は言った。「豚のダニーを、私にくれませんか」

あのドイツ兵たちは、今日は近くの村に宿泊しているということだった。だが、折からの食料の供給不足で、彼らをもてなす食材が足りないのだという。

「この家を存続させるためにも、協力して欲しいのです」

シスターはわたしの手を握った。ごつごつとしたそれは、冷たかった。わたしは頷いたが、条件を出した。それは、豚の解体を見せて欲しいということだった。シスターはすぐに返事はせずに、じっとわたしを見つめ、それから十字を切り、「過ちをことごとく洗い去り、我が罪を清めたまえ」と言った。

翌朝、解体は礼拝堂の裏手の小屋で行われた。大人たちが数人がかりでダニーを押さえ込むと、台の上に紐で縛った。まだ大きくなりきっていなかったとはいえ、ダニーはかなり暴れて、押さえるのも苦労しているように見えた。ひとりが棍棒でダニーの頭を殴ると、豚はふらふらと頭を振り、顎が下がった。その隙に、もうひとりの大人が、首をナイフで切った。つんざくような鳴き声が響いた。血が滴った。けれども、ダニーはまだ動いていた。じたばたと。だがそれもすぐに痙攣のようなものに変わり、血溜まりが地面にできるころには、動かなくなった。目は開いたままだった。

火であぶられ、毛が刈られると、天井に豚は吊るされた。大きな鉈のようなもので、恐らく村の男たちなのだろう、彼らは手際よく解体していく。思ったよりも血は出ない。豚の面影はどんどんとなくなっていくが、その肉片は、見慣れたものへと変わっていった。わたしはその変化を、ずっと見ていた。目を離さず。まばたきもせず。

それから、ダニーのいた柵の前に座った。糞尿のにおいがまだ微かにして、わたしは胃の中のものを、すべて吐き出した。血のにおいと今朝のパンの味とその糞尿のにおいが混じり合って、わたしにはそれが最高に気分がよくて最高に苦しかった。

そのドイツ兵たちは数日経って、またわたしたちの家を訪れた。今度は、子供たちの前にも現れた。仔細らしく部屋の中を点検したあと、子供たちひとりひとりの様子を観察し始めた。部下らしい男は、勲章をつけた男の指示に従い、忙(せわ)しなく何かを紙に書きつけている。髪の色、瞳の色、病気の有無、背丈、などなど。何かを確かめているようでもあり、何かを探しているようでもあった。

「名前はなんだ？(Wie heißt du)」

勲章の男がエマに訊ねた。彼女は何を言われたかわからなかったようで、首を傾げた。部下らしき男が、フランス語で同じことを繰り返すと、「エマ」と短く答えた。部下の男は、勲章の男を「大尉(Hauptmann)」と呼びかけていた。大尉は隣にいた私の方を向き、同じことを訊ねた。

「わたしはマリーと言います(Ich heiße Marie)」

ぎょっとしたようにエマが振り向いた。わたしは彼女の方を見なかった。大尉は意外そうにわたしを見ると、「流暢なドイツ語だ」と言った。

「もちろん(Natürlich)、わたしはドイツ人です(Ich bin Deutsche)」

わたしはいつも持ち歩いていた茶色い肩掛けカバンの、内側に縫い付けてあったポケットの糸を切った。そして、その中の一枚の紙を、大尉に渡した。ママが、本当に困ったときに使いなさいと、わたしに念押ししたものだ。大尉は丸い眼鏡をかけ直すと、それをまじまじ眺めた。

「確かに。この出生証明書によると、君の父親はドイツ人であるようだね。どうしてここに？」

「父も母もなくしましたので」

理由については言わなかった。それは可哀そうに、と大尉は言い、「君さえよければ、我が国の施設へ送り届けるが」と付け加えた。わたしは頷いた。

「もちろん、書類は精査する必要がある」大尉はわたしの肩に手を置いた。「しかしながら、我々の祖国は、君のような少女に過酷な運命を背負わせはしないだろう。ここで会ったのも何かの縁だ。なるべく取り計らえるようにしよう」

エマがわたしの袖をつかんだが、すぐに離した。わたしは彼女に、自分のカバンを渡した。中身は空っぽだった。いや、もしかすると、キャンディのひとつぐらいは残っていたかもしれない。でも、わたしにはもう必要なかった。一瞬、ほんの一瞬、エマと目が合い、あの、燃えるような瞳で、彼女はわたしの瞳の奥の奥を覗き込んでいた。それは閃光のような短い時間で、輝いたかと思うと、すぐに消えてしまった。もう、わたしは彼女に背を向けていた。

歩き出したとき、奇妙な幻想が胸の奥から湧き上がった。エマが弓を持ち、きりりと弦を引いている幻だ。彼女はわたしの背中に、矢じりの先を向けている。ちょうど彼女の目には、ヴィクトルと一緒に練習した、木の幹につけた×印が見えている。わたしの背中に、心臓へとまっすぐ刺さるように、印はついている。彼女は矢を放つ。それはわたしを射抜く。確実に。わたしはよろける。血が滴る。しかし、わたしは死なない。歩き続けている。どこへ？　わからない。あの日、ただただ南へ逃げ出した彼らのように。

車に乗り込むと、「荷物は？」と大尉が訊いた。わたしは首を振った。

「ありません」

わたしは前を見た。「ありません、なにも」

3（2）

Mへ

この手紙が着いたとき、いったいあなたはいくつになっているのでしょうか。私が手紙を出すばかりで、あなたの返事は来ないから、そんなことばかり考えてしまいます。この国の郵便がどれだけ機能しているかわからないので、何度でも私は送ります。あなたに届くまで。

ケガはよくなりましたが、まだ歩くのには不自由をします。でも、こんなさなかなのですから、多少の不自由は仕方ありません。それに、どこへ行くあてもないのですから、歩けなくたって別に構わない。そんなことを自分に言い聞かせています。

ああ、とにかくあなたの声が聞きたい。

いつもあなたを思う　D

＊

夜になると、風が冷たくなってくる。わたしはコートの前を合わせ、人気のない路地を足早に歩く。オレンジの電灯がカチカチと、今にも消え入りそうだ。

「おかえり、マリー。手紙が来ていたよ」

ゲルダが、玄関先のスツールに腰かけ、わたしを出迎える。相変わらずだ。彼女はもうだいぶ年老いているが不眠症で、うつらうつらしながら、いつもこのアパートメントの玄関に座っている。それなりに細々と家族の入るこの建物で、ゲルダは「おかえり」を言い続け、人々に手紙の到来を告げ続けている。

ポストを覗くと、確かに封筒がある。水色の表面に、崩した字でわたしの住所が書いてある。差出人の名前は「D」、〈西〉の住所が書いてあるが、わたしには心当たりがないし、風景を思い浮かべることもできない。きっと自由で、きらきらと明るいのだろうとは想像できるけれど。

部屋に入るとコートをかけ、ベッドの上で封を開ける。短い手紙だ。すぐに読み終わる。やかんに火をかける。もう一度読む。内容は変わらない。ママ。わたしは思う。でも、この字は見たことがないし、ママはもう死んでいる。戦争が終わる前に。とっくに。その手紙が届き始めたのは、一年ほど前からだった。「私は無事よ」と、手紙は告げていた。「あなたに会いたい」とも。〈西〉から来たその手紙は、いたずらにしては手が込んでいた。検閲されたように、真っ黒に塗りつぶされているときもあった。そして明らかに、わたしたち母子のことを知らなければ書けない内容だった。やかんが鳴る。紅茶を淹(い)れ、わたしはまた手紙を読む。朝に残したパンの残りを食べる。「ß」に少し癖があることに気づく。でも、見覚えはない。

手紙が来る時期に決まりはなかった。何か月も来ないこともあれば、立て続けに毎週届くこともあった。恐らく国家保安(シュタージ)も中身を確認しているのだろうが、それにしても時期はバラバラだった。手紙は抽斗(ひきだし)の天板を外した奥に隠した。何の秘密も、政治的意図もない手紙だ。でも、〈西〉から届くというそれだけで、わたしは恐ろしかった。噂はいつもこの町に溢れていた。向かいのアパートに住む背の低い男は秘密警察だとか、工場の若いのが一人いなくなったのは尋問を受けてるからだとか、そういった類(たぐい)の話には事欠かなかった。わたしは手紙を何度も読み返しながら、いつの間にか眠りに落ちる。

＊

いとしいMへ

今日はヒバリを見ました。私が知っているよりもきれいな声で歌っています。あなたとヒバリを見たのは、いったいいつのことだったかしら。
すっかりここの暮らしにも慣れてしまいました。戦争は続いているけれど、このあたりはまだ静かです。ヒバリを見たら、昔の歌を思い出し、思わず口ずさんでしまいました。誰にも聞かれてなければいいけれど。

あなたのために　D

＊

はんだのにおいが好きだ。コンデンサをつなぎ、銅線をそれぞれにつけるときに、じじっと音をさせ、そしてにがくてやわらかいにおいが流れてくる。それを鼻いっぱいに吸い込むのが好きだ。

「私はイヤになっちまうけど」

いつも隣に座るヘルガは盛大に顔をしかめて見せる。「ずっと座り仕事だから、腰が痛くなるしね」

わたしたちはこの工場で、様々な機械製品を組み立てている。今はラジオの担当だ。わたしたちのチームは年齢は高めだが、その分手際がよいことでも知られていて、工場長から表彰されたこともある。部品のひとつひとつを基盤にはめ込み、はんだ付けをし、漏れがないかチェックをして次の工程に回す。ヘルガの言う通り、一日中ずっと座って作業をするものだから、帰るころには筋肉という筋肉が強張って(こわば)いる。前まではそうでもなかったが、年齢のせいか、その強張り方がしつこくなってきたようだった。

ヘルガとはときどき〈灰色亭〉で一緒にシュバルツを飲む。彼女は酔っぱらうと歌を歌う。ドイツの古い民謡だ。調子がよければピアノも弾く。わたしは素養がないので、手拍子をするだけだ。誰かが(たいてい中年の男だ)、冗談を言う。「どうしてこの国のトイレットペーパーはこんなに目が粗いんだ?」誰かが答える。「最後の一人のケツまで赤くするためさ!」こんなこと、往来で言ったらすぐに誰かが飛んでくるに決まってる。でも、ここでは自由だ。今のところ。

ヘルガとわたしは、彼らの言葉に静かに笑う。そう言ったジョークに付き合うには、わたしたちは少し歳をとりすぎていた。それでもときどき彼らはわたしたちにも声をかける。「お嬢さん(Fräulein)」なんて、ジョッキを片手に、距離はおいて。いくつなの? へえ、見えないね、〈西〉の雑誌が手に入ったから読みにおいでよ、その片耳のイヤリングはなにかのまじない？　などなど。機嫌がよければ軽く相手をし、失礼であれば無視を決めこむ。威勢のいいことを言う連中だが、結局は「党に飼い慣らされた犬ども」だと、ヘルガはこっそり悪態をつく。

自由は少ないのだろうが、生活は安定している。工場の給与は月４８０マルク。税金に8マルク。保険料に48マルク。アパートの家賃は30マルク。そのほかもろもろ使っても、多少は貯金できる。でも、物がないから、あまり使うところはない。わたしはこの前、テレビを買った。ヘルガが手伝ってくれて、アンテナをうまく隠しながら設置し、スピルオーバーした〈西〉(Westfernsehen)の番組も受信できるようにしてくれた。ちょうどニュースがやっていて、アメリカがベトナムで戦争をしているという内容が放送されていた。戦争の好きな国だ、とヘルガが呟いた。電波を借りながら、他の国の憂(うれ)いを帯びた放送を聞くというのは、奇妙な体験だった。

わたしとヘルガ以外、工場で働く人はほとんどが家庭をもっている。「私はそういう星に生まれなかったから」とヘルガは笑い、わたしも似たようなものだと思う。星が決めたものに、わたしたちは粛々と従っている。彼女たちは、休憩のときに夫や子供や生活の愚痴をよくこぼす。託児所で服を泥だらけにしてくる、夫は家のことを何もせずに寝ているばかり、何時間も並んだのに大した物が買えなかった。そんなことを、切り口や表現を変えながら、順繰りに順繰りにみなは話していく。ときどき、「マリーは？」

というように、目を向けられる。でも、その後で、決まって気まずそうな顔をする。わたしは笑って、毎日つまらないよ、と言う。そんなことないでしょ、自由だし、羨ましい。そんなやりとりが生まれ、目的地を失って、休みの時間は終わる。

はんだ付けをしながら、わたしは彼女たちの会話を思い出す。自由。確かにそうだ。この生活は悪くない。わたしも飼い慣らされている。エマなら。わたしは思い出す。そんなとき、いつも思い出す。はんだのにおい。何かが焦げていく。

＊

わたしのM

今日はとても天気がいい。気分もよくなる。そうすると、きまって昔のことを思い出すの。たぶん、心に余裕が生まれて、普段は閉じていた蓋が緩み、溢れ出してしまうのね。

あなたに王女の話をしたのを覚えているかしら。閉じ込められて、時間が来るたびに歌を歌うことをさせられた女の人の話。あの駅にいた、真っ赤なマフラーの彼女。もちろん、彼女は王女なんかじゃない。でも、あの赤いマフラーを見たとき、どうしても思い出してしまったのよね。その人は王女様で、気高く、でも悲しかった。私はいつもその姿を見ていた。いろいろなものに絡めとられている彼女を。

結局、あまり書くことがまとまらなかった。まだ腕も調子がよくなくて、そんなにまとまったものが書けないの。あなたと話せたらいいのに。いつまでも、あの家にいたときみたいに。

あなたの守護者　D

＊

アパートメントに戻ると、モリスが扉の前で待っている。わたしは慌てて辺りを見回して、すぐに彼を部屋の中へ押し込む。

「大丈夫だよ、怪しいヤツはいなかった」

笑いながらモリスは言い、わたしを抱く。煙草のにおいと、汗と、それから油。モリスは自動車工場で働いている。

「あのばあちゃんには見られたけどな」

ばあちゃんとはゲルダのことだ。起きてるんだか寝てんだかよくわからんな、とモリスはベッドに腰かける。わたしは荷物を置き、テレビをつける。

「この前の件、考えてくれたか」

わたしは頷く。モリスは、そうか、と短く言う。カーテンが開いていることに気づき、そっと閉める。隙間から外を覗きながら、「協力者とコンタクトがとれるのは一週間後だ」と言う。「あの場所で手紙のやりとりをしている。君にも伝えるよ」

テレビでは名前の知らない歌手が、聞いたことのない曲を歌っている。モリスとわたしは、しばらくその姿を眺めている。「いい歌だな」モリスが呟く。「そうかしら」わたしは答える。

朝になる前にモリスは帰る。カーテンの隙間から、彼の後ろ姿をわたしは見つめる。モリスと〈西〉で暮らす未来を想像してみる。テレビがあって、今日のように、モリスとふたりで眺めている。「いい話だな」モリスが言う。「そうかしら」わたしは呟く。

＊

私の宝石

今日は市長さんが慰問に来ました。私たちひとりひとりに、激励の言葉をかけてくれました。私のところにも来たので、あなたのことを少しだけ話しました。遠くの孤児院に、はぐれた娘がいると話すと、彼は熱心に頷いてくださって、力になれるかわからないが、確認してみようと言ってくれました。私が無事なことが伝わればいいのに！

今日は天気も悪くて、足も痛みます。最近はまた、歩くことが難しくなってきました。おばあちゃんみたいになってしまった私を見て、あなたはちゃんと気づくでしょうか。

会いたくてたまらない　D

＊

〈西〉から特派員が来ると、工場長が告げる。ケルン近郊の新聞社で、こちら側の生活について取材したいということだった。

「いつも通りに過ごせばいいだけだ」

工場長はそう締めくくり、わたしたちは作業に戻る。

「取材するなら、何か持ってきて欲しいね」隣でヘルガが言う。「会計課のイザベルはあっちに親戚がいるからって、いろいろもらってるらしいよ。ジーンズとか、砂糖とか」

ジーンズと砂糖。わたしはその取り合わせに苦笑する。でも、圧倒的にわたしたちに足りないものだ。ジーンズと砂糖。なければないで何とかなる。それに、お金があっても、こちら側では買えはしない。

翌日、ぞろぞろと記者たちがやって来る。案内は工場長がしていて、部品のひとつひとつがいかに性能がよく、そしてそれを組み立てる我々労働者たちの能力がいかに高いかを、何かの台本を読むように、滔々(とうとう)と告げる。おおよそ、かけてもらったことなどない言葉だ。ヘルガは興奮したように、ときどきわたしの肘をつついて、実況中継してくれる。ほら、あの背の高い記者、わたしたちの方を見てるわよ。工場長は何で図体だけでかいポンコツの紹介をしてるのかしら。わたしは平静のつもりだったが、あとで検品係から何度かチェックをもらったので、そうでもなかったらしい。

組み立て班のわたしたちの作業を記者たちは興味深そうに覗き込む。一日どのぐらい働くのか、給与はどれぐらいか、休憩は、仕事にやりがいがあるか。そんな質問をヘルガは受けて、いつもの威勢はどこへやら、殊勝に答えている。やりがい、ありますよ。この国の基幹を成す産業だと思います。

わたしの横には女性の記者が来る。わたしは目を合わせず、彼女の「こんにちは(ハロー)」にも、頷くだけだ。わたしは自分のつくっているものを見られたくなかった。向こう側からすれば、こんなもの、粗悪なおもちゃでしかないことはわかっていた。わたしは黙々と作業を続ける。

だが、女性はなかなか向こうに行かない。わたしが怪訝(けげん)に思って振り向くと、彼女はわたしに手を伸ばしている。正確に言うと、わたしの耳を触ろうとしていた。他の人にはガラス製だと説明している、トパーズのイヤリングが揺れる。わたしも彼女を見る。彼女の耳にも、イヤリングがついている。黄色い、キャンディのような。

「マリー？」

彼女が呟いた。金色の癖っ毛。燃えるような瞳。ひどく若々しい顔立ち。

「エマ？」

わたしが口を開いたところで、工場長が呼ぶ。わたしは返事をして、まじまじと彼女の顔をもう一度眺め、立ち上がり、脇をすり抜けた。その短い間に、彼女は言う。「裏切り者（トラディトーレ）」

次に戻って来たとき、記者の一団はすでにいなくなっている。ヘルガが早口でわたしに話すあれこれを、わたしはうわの空で聞く。裏切り者。

*

私のお姫様へ

すっかり脚が動かなくなってしまいました。朝からずっと雨で、気分も落ち込みます。

昨日は夢を見ました。あの煙突の家に、あなたと二人で暮らしている夢です。そう、サンタクロースをずっと待っていた家です。私が話したことを、覚えていますか？いい思い出なんかひとつもないし、あなたを産んでからは一度も帰っていないけれど。

　私は子供のころ、ずっと歌を歌っていました。楽しかったからじゃなくて、楽しくなるために、歌っていました。この病院でも、誰もまわりにいないとき、小さな声で歌います。気分はあまり晴れません。子供のときも、そうでした。あなたも寂しい思いをしてなければいい。あの子と一緒にいられれば、と願っています。

あなたを待ってる　D

＊

家に戻ると、昼間の記者の女性がいる。ゲルダと一緒におしゃべりをしている。

「ああ、マリー。いまいろいろお話を聞いてたところだよ」

ゲルダはにこにこしながら言う。「ここに住んでたらわからないことだらけなんだね。若いのに頭のいい子だよ」

　わたしは彼女の顔をよく見られず、下を向いている。玄関のタイルは割れていて、コンクリがひとつむき出しになっている。わたしはそれをつま先でつつきながら、誰かが何かを言うのを待つ。さようなら、とか、元気でね、とか、そういった言葉。だけど、実際はそんな言葉は交わされず、「ああ私ももっと若かったらねえ」というゲルダの呟きのような嘆きのような声しかない。

「部屋にでも」

わたしがようやくそう言うと、彼女は「そうですね」と小さく答える。わたしが前を行き、階段を上がる。四階。ひんやりとした壁にときどき手をつく。そのたびに、彼女が立ち止まる気配がする。わたしが何かを言うのを待っているかのように。わたしがその場から消えるのを期待しているかのように。

ドアを開けても、彼女は入らない。「ひとり暮らしよ」とわたしが言うと、彼女はゆるゆると首を振った。目にうっすら涙をためている。

「ここの住所は知っていましたし、あなたには会ってお話をするつもりでした」

彼女は言った。「でも、まさかこんな形で、偶然お会いできるとは思ってもみませんでした」

どういうことか、と問いかける前に、彼女は先を続ける。

「母の言った通りです」

わたしの腕を彼女がつかむ。「母が話していた人そっくりです。消えそうなぐらい細くて、孤独で」

彼女は大きく息を吐く。片方だけのイヤリングが揺れている。

「私は、ルイーズと言います。エマの娘です」

＊

Mへ

いよいよ■■してきました。私は■■■■■■■■■です。あなたは無事でしょうか。

今日はひとつお話をしようと思います。昔からあなたにはいろいろな物語を話しましたね。小人の話です。またか、と思わないでください。私は実は、本当に小人に会ったことがあるのです。子供のころ、一度だけ。

あの煙突の家にいたころでした。私はいつも通り歌を歌っていました。母は寝室で寝ていました。大きな声を出すと叩かれるので、小さく小さく歌っていました。すると、台所でカタカタと何か音がします。泥棒かと最初は思い、私は近くにあった箒を手に、おそるおそる覗いてみました。そこに小人がいたのです。

小人は残りものの野菜スープを漁っていました。親指ぐらいの背丈で、鍋の縁に立っています。キャベツを手にしたところで、私に気がつき、ぎゃっと声を上げました。聞いたことのない色の声でした。私は笑顔をつくって、敵ではないことを示しました。でも、小人は怖がっています。スプーンを手に、私を威嚇（いかく）しています。私は「大丈夫だよ」と言いながら、でも内心は腹立たしく思いました。せっかく仲良くなろうとしてるのに、そんな態度をとることにです。

私がもう一歩進むと、小人はまた聞いたことのない声色で、大きく叫びました。私は寝ている母に聞かれては大変だと、慌てて近寄りました。すると、驚いた小人は足を滑らせ、スープの中に落ちてしまったのです。鍋の中を見ると、小人は頭を半分ぐらい出していましたが、すぐに消えてしまいました。鍋の中をかき混ぜましたが、彼の姿はどこにもありませんでした。

その夜、野菜スープを、母たちは食べました。私は食べませんでした。母たちは無理やり口にスプーンを突っ込もうとしましたが、私は決して口を開きませんでした。

それから何か変わるのかと思ったのですが、特に何も起こりませんでした。でも私は歌を歌わなくなりました。辛抱強く待つことを覚えました。待っている間は、物語を考えていました。小人の国の物語。そして母が死んだ年、私はあの家を出たのです。

■■■■が迫ってきました。あなたも無事で。

いつもそばに　D

＊

ルイーズは「すぐに帰るから」となかなか座ろうとしない。わたしは仕方なくコートだけ預かり、やかんを火にかけ、自分はスツールに腰かける。

「手紙が届いていませんか」

彼女は言う。「水色の手紙です」

わたしは立ち上がると、抽斗の板を外し、手紙の束を取り出す。よかった、とルイーズは安堵(あんど)したような声を漏らす。

「こちら側からすると、〈東〉側に手紙がちゃんと届くのかがよくわからなくて」

「この手紙は何なの？」

わたしが訊くと、「その前にこれを」と、ルイーズは鞄からノートを出す。表紙はずいぶん傷(いた)んでいて、古さを感じさせる。最初のページをめくると、わたしが過ごした孤児院のことが書かれているようだった。

「これは？」

「母が残したものです。生きている間は絶対に私に見せませんでしたけど」

生きている間。わたしの顔を見て、ルイーズは顔を伏せる。「一年前に、病気で」

冒頭を読み始めるが、違和感を覚える。一人称で語られているのだが、エマではなく、わたしが語り手となっているのだ。

「裏切り者」

出し抜けにルイーズは言う。わたしはノートに顔を伏せたまま、目だけ上げる。すみません、と彼女は謝る。

「母は酔っぱらうと、あなたのことをそう言ったんです。フランス人だと偽って暮らしていた裏切り者って」

「そうね」わたしはポットにお湯を入れる。茶葉が浮かんで沈む。「当時は仕方がなかったとはいえ、嘘はついていた。あなたのお母さんにも、他の人にも」

両親はドイツで出会い、わたしが産まれた。ドイツ人の父は反戦運動家で、わたしたちは母の故郷であるフランスに移り住んだ。わたしの市民権が実際のところどっちにあったのかはわからない。だけど、ドイツにルーツがあることがあの戦時下に知られてしまっていたとしたら、ただでは済まなかっただろう。

「でも、それはあなたのことだけではありませんでした。母も悔いていました」

ルイーズは自分のイヤリングを外し、テーブルに置く。トパーズ。ママ。わたしも自分の耳からイヤリングをとる。テーブルに二つの宝石が並ぶ。カラコロン。あのときの冷たい味を、わたしは数十年ぶりに思い出す。

「あなたのお母さんは死んでいませんでした。あの脱出の日、銃撃で死んだわけではなかったのです」

わたしは息を呑む。周りから音が一切消え失せる。死んでなかった？　ママが？　ルイーズは泣いている。本当にごめんなさい。わたしはどうしていいかわからず、彼女の頭を抱きしめる。金色のそれは、甘い香りがする。

「死ぬ前に母は私に話してくれました。少しずつ、何日もかけて」

落ち着くと、ルイーズは話し始める。「母はそもそも孤児でした。親戚の家を転々として、いつも揉め事を起こして、厄介払いをされて。あなたに会ったあの日も、彼女は家出をしていたそうです」

わたしは、死体の中、端然と立つエマの姿を思い出す。太陽に照らされ、影が長く伸び、その影はわたしにまで届いていた。

「だから多分、母があなたたち親子についていったのも、打算的なものだったんだと思います。母は、そのとき着ていた服だって、死体の旅行鞄から盗んだものだって言っていました」

はじめからエマは嘘をついていたのだ。わたしたちがきょうだいになる前から、ずっと。

「このイヤリングも、きっとはじめから盗むつもりで見当をつけていたんでしょう」

エマは銃撃のあったとき、ママの様子を見に行き、倒れている彼女を見つけた。そして、イヤリングを奪った。その片方をわたしに渡したのだ。ママが死んだという証拠として。しかし、彼女は死んでおらず、近くの病院に運ばれた。そして、手紙が孤児院に届き始めた。

「この手紙は、あなたのお母さんが書いたものです。それを、私の母が写しました」

ママはわたしの場所をどうにかして突き止めたのだろう。だが、足のケガで、自分が赴くことはできなかった。時節的にも場所的にも、誰かを遣ることも難しかった。だから手紙を書いた。そして、それをエマが受けとった。孤児院で郵便物を仕分けするのは、確かにエマの役目だった。エマはわたしにそれを渡さなかった。わたしはエマの感情を思った。触れなくても冷たく凍える様がありありとわかった。しかしそれは、わたしにとっても懐かしいものだった。

「母は、手紙は燃やしたと言っていました。でも、母の死後、この書き写した手紙が出てきました。私には母がどんな気持ちで、どんな目的でそんなことをしたかはわかりません」ルイーズは水色の封筒の端をそっと撫でた。「母はあなたの住所も突き止めていました。だけど、手紙は出さなかった。本当はずっと伝えたかったのだろうと思います。だから、母が死んでから、私はあなたにこの手紙を出したのです」

本当にごめんなさい。ルイーズはもう一度謝る。わたしは黙っている。怒るべきだったのかもしれない。でもそういう気持ちにはなれない。少女のときの自分からすると、わたしは歳をとりすぎていた。

「エマの話をして」代わりに、わたしは言う。「どんなことでもいいから、あの子のことを」

ルイーズは肩の力が抜けたように、椅子に腰を下ろす。そして、話し始める。エマは孤児院を去ったあと、レジスタンス活動に身を投じたこと。ルイーズの父親とはそこで出会ったこと。戦争が終わってすぐにルイーズが産まれたが、父親とは離婚をし、いろいろな葛藤を経て戦後復興の著しかったドイツに移住したこと。おしゃべりが好きで、たくさんの物語を話してくれたこと。小人の話、島の歌うたいの王女の話、豚に変身する肉屋のご主人。わたしはそれを聞きながら、涙を止められない。エマの中で、わたしは息づいていた。ずっと。手放さなければよかった。嘘をつき続ければよかった。でも、もう遅かった。何もかも。

「そのノートは差し上げます」

去り際、彼女はそう言う。「母もきっと、そのつもりで書いたのでしょうから」

わたしたちは長い抱擁をする。恐らくもう二度と会えないと、わたしたちは知っている。距離も法律も感情も、すべてがそう告げている。

「ブドウ畑」

ルイーズは思い出したように言う。「ブドウ畑が見えると、母は最期に言っていました」

エマは帰るべき場所に帰ったのだろう。そう思うと、少しだけ心が楽になる。そして、ドアは名残惜しそうに音を立てて閉まり、わたしはひとりになる。

スツールに腰かけ、ノートを開き、わたしはエマの物語を読み始める。

＊

Mへ

■■■■■■■■■■です。■■■■■■■■■■■■■■■■。■■■■■■■■■■■■

■■■■■■■■■■■■■■■■■■■■■■■■■■。ああ、あなたを愛してる。

D

＊

モリスが来たときも、わたしはまだノートを読んでいる。夜もだいぶ更けたころだった。

「何を熱心に読んでるんだ？」

ハグをしながら、彼は訊ねる。わたしは答えず、ノートを閉じる。

「決行の日が決まった」

窓の外をカーテンの隙間からモリスは眺める。「来週の日曜だ。詳しいことはまた手紙でいつものところに」

「行けない」

わたしは短く言う。モリスの動きが止まる。質(たち)の悪い冗談でも聞いたかのように薄笑いを浮かべ、わたしの方を見て、表情を確認すると、その笑みも消える。

「どうして」

「わたしはこの国に残る」目を伏せ、答える。「あなただけで行って欲しい」

「そんないまさら」

モリスはテーブルを叩く。「どれほどの苦労をしたと思ってるんだ」

ごめんなさい、とわたしは謝る。モリスは、わたしが想像していたよりも怒り、呪いの言葉を吐く。わたしはただ立って、彼の言葉の洪水を受ける。彼はわたしの手に目を向ける。

「そのノートが関係あるのか」

「ない」

わたしは告げた。「これはわたしの意志」わたしの罰、とは口に出さない。モリスはなおも何かを言おうとして、わたしの目を見て、口を噤む。ため息すら吐かない。

彼が出て行ったあと、わたしはまたノートを開く。エマの物語。そう、これはエマの物語だ。主人公は「マリー」というわたしの姿を借りているが、わたしの物語ではない。

「ヴィクトル」

わたしは声に出し、その名を呼ぶ。聞いたことがない、その名を。

確かに孤児院で兵士は見つけた。エマと二人で匿(かくま)った。でも、その兵士はドイツ兵だった。ある日、兵士はいなくなった。わたしは行方を知らなかった。きっと逃げたのだろうと思っていた。エマもそう言っていた。だけど、大人たちは見つけたのだ、彼のことを。異分子を。淀んだ空気の吐き出し口を。その兵士の名前は、ダニーと言った。

エマの物語は、嘘の物語だった。そしてその嘘は、わたしのためについたものだった。エマはわたしの出生に気がついていた。だから、ドイツ兵への仕打ちを知ったとき、わざとわたしが孤児院から出て行くように仕向けた。墓地の小屋での西日をわたしは思い出す。わたしを助けるために、回した腕を。男の背中に手を添えながら、彼女はわたしを見た。その瞳の意味を、嘘を、わたしは今まで気づくことができなかった。そして、その嘘が見破れるのも、一緒に過ごしたわたししか、もうこの世にはいなかった。エマはそれを知っていた。嘘をつき通せる人間は多くない。このノートは、エマが見せた、最初で最後の弱さなのだ。わたしはそっとノートを抱きしめ、それから口づけをする。なんの温度もにおいも味もないそれを、わたしはずっと抱え続ける。

そしてわたしは、いつも通りに生活を続ける。工場では同僚たちの愚痴を聞き、ヘルガとは噂話を交換し合い、酒場で男たちの言葉を受け流す。モリスとは二度と会わない。その間にゲルダは死んだ。葬式の日は天気が悪く、人も少ない。彼女の息子だと言う人が、丁寧にお礼を述べる。

「お袋は年金ももらってたし、こっちに来ようと思えば来れるはずだったんです」

彼は〈西〉の人間だった。葬式のためにわざわざやって来たのだ。年金受給者は向こう側へ移住できるという話は聞いたことがあったが、ゲルダはそうしなかったと言う。

「何度も手紙を送ったんですけど、ぜんぶ屑箱に捨てられていました。確かに、俺は逃げ出したし、孝行息子ではなかったから、嫌だったんでしょうね」

そう言って、彼は小さく笑う。みんな嘘をつく。わたしはそう思う。

「手紙を」でも、わたしは続ける。続けなければならない。「わたしがゲルダに手紙を読んであげればよかった。あなたがどんなに愛していたかを、伝えてあげればよかった」

彼はぽかんとした顔をしていたが、すぐに背中を向ける。わたしはその背をゆっくり撫でる。

今でも手紙はときどき読み返す。ママの歌声が聞こえる。ママは小人を最期に見たのだろうか。あのときママがもし、野菜スープを飲んでいたら、家を出ることもなく、パパと出会うこともなく、わたしも産まれず、エマはエマのままだったかもしれない。それは誰にもわからない。いつか小人の王様に会えたら、わたしは訊いてみたい。わたしたちの嘘は、本当になりましたか、と。

時は過ぎ、工場の顔ぶれは変わり、ヘルガは突然いなくなった。ジーパンと砂糖のために、〈西〉へ旅立ったのだろう。わたしはというと、この国に残り続けている。いつか、この国はなくなってしまう。そのことがわかっていたとしても、わたしは残り続ける。型が合わない椅子に座り続けている。

わたしがエマの物語を読むことは二度とない。すべて覚えてしまった。頭の中で彼女の言葉を繰り返していると、自分とエマの境界がぼんやりしてくる。釣りをしたのはわたしではなかったか。シスターと話をしたのはエマではなかったか。ダニーの行方を見たのは誰だったのか。矢を放ったのは自分ではなかったのか。わたしは代わりに、新しいページに、新しい物語を書き足す。「1940年、わたしたちは嘘つきだった」と、その物語は始まる。そう、これは、嘘の物語だ。

Yuri Collection wiz

魔術師の恋その他の物語

(Love of the bewitcher and other stories.)

南木義隆

Namboku Yoshitaka

南木義隆

なんぼく・よしたか

1991年、大阪府生まれ。百合というジャンルにおいて、絶えず傷つけられる女性たちと向き合う姿勢を崩さないのが南木義隆である。百合文芸小説コンテストの初回に投じられ、〈ソ連百合〉としてネット上の話題をさらったデビュー作「月と怪物」(『アステリズムに花束を』)では、冷戦下に実験体として扱われた同性愛者の密かな関係を、第一長篇『蝶と帝国』では、帝政末期のロシアに生まれ、時代に翻弄されつづけた同性愛者キーラ・ユーリエヴナの人生の彷徨を語ってみせた。デビュー以前は追田琴梨/ついたことなし名義で百合作品を発表、その多くで父権的な存在に抑圧される女性を登場人物に置いている。2023年1月現在、サークル「篤農ドラゴン」BOOTH上にて掲載誌五冊(うちひとつは「月と怪物」の原型)の購入が可能。また入手難ではあるが、とある女性の音楽遍歴をSF的スケールの中に着地させる「MJとは異星の客である」(『イルミナシオン』)、女性アイドルに恋をした少女の物語「アワーポップ」(『ゆりくらふと』)などの佳品がある。

次に読んで欲しい百合小説

中山可穂『白い薔薇の淵まで』

サラ・ウォーターズ(中村有希訳)『荊の城』

『荊の城』のスウと『白い薔薇の淵まで』の塁とがそれぞれ想い人のためになしたことを考えると(物語はあまりにも対照的なのですが)今でも胸をかきむしられる気持ちになります。どうすればこんな鮮烈な人物が書けるのだろう。生きることの痛みを深く知る作家にしか書き得ない、そして女性同士の恋愛でしか表現できない「何か」を書いた小説だと思います。

昔々、あるところに……。

けれども、今ここに存在する痛みはなんだろう？

毎晩、明日こそは世界の終わりがやってきてほしいと願っているのに。

＊

カルミラ1
『魔術師の誕生　序』

女が自由になるのを誰もみな許さない時代、少女は泣きながら森を彷徨(さまよ)い果てました。

名前はカルミラ、歳は十七。カルミラは涙をどれだけ流しても足りません。

彼女には想い人がいました。相手は家が隣り合っている同い歳の少女で、ふたりは紛れもなく愛し合っていました。

そして納屋の陰でくちづけをしながら互いの体に触れている場面を他人に見られたことで、石もて追われたのです。

「魔女」と。

その時代、女の為すあらゆる悪事はなべて魔女の仕業でしたし、同性で愛し合うことはまさに悪徳だったのです。

ふたりは手を取り合って必死に逃げましたが、子どもの足です。あっさり捕まります。拷問を受け、足と手の爪をすべて奪われて、カルミラの茶色い髪は真っ白になりました。

聖書の前でふたり並んで「自分たちは許されざる罪を犯した魔女です」と告白させられ、その宣誓によって拷問から解かれ、処刑が決まりました。

けれど火炙りの磔台へと連れられる最中、カルミラの想い人がどこかに隠し持っていた針で縄を引く処刑人の目を突きました。

人々の手がひとりの少女に集まり、髪をつかみ、地面に押しつけ、踏みつけ、唾を吐くのに夢中になります。

彼女は「逃げて！　逃げて！　逃げて！」と叫びます。

ことばに従い、隙をついてカルミラは逃げました。

拷問を受けている最中はもう二度と歩けないと思っていましたが、生命の恐怖は彼女に力を与え、裸足で一昼夜走り続けることができました。こわくて振り返ることはできませんでした。

川をたどり、不意に跪きました。透き通るほどの水に自分の顔を映すと、ひどい有様になっているのがわかります。すっかり死人のようです。

（これなら生きているのも死んでいるのも変わらないのかもしれないな）

そうカルミラは思い、また川沿いにとぼとぼと歩いていきました。流れの速い場所を求めていたのです。

すると、しばらく進んだところで、同年代くらいの少年たちが騒ぎながら遊んでいるのが見えました。すかさず木陰に隠れて観察していると、彼らは川に向かって夢中で木の棒でなにかを突き、後ろの少年は石を投げています。注意深く覗いていると、黒猫が溺れさせられているのが見えました。

カルミラは人間の暴力性というものに途方もない気持ちを覚えました。これまでの彼女ならそんな物騒な場面に出くわすと罪悪感を抱きつつこっそり逃げ出したでしょうが、今のカルミラは生と死のはざまにいる幽鬼でした。彼女は静かに木陰から出て、彼らのもとにゆっくりと近づきました。

なにか手があったわけではありません。ただ自然に体が動きました。人の気配に気づいたらしい少年たちは後ろを見て、身をすくめました。ぼろぼろで、生成りの服を血まみれにした、白髪の少女が迫ってきているからです。彼らは「魔女だ！」と慌てて逃げ出しました。

魔女だと言われて追われたと思えば、魔女だと言われて逃げられることもあるというのはなんとも奇妙な気分でした。

カルミラは川に飛び込みました。深さは腰のところまでです。爪のない手足にひどい痛みが走ります。けれどもなんとか黒猫を抱きかかえ、岸辺に戻りました。

弱った黒猫は逃げる元気がなく、カルミラの腕のなかでぐったりしています。この猫が死んだら、抱いたままもっと上流でともに行こうと思いました。先はこの子に導いてもらおう。

そのとき、肩をある女が叩きます。

人の世の理(ことわり)から外れた運命の導き手が決まってそうであるように、女の本当の顔は見えません。頭からすっぽりローブを被っています。

彼女は「お嬢さんがどうして死のうとしているのか、わたしには痛いほどよくわかる」と言いました。

カルミラは叫びました。

「汚い手で触るな!」

彼女のなにがわかるというのでしょう?

「わたしも女しか愛せなかったから」と女は言います。

だからなんだというのでしょう?

それがなんの救いになるのでしょう？

カルミラに並んで川のほとりに腰かけた女は秘儀について話しました。散逸した古代の叡智（えいち）。

指を鳴らせば水は浮かび上がって獅子の形をとり、対岸の木は雷が落ちたかのように真っ二つに裂けます。

「魔女が本当にいたとは。あんた方のせいでわたしたちはひどい目にあったわけか」

カルミラは今にもつかみかかろうとしていますが、女が手で押し留めます。

「魔女（ザ・ウイッチ）という呼び方をわたしは好まない。便宜的には魔術師（ビーウイッチャー）と呼ぶ……さて、名前はともあれ、もし叶うならばこれを使えるようになりたいかい？」と女はカルミラに訊（たず）ねました。

カルミラは少し思案し、「復讐に使うかもしれないよ」と言います。

「それは構わない。でもひとつだけ条件がある」

「地獄に落ちるとか？」と皮肉めいた笑みをカルミラは浮かべました。

女は首を横に振ります。

「教わったことを男に教えると命を落とす」

「女にはいいの？」

「魔術師とは本質的には世界を平均化させるための存在なんだ……あるいは最初の魔術師が自分のあとのすべての魔術がそうなるようにした。それ自体が彼女の残した魔術なのかもしれない。けれど、今やわれわれの力足らずでこうなってしまった。多勢に無勢というのは絶対的なものだね」

カルミラは思案し、「魔法があればこの子は助けられる?」と腕のなかの猫を見せました。猫はまだ息をしています。

「これには暖かいところで寝かせてやって、温めたミルクをやるのが一番だろうね」

「ならそうして。魔法を教わってもいい」

そしてカルミラと黒猫は箒に乗せられ、山の奥の魔女の住居に向かいました。埃っぽく、あちこちになにやらよくわからないねじ曲がった木やら、見たこともない生き物のミイラが瓶に入っています。

けれども老魔術師の言う通りにして、それからカルミラが一晩抱いて寝るとたしかに黒猫はぴょんぴょん元気に走り回れるくらい元気になりました。

「瓶は倒さないでくれよ」と揺り椅子に揺られながら老魔術師は言いました。

「よかったぁ」とカルミラが黒猫を撫でると、「本当に助かったよ」と黒猫が話しました。

目を白黒させながら魔術師の方を見ると、「すべての動物と話せるわけじゃないけど、黒猫は特別なんだ」と肩をすくめました。

「どうも昨日よりバッチリ頭がクリーンなんだ、すっかり生まれ変わった気がする。人間がなにを話しているかもよくわかる。たぶんおれとあんたは同じ驚きを抱いている」

「どうも黒猫にはわれわれの力というものが自然と伝播するみたいでね」

黒猫はぴょんっと棚の上に乗り、カルミラと目を合わせました。

「なにはともあれ命の借りはいつか返すよ、ご主人」

カルミラは黒猫の頭を撫で、「そんなことより友達になってよ」と言いました。

「お安いご用だよ」と黒猫は言いました。

「名前をつけないとな」と老魔術師が背後から言いました。

黒猫はダボと名づけられ、カルミラとダボは老魔術師の家で暮らしながら修行を始めました。黒猫も世の理を曲げるほどではないけれどある程度の魔法は使えるので、カルミラと一緒に努力してくれました。

友達の存在がなければ、カルミラは魔法なんてすぐに愛想を尽かして、やっぱり死んでしまっていたかもしれません。


修行が進んだある日、カルミラはため息をつきました。

「どうして師匠にもっと早く出会えなかったのだろう。どうして力が本当に必要なとき、無力だったのだろう……どうしてわたしは逃げたんだろう」

「世はなべてそういうものだよ」と老魔術師は言います。「また人はなべてそういうものだよ」

カルミラは師匠のことを好きにはなれませんでした。

「四百年前くらいだろうか。隣の国の話だが、かつて魔法を教わった少女が、それを天からの啓示だと解して軍勢を率いた。最初は戦果も上げ、王にも認められたが、祭り上げられた末路は火刑。ああそうだ、いい機会だから教えておこう。魔女を殺すには磔にして火をつけるのが一番確実だから……磔にされたら諦めな」

師匠と出会って三年の時が流れ、カルミラは教わるべきすべてを習得しました。ダボはカルミラより一年早く、黒猫ができることをすべて覚えて、ちょっとえらそうになりました。

「がんばれ！　おれがついてるぞ！」といつも後ろで励ましてくれます。

「はいはい」と言いながら、カルミラは杖を天に向けました。

最後の魔法、黒い雷を空に向かって飛ばして見せたとき、「ほら、できた」と得意げに振り返ると松の木にもたれていた師匠が倒れていました。ダボが傍らで困ったようにうろうろとしています。

駆け寄ると、呼吸は荒く、死にかけているのがわかります。もう長くはないとここ一年ずっと聞かされていました。けれどカルミラはまともに取り合ってきませんでした。

「どうして死にかけているの」

「……それを聞くといい気分はしないかもしれない」

「いいよ、なにも聞かずに死なれるより、ずっといい」

老魔術師は躊躇(ためら)いながら「親心」とぽつりと言いました。

カルミラはきょとんとしてから、長い命を得る魔術師が死ぬ三つの条件を思い出しました。一つ目が殺されること、二つ目が自殺すること、最後は人の世の理に戻ると決めたらただの寿命やら病気やら無数の死の形があること。どうやら師匠は老衰のようでした。

「最後にひとつだけ教えてください」とカルミラは問いかけました。

「ああ」

「あなたは本当に愛のかたちが同じというだけでわたしを選んだのですか」

彼女は首を横に振りました。

「きみはなにからなにまでわたしのままだった……わたしも逃げたんだ。振り返ることができなかった。川に身を投げようとしていた……わたしに魔法を教えた女も、もしかしたら同じものだったのかもしれない」

「罪滅ぼしだったのですか」

「どうだろうね」

「……どうして、どうして、わたしたちを助けてはくれなかったのですか」

「人をいちいち助けていてはきりがない。どんな魔術師が一生をかけてもね」

「あなたは復讐を遂げましたか？」

「想像にお任せするよ。魔術師はことばを元に想像する生き物です」

悲しそうな笑みを浮かべてから師匠は息絶えました。

カルミラは彼女の体を空中に浮かせて、いつか約束した通りにローブだけもらってから、始まりの川に流しました。

死に顔で初めて師匠の顔を知りました。どこにでもいるような、ただの老女です。

ローブを頭から被ったカルミラは、その足でダボとともに山を、森を発(た)ちます。

途中、川で顔を洗ったとき、自分の白髪がいかにも精神を病み、貧弱に見えたのが気に食わなくて、金色に染め上げました。

「どう?」とダボに見せます。

「ちょっといまいちだな」と忌憚(きたん)のない意見を述べます。

「ふーむ」と言いつつ今度は銀髪にしてみたら、それは自分によくなじむように思いました。

「これが正解じゃないかな?」

ダボも「うん、それがいい。そうしてな」と言いました。こうしてカルミラは銀髪となりました。

そして彼女は故郷の村に戻ります。人々はなにごともなかったかのように暮らしています。カルミラと想い人の家族も魔女を家から出したことでみんな処刑されているはずです。

(今の自分ならこの土地を丸ごと焼き討ちにできるだろう)

カルミラは思います。

けれどもそうしたところでどうなるのでしょう?

想い人が帰ってくるでしょうか?

いいえ、帰ってきません。どれほど卓越した魔術師であっても、何人(なんぴと)たりとも死者を蘇らせることは叶わないし、過去は変えられません。

想い人はやさしい人でした。だから彼女はカルミラが人を殺したりしたらとても悲しく思うでしょう。

カルミラは村人のためではなく、想い人のために人を殺すことをやめます。人間はときに二度と会うことも叶わない死者のために自らの生き方を決定づけることがあります。彼女は胸に残されたことばを聞き、それを信じました。

カルミラは納屋に立てかけてあった箒に跨(また)がり、ダボを前に乗せ故郷を後にしました。

「これからどうするんだ?」とダボが問いかけます。

「世界を見てみようかと思う」とカルミラは言いました。「世界を広く見れば、どうして愛し合っただけで自分たちが罰せられたのかわかるかもしれない」

けれども百年経っても答えは得られませんでした。

薔薇子1

家は帰るべき場所ではないから街に午後五時を告げるチャイムが鳴り響くのを背にきみは、他に人影のない冬の海に佇(たたず)んで空になった猫用缶詰を片手に煙草をくゆらせている。歳は十三。サイズの合わない不格好なセーラー服は姉のお下がりで、目を前髪で隠しているのは片目を覆う眼帯を少しでも見えづらくするため。煙草を一箱二箱盗んでも文句は言わないのが両親の唯一の美点だ。もちろん奪われた片目とはとても釣り合わない。ピースは燃えるのが速すぎるものの吸い口がほのかに甘いのが好きだった。足元では黒猫が二つ目の鮪(まぐろ)の缶詰にありついている。まだいやにきれいな毛並みをしているから誰かの捨てた猫なのだろう。座礁した小さな船を住処(すみか)にしていた。きっと冬は越せないだろうとわかっていながら気まぐれに餌(え)づけをしている。

十一月の曇り空の砂浜は見渡す限り灰色で煙草の灰を落とす罪悪感が薄かった。海はあらゆるまだ見ぬ土地へと続いているはずなのに、ここが自分の終着点なのだという思いだけが募る。そのままゆっくりと波打ち際から海に向かって歩き出したくなるがびしょびしょになって風邪をひいて終わるだろう。どれほど待ち望んでも世界の終わりはどこまでも遠い。

年齢不相応の知恵はつけども、誰の目にも触れないどこか遠くへ行くことを人の世は許さない。けれどどこかに行きたいわけじゃない。ただここにいたくないだけ。日が暮れれば冷たい潮風が針のように刺し、きみは煙草の吸い殻を空き缶の中に放り込み、空になったもう一つの缶も拾って海を後にする。黒猫が小さく鳴いてついて来ようとするので、スニーカーで蹴飛ばして追い払う。

「あっちいけ、わたしの家いいもんねーぞ」


閉館直前の図書館に寄り、海外文学の棚から背表紙が目についた本を適当に一冊ほど抜いてカウンターへと向かう。昨日借りた本と入れ替えるようにして今日の夜を過ごす本を借りる。昨日は感傷的な推理小説だった。さらば愛しき女(ひと)よ。

この時間にしか訪れないのは、勉強している同級生と顔を合わせるのが嫌だから。なにも学校でまで居場所を失いたくはなかったし、人並み以上に努力を払ってきたつもりなのにこの有様。子どもの残酷さは大人とそう変わらない。人間は所詮みな人間である。

恋をしている相手もいるが、彼女はきみとは決して話そうとしない。彼女はおとなしいが授業中に意見を求められれば大人じみた話し方で常識的なことを話し、また勉強もよくできるタイプだった。ふちの細い眼鏡が似合うのが好ましい。それに彼女も本が好きだ。彼女が読んでいた小説の題名を記憶して探して読んでみたが良さはちっともわからなかった。けれど子どもじみた内容に彼女の内心の無垢(むく)さを思ってある種の興奮は覚えた。

あの娘の手に煙草を押しつけてしまいたい。きっとこの世にこんな痛みがあるなんてと涙を流すだろう。そんな痛みはたいしたものではないのだよ？　あるいはその逆。彼女にならそうされても構わない。彼女に与えられる傷に毎晩くちづけをし、聖痕のように慈しみたいと思う。

「わはは」ときみは寒空の下を歩きながら乾いた笑い声を上げる。それほど思いつめる相手じゃあるまいし。それほど思いつめられるような器でもない。

コンビニに寄ってコーヒーを購入し、イートインで借りてきた本を読む。なかなか感触の悪くないファンタジーだった。少し子どもじみているものの。カタカナの用語を覚えるのが厄介なので、三日くらいかかってしまうかもしれない。

小説はいいところだったが、午後七時以降に出歩いていると警察に補導されてしまうので、渋々でも家に帰らざるを得ない。今夜は早く自室で眠らせてもらえればいいのにと毎日変わらぬことを願いながら家路につく。

けれどドアの前に立つと、その日の家の様子はなんだか違っていた。ドアを開ける前からそこでなにかが起こった気配がした。きみは恐怖と興奮とがちょうど等分になって、背筋に汗がつたうのを感じながら鍵を差し込む。鍵はかかっていなかった。ドアノブを回すと、生ぐさいにおいが吉兆を告げるようで、胸が高鳴り始める。

自分の安全を考えるならそのまま離れるべきだと頭ではわかりつつ、興奮が先走って玄関へと足を踏み入れる。ぐちゃぐちゃという音を立てながらそれは、なにかを食らっていた。海辺の街に熊はいない。カニバリストを描いた小説を思い出す。きみがもっとも好きな小説だ。バターでソテーされた人間の脳はまだ性欲を覚えたてのきみの情欲をかき立てた。ほらだからあの娘を思えば傷つけたくなる。あるいは傷つけられたくなる。きみの自慰の空想にはなんらかの損壊が不可欠だった。またしても恐怖と興奮との天秤が釣り合い、前者により腰が抜け、後者により笑みを浮かべる。

きみは声に出して笑う。そのとき、半開きになった扉からするりとあの海辺の黒猫が入ってきて、傍らに立って毛を逆立てる。

「ばか、くるんじゃない」ときみは腰が抜けたまま、力のない手で追い払おうとする。

黒猫はそれを無視して鳴き声を上げる。するとそのなにかは動きを止める。拮抗した時間が流れる。時間が混濁する。

そのとき、今度は大きく扉が開く。誰かが入ってくる気配がする。その誰かがきみの頭をもみくしゃにして、懐から取り出した杖を突きつける。すると、引きずるような音を立てながら、そのなにかが消えていく。

誰かが電気をつけ、きみの視界を塞ぐように前にしゃがみこむ。銀髪の女だった。赤いタータン・チェック柄の派手なスーツを着ている。ヴィヴィアン・ウエストウッドというメゾンの名を知るのはもう少しあとだ。彼女が手を伸ばして、また髪をもみくしゃにする。

「黒猫に好かれる女には魔術の才能があるって知ってるかい?」

「なんだ、夢か」

銀髪の女はきみの学生鞄を勝手に開き、ペンとノートを取り出してなにかを書きつけ、そのページを破って無理やり広げた手に押しこんだ。

「これからいろいろとひどい、耐えがたい現実が待っていると思うけど、もしもそのとき狂気に駆られて本気で復讐したいならこの番号に電話するといい」

きみは学生鞄を引っ張り、なかから余らせていた猫用缶詰を取り出して開き、床に置く。黒猫が不思議そうに見上げるので、喉(のど)を撫でてやるとようやく餌にありついた。

「ありがとね」と猫に言う。銀髪の女に礼を言うつもりはなかった。「夢でがっかりしたけど、追い払いに出てきてくれたんだね。明日は一番高い猫缶持っていくね」

銀髪の女は腕を組んできみと黒猫を眺めつつ、「最近のガキは薄情だな」と笑みを浮かべた。

「わたしの児童相談所の相談記録見せてあげよっか?」

「いらねぇ」

「助けて損したって思った?」

銀髪の女は顔を横に振った。

「いや、かわいい女の子だから助けただけ」

「ふうん」となんともなしに頷いて、きみは銀髪の女を眺めた。「あんたこそ綺麗だな」

「ありがとう、よく言われるよ」

「なんだろう、本当に綺麗。溜まってんのかな?」

きみが銀髪の女の肩をつかむと、彼女はきみの手首をつかんで押さえた。

「気が狂ったのか、気の毒に。それじゃあおやすみ……」

　きみの顔の前で杖が立てられる。

「いや、わたし、たぶんレズだからさ。そういう夢を見てるのかなって。そのせいで今日も靴を捨てられてさんざんだったけど」と言うと、きょとんとした顔で銀髪の女は行き場がなくなったように、人差し指で自らの頰をかいた。

　それからきみの額にかかった前髪を持ち上げ、しげしげと顔を覗きこんだ。

「一緒に醒(さ)めない悪夢を見たくはない？」と彼女は言った。

　黒猫の前で指をパチンと鳴らすと、きみの手でごろごろと喉を鳴らしていた猫がとつぜん「こいつはいいやつだぜ、ご主人」と気持ちよさそうに言った。

「こんなあっさり懐いているのを初めて見たよ。機嫌を直してくれてなにより。この娘に感謝だ」と女は楽しそうに言った。「わたしはカルミラ、きみの名前は？」

「薔薇子(ばらこ)、松原(まつばら)薔薇子」ときみは答えた。

　カルミラは腕を組んできみの頭の先から足の先までをじっと眺めた。

「まずは名前に似合う服装からだな」

「もう助けに来てくれないかと肝を冷やしたぞ」と黒猫が口を挟む。

「ダボが口うるさいのが悪いんだ」とカルミラが拗(す)ねたように返事をする。

　そのまま黒猫とカルミラは口喧嘩を始める。彼女らの背後には赤い肉が見え隠れする。

カルミラ2

『魔術師と革命　序』

お姫さまの首が断頭台にかけられました。周囲を取り囲む市民たちは熱狂の声を上げます。拍手喝采をする人もいれば、悪罵を浴びせかける人もいます。猥雑なことばが飛び交います。処刑人を応援するために頭の上で帽子を振る男たちもいれば、箒を振り回す主婦もいます。

ギロチンはよく研がれていて、分厚く、重く、お姫さまの前で順番待ちをしていた王族の人たちの首をいともかんたんに落としてしまいました。あまりにかんたんすぎて、お姫さまには自分の家族が死んだという事実がピンと来ていません。

魔術師カルミラは人ごみのなかで処刑を眺めながら林檎をかじっていました。この街のことはあまり好きにはなれませんでしたが、売られている林檎の出来はとてもいいのです。相棒の黒猫、ダボは高い建物に昇って広場を見下ろしています。

いま処刑されている王族のこともちっとも好きになれませんし、かといって大騒ぎしている人々のことも好きになれません。思えば魔術師になってから、誰か他人を本当に好きになったこともありません。

そのとき、カルミラの横にいた若い男性がとてもひわいなことばを断頭台の少女に浴びせました。そのことばはカルミラの記憶を刺激しました。それぞれ別の言語でしたが、昔、故郷で自分を拷問にかけている人々がしきりに投げかけたことばと同じ意味でした。なんだか気に食わなくなったカルミラは林檎に力を込めて空中に放り投げました。杖を振ると林檎はくるくると回転しながら処刑台に当たり、爆発しました。

人々が悲鳴を上げるなかカルミラは断頭台に飛び上がりました。

顔をマスクで隠した処刑人たちが刃物を抜きます。彼らはよく訓練されていて、カルミラが何者かであるかもよくわかっています。処刑人という職業は闇から闇の秘儀を教わります。手ごわい相手です。

杖を剣に変化させてなんとか刃物を受け止めながら、カルミラはじりじりと持ちこたえ、隙をついて周囲に銀色の煙を撒きます。

そして断頭台の楔(くさび)を弾き飛ばし、お姫さまの腰を抱いて飛び降りました。道に転がっていた箒をひっつかみ、跨り、お姫さまをつかんだまま地面を蹴り上げます。

空の上からお姫さまは昨日までは自分たちのものであった国を眺めます。

「あなたは魔女(ユヌソーシエール)?」とお姫さまは問いかけます。

「その呼び方は嫌いだから、魔術師(アンソルスルーズ)と呼んで」とカルミラは訂正しました。

さて、助けたはいいですが、これからどうしたものでしょう？　熱くなった民衆はたしかによくないことばを口にしましたが、それでも人々はお姫さまの一族に苦しめられてきたのです。処刑に際して読み上げられた「人間の自由と平等」という話はなかなか正しいことを言っている気がしました。

(そうだよな、人間はみんな自由かつ平等であるべきだよ)

「魔術師さんはどうしてわたしを助けてくれたの?」とお姫さまは問いかけます。

「きみがとてもかわいかったからだよ」とカルミラはひとまず正直に答えます。

高い建物に寄って、ダボを箒で拾います。

「またご主人は」と彼は呆れたように言います。

「猫が話した!」とお姫さまが声を上げました。

「自己紹介はあとにしよう」とカルミラは箒を空に向けました。

賢い黒猫の言うとおり、前回かわいい女の子を助けたばかりに大変なことになったのに、今回もカルミラは同じことをしてしまいました。

まったく懲りないものです!

さて、困ったこの魔術師はお姫さま相手にどうするのでしょうか?

そして、お姫さまであるという理由だけで罰せられた少女と一緒に過ごすことで、自分たちが女同士で愛し合っただけで罰せられた理由はわかるのでしょうか?

薔薇子2

「……という経緯でわたしは元お姫さまの頰にキスしてからパリの夜空の星となったのさ」とカルミラがビールを呷りながら言う。

場所はロンドンのパブで、上機嫌に昔話を繰り広げるカルミラに対して、十六歳になったきみはチェスターフィールドを吸いながら退屈している。

「そりゃ結構なことで」

きみたちはブリクストン・アカデミーでセックス・ピストルズの再結成ライブを観た帰りだった。カルミラは七〇年代にはロンドンに住んでいて、往年のピストルズの追っかけをしていたらしい。ジョン・ライドンのサインが書かれたレコードを額縁に入れ、引っ越すたびに、そこがニューヨークのマンションであれスイスの古城であれ、どこでも飾っていた。

普段着がいつもヴィヴィアンのスーツなのだってピストルズの影響で、きみが弟子になる条件のひとつに常にヴィヴィアンの黒か赤、もしくはその二色のチェック柄のスカートを穿くというものがあった。煙草もシド・ヴィシャスが愛飲していた銘柄だ。

眼帯だってわざわざオーダーメイドで特注したものを付けさせられている。金縁に黒いレース、きみの名前、薔薇子にあやかって薔薇がモチーフとなっている。思春期だったので最初は反発心があったが、最近はすっかり慣れっこになっていた。

その日は髑髏柄の黒いシャツに、黒くてふくらみのあるスカートを穿いていた。カルミラはブルーのタータン・チェックだ。

ライブに関してカルミラは「懐かしい」と感激していたが、きみは「古くさい」とがっかりしていた。

「古典を楽しめないのは無教養の証だ」とからかわれるが、パンクロックが古典的な教養になってしまっていいものなのか疑問である。わざわざ論争をふっかけるつもりもないけれど。

「それにしても、師匠の昔話でセックスが出てこないのを初めて聞いた気がする」

「たまにはプラトニックな愛もいい。セックスは大事だけど、だからこそしないというのも大事だよ」

「基準は？　顔？」

きみはチェスターフィールドをもみ消し、ぬるくなってしまったビールに口をつける。

「まずガキか、ガキじゃないか。ガキとセックスはしない。お姫さまはいい娘だったが、ガキだった。で、相手がガキのままお別れをした」

「百年以上も前なんて別にそんな法律なかったでしょ」

「法律のなかに守るべきものは少ない」

「じゃあなんで？　倫理？」

「倫理ではなく美学。自分を美しく保つためにはそれ相応の努力がいる。なにごとも魔法と同じだよ。見ろ、わたしを。美しいだろ？　そういうことだよ」

　きみは肩をすくめる。

「それで、結局そのお姫さまと別れた理由はなんなの」

「わたしが上手く市井(しせい)の人間として生きられるように手筈を整えてやったんだけど、心は最後までフランス国民と共にありますときた。平和に女ふたりで暮らしていくなら、魔術師をやめて人間としての天命をまっとうしても良かったんだけど」

「そしたらセックスできたのにね」

「バカ弟子。おまえの頭にはセックスのことしかないのか……いや、十六歳なんてそんなものか。わたしもそうだった気がする」

「師匠にも十六歳のころなんてあったの」

「当たり前」

「そのころから魔術師だった？」

「いや……」そこでカルミラはビール瓶の水滴を指で弄(もてあそ)ぶ。「まだ、魔法なんて知りもしなかった」

「どんな風だったの？」

「おまえと違って穢(けが)れ知らずの純真無垢で、人間はキャベツみたいに生えてくると信じていたよ」

　きみは気の抜けたビールを飲み干した。

「ばーか。なんにせよお姫さまは革命が起きても、ギロチン台に送られても、心は王族をやめなかったわけね」

「その通り。ピストルズの『ゴッド・セイヴ・ザ・クイーン』を聴かせてやりたかったよ」

するとその場で酔ったカルミラが『ゴッド・セイヴ・ザ・クイーン』を歌い始めた。「恥ずかしいからやめて」と言ったが、隣にいた太ったおじさんふたり組が陽気なロンドンっ子っぷりを発揮してカルミラの歌に加わった。

するとパブの他の人々にも伝播した。みんなピストルズの再結成のニュースを見ていただろうし、あのころさんざんテレビやラジオで流れていたのも手伝ってのことだろう。いつしかカルミラは人々と肩を組みだし、パブで歌っていないのはきみだけになった。

神よ、女王陛下を守りたまえ
ファシスト政権め
やつらがおまえらをクソバカにしたんだ
水爆みたいなもんさ

最後にカルミラは全員にビールを一杯奢った。

調子に乗りすぎたカルミラに肩を貸して借りていたアパートまで引きずっていると、

どこからともなく黒猫のダボが建物をとんっとんっと降りてきた。

「ロンドンは空気がいい」とダボは言った。

「東京より悪いよ」ときみは反論した。

「郷愁ってやつだ」

「よっぽどロンドン時代は楽しかったんだね」

「カルミラを三十年寝かせて、起きたら戦争になってて、おれたちも厭な巻き込まれ方をした二十年後くらいだったからな。ようやく気分が上向いてきていたんだよ」

「ビートルズにはハマらなかったの?」

「どうせマッシュルームヘアが気に食わないとかそんなんだろ」

　きみは苦笑した。

「たぶんそれだね」

　アパートに着いて廊下をちらりと覗きこんで、用心深く進む。どうにも隣の部屋に住んでいるのがジャンキーで、コカインのやりすぎで鼻をぐずぐずさせている上に、一度たまたま通りすがっただけのきみに因縁をつけてきたからだ。すぐにカルミラが間に入った。「うちの弟子に汚い手で触れやがって!」と言ってくれたのはうれしかったのだが、取っ組み合いがジャンキーと同レベルで、次にやらかしたら出ていってもらうと大家から説教を受けたのはきみだった。

　鍵を開けると、ベッドと小さなソファーの他にはなにもない狭苦しい部屋にたどり着く。なんとか水を飲ませて、ジャケットとズボンだけ脱がせてベッドに放り込んだ。

きみは疲れていたし、シャワーは共用しかないので夜更けに行くのには気が引けて、そのままパジャマに着替えて、ソファーに寝転んだ。眠気はすぐに訪れたが、しばらくしてカルミラの唸(うな)り声が聞こえたのできみは目を覚ます。起き上がって明かりをつけ、カルミラの肩を揺らす。

「師匠、師匠、起きなよ」

カルミラは起きず、今度はもっと低く大きな唸り声を上げる。彼女はたまにこうして夢見が悪くなってしまうことがある。そのとき、横の部屋のジャンキーが壁を殴ってきたので、負けじと蹴り返してやった。

声をかけながら何度も体を揺すり、両手で激しく押すとようやくカルミラは目を覚ました。

目を開けたカルミラは荒い息を吐き、それから「あぁ、悪い」と謝った。

「謝られることはなにもしてないよ、水飲む？」

きみがミネラルウォーターを差し出すと、彼女は「ありがとう」と受け取ってひと口ふた口飲んだ。

また明かりを消してお互いの寝床に戻ってから、「訊いてもいい？」と声をかける。

「なんだろう」

「夢の話」

「いいよ」

「師匠がうなされてるときってどんな悪夢を見てるの？　なにか昔の魔物とか、そういうの？」

「そうだね……一番強かった魔物のことをいつも思い出す」

「負けたの？」

「当時はね」

「今なら」

「勝てる」

「なら大丈夫だよ」

「ありがとう……薔薇子、子守唄を歌ってくれない？」

「子守唄ぁ？」ときみは呆れ半分に言う。「やさしくしてたらつけ上がってきたな」

「頼むよ」とカルミラは笑いながら言う。

「なに歌ってほしいの？　マザーグースなんて知らないよ」

「『アナーキー・イン・ザ・ＵＫ』」

「やだよ。自分で歌えば」

「じゃあ一緒に歌おう」

「やだ」

「歌ってくれなきゃ禁煙させるぞ。煙草一本吸うごとに体重が一キロ増える魔法をかけてやる」

「そんな魔法、本当にあるの？」ときみは苦笑しつつ、わがままに付き合ってやることにする。

最初はささやくような小声でサビの部分をくり返し歌っていると、だんだんと楽しくなって……そう、さっきのライブで合唱したことも思い出して、きみの声は大きくなり、カルミラも一緒に歌い始めた。

おれはアンチクライスト
おれはアナーキスト
なにがほしいのかなんて分からねぇけど、手に入れ方は分かってる
通りがかったやつをブン殴りてぇ
なにせおれはアナーキストでいてぇのさ
お偉いさんの犬にゃならねぇ

ふたりで大きな声で歌っていると、今度は壁ではなく、ドアを蹴る音が響いた。隣のジャンキーだろうと警戒してふたりとも起き上がると、「おいこら！　最高にご機嫌じゃねえか！」と言って彼はもう一度ドアを蹴ってから自分の部屋に戻った。

きみたちは目を見合わせて笑った。

そんな風にロンドンでライブハウス（見るべき若いバンドはたくさんいた）とパブを行き来する生活を続けていると、不意にある夜に人ならざるものの気配がして、いつも外でふらふら寝床を求めているダボが、部屋の窓をノックした。

「ずいぶんと近いな」と窓からとんっと入ってきたダボは言った。

「大方ジャンキーが引き寄せたんだろ」とカルミラが肩をすくめ、窓辺に腰かけてジンの瓶を呷った。魔物はいつも、心が暗闇に落ちた人間が引き寄せる。

「助けよう」と例によってきみが言うと、カルミラは一度目頭（めがしら）を押さえてから、「そうだな、そうしよう」と杖をつかんで立ち上がった。

彼女たちは気まぐれでなければ人助けなんてしないし、きみもなにか使命感に駆られているわけではなかったが、死人が出るのを見過ごして生きていくのは居心地が悪かった。「クソみたいなジャンキーだけど、ご機嫌なやつに死なれちゃ寝覚めが悪い」とカルミラが言った。

カルミラが隣の部屋の鍵を魔法で開け、そっとなかに入ると、そこにはきみも見慣れた魔物が、ジャンキーの青年の首筋に牙を突き立てようとしていた。きみはその魔物に圧倒的に覚えがあった。生ぐさいにおいも、気配も、全身が記憶を告げていた。

カルミラが慌てて杖を向け、彼女の力と魔物の力とが拮抗し、きみは後ろの壁に叩きつけられた。ダボが前に立ち、なんとか踏ん張ってくれる。

魔物はどすどすと音を立て、窓を突き破って出ていった。あとには半死半生のジャンキーと、蛇のように長く太い毛が床にびっしりと散らばっていた。フェルテ＝ベルナールの毛むくじゃら獣。

「油断した」とカルミラは言い、へたりこんでいたきみの手を引いて立たせた。「すぐに出るぞ」と言われ、きみは急いで頷いた。すでに物音でなにごとかとアパートの住人たちの顔が、恐る恐るドアから覗いている。

部屋に戻ったカルミラは杖の一振りで荷物をかき集めて風呂敷に仕舞い込み、窓の横に立てかけてあった二本の箒の片方を投げた。「先に出な」と命令されて箒に跨ると、いつものようにきみの箒の前側にダボがぴょこんと乗った。

窓のひさしに立って、空から吸い上げられるような感覚を意識しながら飛び出す。どうにもきみは箒と馬が合って、最高速度だけならカルミラを上回れていた。

背後からは喧騒が聞こえ始め、カルミラはすぐにきみの横に並んだ。

シャツのボタンを開けたままだったので、風にシャツがはためいて胸が出しっぱなしになっていたので、「ボタン締めなよ」と言う。

いつもなら冗談を飛ばすカルミラも、この日は無言で従い、やがて箒で一時間ほど飛んだところで訊ねた。

「一応聞くけど、復讐はしたい？」

「わかんない」ときみはしばらく考えてから言った。「復讐じゃなく、見過ごすのが……寝覚めが悪いだけかも」

「なら追うか」と苦笑交じりにカルミラが言い、先導した。

「ごめんね」と声をかけると、振り返り、「なにも薔薇子が謝る必要はないよ」と力強く言った。

「麻薬はいつも世界を魔物で満たしてしまう」とカルミラが夜空を仰ぎ見ながら言った。

「シド・ヴィシャスもコカインをキメる時間があるなら、ちゃんとベースの練習をすべきだったな。まったく」

カルミラ3

『魔術師と魔窟　序』


畳の上にごろんと転がった人々はみんな手に煙の出る筒を持っています。男も女も、老いも若きも、うっとりとした顔で天井を見上げています。ゆっくりとうごめきます。

（まるで芋虫みたいだな……）

その建物は都市の裏街にあり、薄暗く、湿っていて、不気味な雰囲気が漂っています。魔術なんかよりずっと不気味です。

帽子を目深（まぶか）に被ったカルミラは大股で人々を避けながら、建物の奥へと進んでいきます。

するといきなり中華服を着た髭面の男がふたり、カルミラを待っています。まったく同じ顔と背丈をしています。きっと双子なのでしょう。彼らは手を挙げ、自分たちに付いてくるようにという合図をします。

「いやはや、なんとも」とカルミラは声をかけます。「すごい光景ですね」

「イギリス人のせいで今はどこもこういう有様です」と男は振り返らずに言いました。

カルミラは自分の故国の名が出たことで、少し胸がちくりとしました。自分を追い回して、捨ててきた国のはずですが、それでもなにか感じてしまうところはあります。

（でもわたしはあのお姫さまのように、国に対しての責任なんてものはないからな）

自分でそんな気持ちが不思議で首をかしげてしまいます。

「ところで、わたしに頼みたいこととはなんなのでしょう？」

気を取り直すようにカルミラは建物の奥に進んでいく双子に訊ねます。

けれど彼らは「それはボスに聞いてください」「われわれはあなたをお連れするように命令されただけです」と言います。

空気の重さをごまかすように、「アジアに来るのは初めてですが蟹がおいしいですね」とカルミラが声をかけると、今度は彼らは返事をしませんでした。

やがて大きな金色の扉の前にたどり着き、彼らは両側から開いてなかにカルミラをいざないました。

老女が丸テーブルの向こう側に座っています。

「そちらへどうぞ」と彼女は言います。

老女の背後には背筋をピンと伸ばした青年がふたりいます。油断ならぬ目つきです。カルミラは警戒心を高めました。

「はるばるご足労いただきました」と老女は言います。

そのとき、部屋に中華服を着た若い女性が蒸籠(せいろ)を片手に入ってきました。彼女は蒸籠を丸テーブルの上に置き、老女はなかから小麦で作られたらしい食べ物を箸でつまんで自分の皿に載せます。

丸テーブルの上の部分が回転して、蒸籠がカルミラの前にきます。箸を片手に悪戦苦闘していると苦笑を浮かべた中華服を着た女性が近寄り、カルミラの皿に取り分けてくれました。

「謝謝(シイエシイエ)」とカルミラはこの国のことばの発音を強調して言います。

「中国語お上手ですね、白人でこんなに上手く発音される方、初めて見たかもしれません」

「言語は得意なもので」とカルミラは自慢げです。魔術はすべてことばで操るものだからです。「こんなにお綺麗な方を見たのはわたしも初めてかもしれません」

カルミラは減らず口を叩きます。そのせいで前回は大目玉だったのに。まったく困ったものです。

「ママ、こちらの方、とてもおもしろいね」と女性は言います。

老女がこほんと咳払いをします。

「本題に移りたいので、おまえは向こうに」

「はーい」と女性は手を振って出て行きます。

（名前を聞き損ねたな）

カルミラがのんきにそんなことを思っていると、老女は丸テーブルの上になにかを載せ、回転させました。

自分の前にきたそれを受け取ると、一枚の写真でした。スーツ姿の白人男性が写っています。

「その男を消して頂きたいのです」と老女は言いました。「彼がいなくなれば、この国も多少はマシになるでしょう。少なくとも、夜道で気にするのが人間の追い剝ぎだけで済みます」

カルミラは写真を丸テーブルに置き直し、老女の方へ回転させ戻しました。

「殺し屋と勘違いなさっているのでしょうか？」

老女はにこりと笑って、開いた掌をカルミラに向けます。そのとき黒い陰の手が伸び、テーブル越しにカルミラの首をつかみます。

反撃するのが遅れて、椅子から浮かび、体が天井に打ち付けられます。

「自分が前線に出るのが面倒でね」と老女は笑います。

カルミラは振りほどこうにもまったく叶いません。

「白人はわれわれ黄色人種を舐めすぎかもしれませんね」

老女のことばが示唆したことをカルミラが理解するのは少し後になってからです。

捻り落とされたカルミラには選択肢はありませんでした。

「ええ、わかりました。仰せの通りに……」そこでまじまじと老女の顔を眺めます。

「ちゃんと見ればあなたはお綺麗だ。わたしは美女の頼みはなんだって受けることにしてますので、その意味で、お受けしましょう」

「減らず口を」と老女は苦笑してから「謝謝」と付け足しました。

それにしてもこの国ではカルミラの百年、いえ二百年の謎を解く手がかりはどうにも見つかりそうにありません。

なにしろ人々は魔術なんかよりずっとおそろしい、永遠の夢幻を見せる薬に夢中だからです。

もしかしたらわたしたちの言う魔物とは、ただの麻薬の別名なのかもしれません。

薔薇子3

ハイスクールの放課後、友人たちと三人でデリカテッセンでサンドイッチとコーヒーを買って、公園のベンチで今日の授業で扱われたハイネの小説について語り合っている。犬を散歩させる者や、男女入り交じってサッカーボールを蹴る子どもたちもいる。

きみはベルリンが好きだ。これまで暮らしたどんな場所よりいい。けれどそれは結局のところ、朝に学校に通って勉強して、友達と放課後を過ごすようなのんびりとした人として当たり前の時間を過ごせたのがここが初めてだからかもしれない。

昼下がりの公園の向こうから歩いてくる女を、友人が相手に見えないようにそっと指差す。友人がそうしたのは、女が銀髪で背も高く服は派手なブルーのタータン・チェック柄のスーツという目立つ姿が理由だろうが、ずっと見慣れているはずのきみははっと息を呑む。きみの女が、昼の公園にまったく似つかわしくない暗闇の空気を纏(まと)っていたからだ。

カルミラはきみの姿を見とめて微笑を浮かべる。

「薔薇子」と片手を挙げる。「ああ、こちらお友達? こんにちは」

カルミラが頭を下げると、友人ふたりも倣(なら)った。

「これからヘルタ・ベルリンとニュルンベルクの試合を観てくるから、じゃあね」とカルミラはさっさと行ってしまう。彼女は夏にフランスでワールドカップを観た影響で、このごろ地元のサッカークラブの応援に熱心だった。当時ベルリンに住んでいたのは、きみがどこかでちゃんと勉強をしたいと頼んだら、過去に訪れた街のなかでも印象が良かったからとここに移り住んだのだ。

きみは友達に「ごめん、ちょっとわたしも付いていく……用事を思い出しちゃって」と言って立ち上がる。

友人たちは頷く。

「素敵なお友達ね」とひとりが言う。無闇に立ち入らないように、どう表現したものか言いあぐねている素振りだった。

きみはちょっと迷ってから、「実はパートナーなんだ。他には内緒にしていてね」と言う。

友人ふたりは顔を見合わせてから、「もちろん」と頷いた。

「だから服がお揃いだったんだ」

「そう、いっつもヴィヴィアン。あいつの趣味でね」

かつてあんな目に遭ったというのにどうして話したのだろう？　この友人たちが信用できるから？

いや、それよりも見せつけたかったのだ。真昼の太陽が誰よりも似合わない、異形を隠しきれないあれはわたしの女だ、と。

「バレたら、ひどい目に遭うから」

「大学生の方？」とひとりが言う。

「研究者……大学院生みたいなもの」ときみは言う。

そしてコーヒーを飲み干してゴミ箱に捨ててから、カルミラの元に向かう。

「わたしも試合観たいな。チケットあるかな？」

「あるんじゃない……ニュルンベルク相手だし。友達とはいいの？」

「なんとなく一緒にいただけだから」

「ふうん」とカルミラは興味なさげに言った。試合のことで頭がいっぱいなのだろう。

きみは彼女の腕に自分の腕を絡みつける。

試合はヘルタ・ベルリンが敗退し、地元の人々と一緒になってがっかりしながらカルミラはスタジアムを後にした。きみは試合ではなくずっと、カルミラの横顔を見ていた。

そしてきみたちはマンションに帰る。若者向けの小綺麗なマンションで、大学生や社会に出立ての青年がひとりで住むには少し高く、ルームシェアをしている者が多い。

コーヒーを淹れているカルミラの後ろから、きみは彼女に抱きついた。

カルミラがため息をつく。

「薔薇子、邪魔」

「キスしたらどいてあげる」

カルミラは振り返り、額にキスした。

「ほら、離れて。危ないから」

「いまのは子どもだまし」

「子ども相手だから、そうなるだろ」

きみは歯嚙みして、もっと激しく強く抱き寄せる。

「わたし、もう十八歳だよ」

「誕生日プレゼントなにがいい？　またニコラ・テスラの封印された発明品を探してあげようか」

「なんでまだ抱いてくれないの？」

「ガキだから」

きみはパッと体を離す。

「十八歳なら、寝ても問題ない。バレたって警察も捕まえにこない」

「別に数字と法律のどうこうでなにかを決めてるわけじゃない」

きみは学生鞄から杖を取り出し、カルミラにまっすぐ向ける。

カルミラが苦笑して両手を挙げる。そのあざけるような笑みにまたきみの苛立ちは募る。

「バカにすんなよ！」

きみは部屋を吹き飛ばすくらいの気持ちで魔法を放ったが、カルミラはスーツの内ポケットに入れていた杖で露払いするかのようにかき消した。

「わたしはいつだって真剣にやってる」

「なんで抱いてくれないの？」

「さっき言った通り」

「……抱かないなら、どうしてわたしを連れ回したりしたんだ」

「そうだね、誘拐しただけよ」

「そうやってまたバカにする」

カルミラは杖を放り投げ、両手を広げる。

「いや、それが真実だ。ほら、警察に突き出してくれ。大悪人だ。日本で子どもをさらって、世界中を連れ回した。五年間も。ニュースでわたしの顔が世界に知れわたる」

きみは疲れ、ベッドのふちに座って涙を流す。

カルミラが頭を撫でようと手を伸ばしてくるので、振りほどく。

「いくらでも恋人を作ればいい。ヨーロッパの都会は、薔薇子の郷里みたいに同性愛者に侮蔑的ではないのだし、薔薇子もここは暮らしやすそうにしてるし」

きみは立ち上がり、改めてカルミラを抱きしめた。身長差で、きみの頭はちょうど彼女の胸におさまる。

「そうすれば師匠はどうするの？」

「またこれまでのような世界の真実を知るための旅を続けるよ」

「別の女を自分のものにしながらね」

カルミラはきみを見下ろしながら眉をひそめた。

「どの女も自分のものだなんて思ったことない。フランス革命以後、みんな自立した確固たる存在で……」

きみは背伸びして、両手をカルミラの後頭部に重ねて引き寄せ、無理やりくちづけをする。

「ううん、わたしはあなたのものだよ」

「本当にすまない、わたしが魔法を教えたからこうなってしまった。これまで、旅の道連れはあっても、そんなことはしなかったのに」

カルミラは手で顔を覆う。

「責任を取って抱いて。これまでにしたなかで一番ひどいようにして」

「別にわたしはサディストでもなんでもないよ」

「師匠が抱いてくれないなら、街に出てきとうな相手とやる」

「ビアンの集まるバーに行ってきなよ、地元の大学生もいるし」

「一番最初に目についた男とやってやる……いや、それよりもっと……」

カルミラはペリエをきみの額にゆっくりとかけた。しゅわしゅわとした炭酸水が、少しだけきみの頭を冷やす。

「もう世界のどこに行っていいのやらわからないな」とカルミラは言う。

「世界なんて終わってしまえばいい」ときみは言う。

心からそう思う。物心ついた日から思わなかった日はないのだから。

その夜背中を向け合って眠っていたら、明け方にカルミラが叫び声を上げた。またいつもの悪夢だ。けれどもきみは、その白み始めた朝は気づいていながら無視をする。それがふたりの決定的な離別となる。

黒猫ダボ1

薔薇子の旦那が日向ぼっこをするおれの方を見て「それにしても利口な猫だね」と言う。

こんなつまらん男に毎度毎度なんでおれが褒められにゃならんのだという不満を込めておれは「があぁぁ」と返す。

窓の向こうで元魔術師のくせに、ふてぶてしくも真っ白なウェディングドレスを身に纏った薔薇子が「だから今日も連れてきても安心って言ったでしょう」と微笑み、いつもの癖で右目を覆う眼帯をなぞる。それも昔は洒落た金縁に黒いレースがトレードマークだったのに、今はすっかり無機質な医療用だ。薔薇子はもう魔術師じゃないからおれとは話せない。があぁぁ。なにが安心だ。けれどももうおれと話せていたことだってあいつは忘れちまってる。

ノックのあと、部屋の扉が開き、「おふたりとも、そろそろ」と式場のスタッフに呼びかけられ、薔薇子と旦那は立ち上がる。旦那の方はくるりと振り返り、おれに向かって手を振るので、そっぽを向いて木に乗り移る。

「まさか飼い猫が主人の結婚式にも見守りに来てくれるなんて、考えられないよ」とうれしそうに言う。

　こいつが良いやつなのはわかっているが、なにしろおれは二百年にわたって魔術師の相棒を務めた猫なので、人間社会において品行方正な若い男などに褒められると、ぞわっと気持ち悪くなってしまう。おまけに官庁で働いてやがるとくる。国家と魔術は不倶戴天の敵同士だとはナポレオンのカイロ侵略戦争のころから決まっていると魔術の歴史の教科書にはある。

　ついでに言うとおれの主人は薔薇子ではない。薔薇子はおれの主人の弟子だ。おれの主人はちょっとグレース・ケリーに似た背の高い女で、大人になってもちんちくりんな薔薇子とは似ても似つかん。薔薇子が弟子になったのは十三歳。ちんちくりんがもっとちんちくりんだった、たった十二年前のことだ。おれの方がずっとえらい。

　官庁で働いているくせにこういう序列というものを理解してないのも気に食わん。もちろん魔術について一言も説明できない薔薇子が悪い。なにもかもに腹が立つが、主人の盟約に基づく命令で薔薇子の元を片時も離れてはいけない。

　その盟約にしても説明なしに羊皮紙を差し出され「受けろ、異論も質問も認めない」と強制的に肉球で調印させられ、それから七年、音沙汰はない。どこへとも行方知れずだ。いくらおつかい猫といえど、二百年来の相棒に対してこんな仕打ちをするような女でもある。

対して薔薇子は人格的には気を使える女なので、旦那のプロポーズを受ける条件として「いつも飼い猫がわたしの周りを付いてくるけど、それが気にならないなら」と言った。

旦那は実際におれが姿を見せてやるまで、冗談とでも思っていたらしい。実際はこいつが共通の友人の結婚式の二次会で薔薇子に声をかけたときから、へたくそにホテルに誘った夜までおれはずっと見えないだけで近くにいた。

おれの存在を認めた旦那は、そのとき薔薇子にこう質問した。

「それにしても変わった猫だね。どういう訓練をされたの?」

「知らない。わたしの前の飼い主がどうかしてたんだと思う」

「前の飼い主ってどんな人?」

「手品師の親戚」と薔薇子は言った。

「ああ、例の」

「あるいは誘拐犯のね」

薔薇子がそう付け加えると、旦那はどうしていいのかわからず、とりあえず目の前のビールを飲んでやり過ごしていた。

おれは日差しをたっぷり浴びたくて、結婚式場の屋上で一休みをすることにした。大きな十字架の裏で横になる。聖別を受けた十字架ならちょっと厄介だが、これはただの張りぼてである。眼下には白いチャペルも見える。

参列客も次々と会場に入っていく。薔薇子の方は大学で作った友達の影がちらほらあるだけで、ほとんどが旦那の方の親類縁者だ。旦那の父親も同じく官庁のなんたら長を昔勤めたやつで、元政治家もこの結婚式に来るらしい。どの禿げた爺かとおれは眺める。すぐに飽きてやっぱり丸くなる。お日様はいい感じだ。結婚式日和というやつなのだろう。せいぜいお幸せに。

そのまま放っといておきたかったが、庭に魔物の気配がしたのでおれはしぶしぶ屋根から飛び降りた。物理世界で具現化もできないような白いもやもやとした雑魚だったから、交渉の余地もなしだ。おれが軽く一鳴きするだけですぐに消えた。

最近世界はどんどん魔物のものとなり、元魔術師のところには記憶がないとしても、残穢に鼻をひくつかせてやってくる。残穢は本来人間が抱える暗闇よりもずっとやつら好みだ。

けれどもこうして見張っているのは腐っても二百年生きた黒猫だ。そうなると、まぁなんてことのないやつしか寄ってこない。強いやつはおれの力を察する。薔薇子が十八歳で主人と別れて、魔術を捨ててからの七年で、死闘を演じたのは二回だけだ。それにしたって八対二くらいでおれが勝った。おれの主人はなにしろ世界にもう片手で数えるくらいしか残っていない魔術師の末裔なので、おつかい猫たるおれも物理世界の獣では頭一つ抜けている自信がある。

それでも最近はずっと物理世界に干渉する魔物の姿は少なくなった。みんな世界の終わりに備えているのだ。おれもいわば八つ裂きを待つ身だ。人のおつかいを長年勤めたから、世界が幻のためのものとなれば粛清の対象に相違ない。やれやれ憂鬱だ。

たぶん知恵のある魔物は核兵器を使うだろうというのが主人の見立てだ。今やあいつはどんな魔術よりも強いから。太陽の光がなく、灰が積もり黒い雨が降る世界。なるほど魔物好みだ。

おれが助かるには今のうちに薔薇子を八つ裂きにして世界の終わりを目論んでいる側への手土産にするしかない。

薔薇子がふつうの人間に戻るのを許した主人も怪しいもんだ。姿をくらましているのはそこに理由があるのだろうか？　わからない。

式場の塀にひょいとのぼって、窓から中を見る。おーおー、新郎新婦のための席に座った花嫁姿の薔薇子がところなさげにもじもじとしている。本当にガキのころから変わらない。情が湧いた。妹みたいなもんだ。こいつよりあとに死ぬことをおれはしないだろう。

参列客が揃ったらしく、席も埋まり、そろそろ式が始まろうとしたときだった。入り口からつむじ風が吹いて、テーブルクロスが舞い上がった。

「うおっ」「ひっ」と驚いた声を上げる客たち。

風がやむと、薔薇子の前に赤いタータン・チェック柄のスーツを着た銀髪の女……おれの主人であるカルミラが立っていた。

「やあ、久しぶり」とカルミラは言った。

「あんた……」と薔薇子は呆けたようにつぶやいた。

おれは思わず駆け出して、式場のなかに潜りこんだ。幸い客の目はとつぜん風のなかから現れた変な女に釘づけで、姿隠しの呪文を使わなくても誰も気づかない。おれは薔薇子とカルミラがよく見える最前の席のテーブルクロスの下に潜りこんだ。

薔薇子は目を白黒させているし、他の人間はみんな啞然としている。

カルミラの見た目は別れたときそのままで、相変わらずヴィヴィアン・ウエストウッドのスーツだ。魔術師の正装であるローブ姿ではないときは、いつもこの格好を普段着にしている。

最初に反応したのは、見上げたことに薔薇子の旦那だった。

「ああ、聞いています。あなたが薔薇子さんの育ての親の……」

「そう、手品師のカルミラです」

なるべくものごとの齟齬が起きないように、薔薇子のなかではカルミラは手品師の親戚と認識されている。

カルミラは旦那に頷いてから、片手を胸に当て、ぐるりと周囲を見回した。

「失礼、失礼。わたし、新婦の親類です。手品が生業でして、晴れの舞台にちょっとした余興にこのように馳せ参じました」

それからカルミラが軽く手を挙げると、ポンと黄色いチューリップが一輪、無の空間から現れた。客たちは思わず拍手をした。カルミラはそのチューリップを薔薇子の前の机に置いた。

「一度案内の葉書に欠席と返信したのですが、今朝急に時間が取れまして。間に合わせようと、連絡するより先にやってきてしまいました。大変無礼なお願いかと思いますが、どうにか席をご用意頂けませんか？」

案内の葉書？　嘘八百を。行方知れずにどうやってそんなものを送る。

薔薇子はチューリップを見下ろしたまま、カルミラと目を合わせようとせず黙っている。

旦那が立ち上がり、「ぼくの親戚で急病で来られなかった者が一名。あのテーブルが空いているので、そちらに座ってください……すいません、スタッフさん、椅子をもう一つ。こちら、薔薇子さんの親御さんです」とテキパキ指示を出した。

親類のテーブルの方に行き、事情を説明する。椅子はすぐにやってきて、若い客はカルミラを感心したように見ていて、年寄り連中は怪訝な目をしている。

旦那が用意してくれた席は年寄り揃いで、憮然とした態度に旦那は、今日は自分が主役にもかかわらずペコペコと頭を下げていた。

その後ろでカルミラはポケットに手を突っ込んでへらへらと、おごそかな空気を嘲笑するような笑みを浮かべていた。

年寄り連中が隙間を空け、椅子が用意されたら座る前に今度はアネモネを無から取り出して、テーブルの上の花が飾られている花瓶に脇から挿した。若者はまた小さく拍手をした。相席の年寄り連中はさらに嫌な顔をした。

時間が押したのだろう、司会の者が慌てて、「なんとご欠席の予定だった新婦の親御様がご参列して頂けるということで、おまけに見事な手品をご披露頂けました。うれしいハプニングですね……それではこれより相田充さまと松原薔薇子さまの結婚披露宴を始めさせて頂きたいと思います……」となし崩しで宴を始めた。新郎新婦それぞれの略歴が紹介される。

おれはカルミラのテーブルの下に滑りこんだ。

（七年なにやってたんだよ）と心の声で問いかける。

（わたしがこの世で一番嫌いなドレスを着た弟子を目に焼きつけたいから少し黙っててくれ、バカ猫）という返事のあと、おれがどれだけ話しかけてもカルミラは無視した。

こっそりテーブルクロスの下から薔薇子の方を見ると、相変わらずむすっとした顔で自分の披露宴を眺めていた。ときどき旦那が心配そうに薔薇子を見やる。

その後は何人かのスピーチが続いた。どいつもこいつもえらそうな老人が堅苦しい話をしていた。つまらなすぎておれはすっかり眠くなってしまった。カルミラが来なければ屋根の上でゆっくりと眠っていられたはずなのに。

お色直しに薔薇子が席を外したタイミングで、「失礼」と言い残してカルミラも後を追った。仕方なくおれもこっそりと後を付けた。

無言で、むすっとした態度でドレスを引きずる薔薇子の後ろにカルミラが付き、なにやら耳打ちをしている。同じく同行していた薔薇子の旦那は少し離れたところから様子を窺っている。カルミラが薔薇子に馴れ馴れしくすると、途端に旦那がよそよそしくなった。

薔薇子が立ち止まり、「今さら、どういうつもり」と重々しく口を開いた。「餞別(せんべつ)。かわいい娘……？　妹……？　への。わたしの立場、どうなってるの？」

薔薇子はそれには返事をしなかった。

するとカルミラは足早に薔薇子を追い越し、先導していたスタッフに「すいません」と声をかけた。

「時間が厳しいということは重々承知しているのですが、わたしに少しスピーチする時間を与えてくれませんか？　どうしても、これまでの感謝を伝えたく」

「スピーチ、ですか……」と明らかにスタッフは難色を示した。

すると、控えめについてきていた旦那が前のめりになり「ああ！　それはたしかに素敵ですね！　ぼくの方からもどうにか……ぼくの招待客ばかりがしているものですから」と言った。

「それはたしかに素敵だと当方も思いますが、しかし時間が……」と首を縦に振らないスタッフを前に、カルミラは後ろ手に指を静かにパチンと鳴らした。

打って変わってスタッフは「わかりました！　喜んで！」と言って駆け出した。時間の調整に向かうのだろう。

更衣室の前で、「それじゃあまたあとで」とカルミラは軽く手を振った。薔薇子は返事をせず、扉の向こうに消えた。

カルミラと旦那が並んで先に会場に戻ると、旦那は「照れくさいんですよ、きっと」と笑った。

いいやつだ。微笑を返したカルミラがこいつを磔刑（たっけい）にかけないかおれは不安でならなかった。

お色直しが終わって再び会場の灯りが消されたところで、司会が「ここで新婦のご親戚からスピーチがあります」と切り出した。さすがに反感の空気はなかった。なんてったって唯一の親族として紹介されていたのだから。

スポットライトが当たり、こほん、というそれらしい咳払いでカルミラのスピーチは始まった。

「先ほど新郎から、新婦の育ての親だという風にご紹介頂きましたが、正直、わたしはそんなつもりは毛頭ございません。と、言いますのも、わたしはこの風体の通り、およそ人の親らしい気質を持ち合わせていないからです」

　話を区切り、カルミラは周囲を見回す。無言の同意を得て続ける。

「なかでもわたしは家事一般というのが実に苦手で、薔薇子と暮らし始める前の家はとてもとても人間の住めたものではありませんでした。彼女がわたしと出会って最初にしなければならなかったのは、部屋の掃除です。それも職業柄、色々な手品道具が散らばっているから、掃除も難儀したでしょう。消える卵、大きな水晶、バラバラのトランプ。そんなもの」

　概ね事実だ。薔薇子は当時東京の三鷹にあったカルミラの部屋に初めて訪れたとき絶句して、三日三晩にわたって怒濤の掃除を繰り広げた。カルミラは寝転んで無視しているものだから、おれの方が無理やり手伝わされた。火吹き蜥蜴の尻尾を干して砕いた粉を勝手に捨てられたことに怒ったカルミラに、「黴が生えてて使えるの？」と言い返していた。カルミラはぐうの音も出なかった。思えばこのころから薔薇子は魔術のセンスがあった。

「薔薇子に一応勉強を教えてあげたことも、多少は……。こんな身なりですが、わたしは語学、歴史、生物学には多少自信があります」

　薔薇子は英語もドイツ語も比較的早く覚えたが、古ラテン語には苦労した。それでも基本的には勉強熱心だった。エロイとモーロックを手懐ける腕にはおれはなかなか感心させられた。けれど、一番こいつが気に入ってたのは歴史の勉強だろう。

例えば二十世紀初頭、ロシア帝国で人類史上正確な記録が残っているなかでは唯一男ながら限りなく魔術に近いものを扱えた怪僧ラスプーチンは歴史の表舞台に出過ぎたゆえに、魔術の総本山である北アフリカ教会からの勅命によって粛清された。

おれたちはちょうど当時モスクワにいたから、粛清命令は不可避だった。教会が幹部も含めて腕利きを世界中から二百人ほどかき集め、ラスプーチンをなんとか殺してネヴァ川に流したころにはカルミラを含めて生き残りは四人だけになっていた。カルミラも半死半生になり、治癒にはツンドラの大地で眠る三十年が必要だった。結果的にはそれがカルミラの命を魔術の世紀末から退けた。

その教会もここ半世紀以上、もうまともに機能していない。人類が初めて経験した世界戦争は魔術師たちに奇妙な使命感を与えた。それを司っていたのは秘儀でもなんでもなく、科学と政治と愛国心、そしてなにより情愛というやつだった。英国、フランス、イタリア、ドイツ、ソビエト連邦といった近代国家なるものが魔術師を兵器にし、みんな相討ちと仇討ちをくり返し、魔術の歴史は途絶えた。政治家と軍人たちは数百年の孤独に上手くつけこんだのだ。

「まぁいい先生ではないので教えるのは上手くありませんでしたが、こちらの都合であちらこちらに転校させていたので、必然、わたしが勉強を教える場面も多くなりました。あるときは鹿児島、あるときは北海道。海外も転々としました。ええ、なかなか日本国内の仕事だけで食ってはいけませんから。

転校するたびに学校になじむのに使えるから、と、薔薇子はわたしに手品を教えてくれ、と頼みました。どうせ長続きしないだろうと思いつつ、みかんを空中に浮かせる手品から入ると、これが実に呑み込みが早かった。わたしは勉強そっちのけで、技を教えるのに夢中になりました。なにしろ今どき手品にここまで熱心になってくれる子どもがいるのがうれしくて。それに、薔薇子は吸収が早く……わたしは楽しくて仕方なかった。わたしを超える手品師になると思いました……。いえ、現職の図書館司書の方が堅実で、勉強熱心な薔薇子らしい仕事だと思います……。

わたしたちが一気に仲良くなれたのは、そうだな……うん、中学二年生の運動会でしょう。保護者参加の二人三脚があって、嫌がる薔薇子を無理やり誘って参加しました。おもしろいですよね、中学生なのに。自由参加で、大概親が張り切って、思春期の子どもが嫌がってました。そしてわたしたちが一等賞を取りました。まぁ、わたしの脚が長いおかげでしょうが」

客席から少しの笑い。

「あのときは薔薇子が小学校からずっと徒競走では最下位続きだったと聞いていて、わたしは意地になりました。負けず嫌いなものですから」

たぶん最初の戦いについて、それっぽく変奏しているのだろう。

薔薇子は表情なく、カルミラを眺め続けている。薔薇子のなかでは記憶はどう改変されているのだろう？

「わたしの職業柄、全国を転々としました。申し訳なさもありましたが、これまでずっと独りでやってきたものですから、行く先々で、海、雪山、古い街……薔薇子と同じ景色を共有するのは実に楽しいことでした。土地の銘菓なんかも、独りではどうでもいいものですが、誰かと共有するなら別です」

　あるときはバルト海で大蛸をからかい、あるときはドナウ川上流の荒野で今は亡き騎士団との決闘を果たした。子孫から現世をさまよう魂を解き放つことを頼まれたのだ。そこでおれがうっかりと腹に傷を負って生死をさまよい、薔薇子はおれがうなされているあいだ中、ベッドでおれを抱いてくれていた。

　ルーマニアの奥地の城に隠れ住んでいた吸血鬼を追い払って、百年かけても呑みきれない上等なワインでおれたちは豪遊をした。酔ったこいつらは互いの頭にワインをかけ合っていた。式場の人間はきっと京都で八つ橋でも食べているところを想像しているのだろう。たぶん薔薇子も。

「わたしが一度手品の練習中に失敗して大怪我を負ったとき、助けてくれたのも薔薇子でした。丁寧に止血し、てきぱきと救急車を呼んで、訪れる予定だった会場にキャンセルの電話を入れて……まったく完璧でした。彼女が上手く処置してくれなければ、わたしはずいぶんとまずい事態に陥っていたかもしれない。恥ずかしながら昔のわたしは無鉄砲だったものですから、そう、薔薇子がいなければわたしは確実に一度、死んでいたでしょう」

過去を称える者たちをいたずらに挑発し、追い詰められたところを薔薇子がカルミラを抱えて箒で逃げ切ったことだろうか。箒の最高速度だけは、薔薇子はカルミラを凌駕していた。

「やがて薔薇子はわたしの友人との出会いで図書館司書を目指し……」

ブエノスアイレスの時間の危機について記述する図書館、ナミブ砂漠の下にある物理世界を去った民族の残した本を集めた図書館。そのようなものに薔薇子は強く心を惹かれたらしかった。それで志したのが司書というのは、魔術師にしてあるいはうってつけな仕事だったかもしれない……ごくごく平凡な、人間社会の図書館でなければ。

いずれにせよ薔薇子は本をよく読んだ。最初はカルミラが魔術を感覚的にしか教えられないぶんを、自ら座学で埋めるために。長じては好奇心が勝ったらしい。純粋な魔術師としてはカルミラに及びもつかないだろうが、学徒としては花開く可能性はあった。

だからわれわれは三人で旅を続けた。

あるとき、しつこく付きまとう頭巾姿の醜い小人、ノームの群れをベルリンの外れで始末したとき、そいつらから遠からず世界の終わりが迫ると告げられなければ、旅はいずことなく続いたかもしれない。

カルミラは話を続けた。

「十八を境に薔薇子は大学に入り、根なし草のわたしを離れて堅実な大学生活を送りたい、と言いました。これまでずっとわたしと暮らしてきたものだから、この一歩は……当時のわたしは少し不満を覚えてしまったのは否定できませんが、勇気のある選択だったと思います。そして無事国立大学に現役で合格し、念願だった司書資格を獲得して働いている。よくぞわたしと一緒に暮らしながら淡々と為すべき努力を怠らず、目標を着実に果たした彼女を、わたしは今さらながら誇らしく思います」

清々しいほどの嘘だ。

薔薇子にふつうの人間に戻ると告げられたとき、ふたりの間で決闘が始まった。

「わたしの元を離れると死ぬぞ」

「うん、あなたの知らないところで死にたいのだもの」

この二言のあと、生前のニコラ・テスラが愛したハンガリーの瀟洒な隠れ家の城が、こいつらのせいで無残に木っ端微塵になった。

最終的にはカルミラが圧倒したものの、城を覆い尽くす紫の薔薇に巻きつかれ、棘がカルミラの頬に傷を与えた。薔薇子は植物を使うのが上手かった。魔術は名が運命を司るからだ。わけても紫の薔薇は花ことばとして誇りと玉座の意が託されている。花ことばはそれぞれの言語により別の意を持つが、母語によって用いるのが一番強い。

なんにせよ、カルミラが怪我らしい怪我を負ったのは魔術を極めたここ百年ほどで初めてのことだった。薔薇子の前に人間でカルミラに傷を負わせたのはラスプーチンだ。

頬の血を拭いながら、カルミラは、「どこへでも勝手に行っちまえ！　クソ弟子！」と言った。

「どうせ世界の終わりで人間はみんな死んじまうんだから。薔薇子もただの人間になって、勝手にくたばるといいさ」

その売りことばに薔薇子は「だから、残された時間を改めて人間として生き直したい」と言った。

それがどれほど十三歳までの人間としての人生が影響を与えているのかわからない。

「わたしのことを忘れてまで？」とカルミラは珍しく哀願するような表情で訊ねた。

「そう、あなたを捨ててまで」と薔薇子はカルミラの頭を撫でた。「すべて忘れたふりをして死ぬの。それであなたに永遠にわたしがただの肉の塊になる夢を見続けてほしい。それでまた別のだれかから揺すり起こされればいい」

「世界の終わりの前に、ただの雑魚に弟子が殺されたらわたしの名前まで落ちるから」という理由で、おれが盟約の下、薔薇子を守護することになったのだ。おまけに薔薇子の魔術を無理やりおれに封印するものだから、ここ七年ほど腹が重くてかなわん。

「それでは世界の終わりまで、せいぜいお元気で」

カルミラはそう言い残し、おれたちをベルリン駅で降ろしてから箒で遠くに消えた。振り返りもしなかった。

　薔薇子は魔術を捨てたことで会話ができなくなったおれを、なんとか検疫にかけ、大使館にかけ合って連れ立ち、五年ぶりに日本に帰国した。

「どうしてもこの猫と一緒に暮らさなければならないんです」とあいつは言っていた。意味合いが変わっても、そういう気持ちが残されていたのには救われた気分だった。

　住み込みの夜のアルバイトをしながら午前中は予備校に通って、大学に入った。少女時代に魔術を極めた人間が大学に入るのは容易い。あとはずっとこの調子だ。

　今日に至るまで、おれも別れた後のカルミラがどうしているかは知らなかった。本当に気まぐれに、せいせいとした気分でわれわれを忘れているのではないかと思っていたくらいだ。カルミラにはちょっとそういう一面がある。


　カルミラは感極まったふりをして、ゆっくりとスピーチを締めくくった。

「そう……だからわたしのふらふらとした旅に付き合ってくれて幸せな時間をくれて、こうしてまたわたしの見たことのない幸せを見せてくれた薔薇子にいま改めて感謝を告げたいと思います……ありがとう、大好きだよ。薔薇子。結婚おめでとう」

　そして両手を掲げて、空中から赤に黄色に黒に、そして青にと、色とりどりの抱えきれないほどの薔薇を取り出した。かつて、薔薇子が自分の代名詞として最初に修得した魔術だ。きちんとラッピングされた花束になっていた。

　カルミラはマイクを置き、壇上の薔薇子の元にゆっくりと歩き、それを薔薇子に手渡した。そして、指先で頬から顎にかけてゆっくりと撫でた。

受け取った薔薇子は、相変わらずカルミラを睨んでいた。他の参列客は、涙を堪えているように見えただろうが。

参列客は一斉に拍手をした。

カルミラはマイクをもう一度手にし、「では長居してブーケなんて貰っても仕方がないので、このへんで」と言い残し、そっと机にマイクを置いた。

そしてわざとらしく指をパチンと鳴らして、現れたときと同じように、つむじ風とともに、式場から姿を消してしまった。

唖然とする――薔薇子以外――会場の空気を取りなすように、司会が「なんとも手品師らしい素晴らしいサプライズでしたね！」となんとか話をまとめた。

次の次にスピーチをしたある老人が、薔薇子に「ご新婦の手品もぜひお見せ頂きたいですな！」と水を向けたときだけ、客席に期待の空気が流れた。けれど、薔薇子は「もう引退して、全部の技を忘れましたから」とにべもなく断った。

「そこをなんとか、かんたんな、初歩的な手品でもいいので」と老人は食い下がった。

こいつが元政治家の男だ。

「種や仕掛けがないとなにもできませんね」と薔薇子は無愛想に言った。しきりに眼帯をなぞりながら。

それで空気はすべてどっちらけた。

式は元々の予定通りに修正され、一気に時間を巻きながら、つつがなく続いた。参列客には忙しい人間が多いから、スケジュール通りに進めないとならない。風に消えた闖入者(ちんにゅうしゃ)の印象深さと、新婦の心ここにあらずといった風情のせいで、キャンドルサービスのころには、こんな退屈は早く終わってほしいという空気が式場に漂っていた。

その晩、新婚初夜という決まりの悪いものから逃げるため、薔薇子と旦那の住むマンションの屋上でぼんやり月を眺めていたおれは、突然空からここ七年感じたことのない圧倒的な、数えきれないほどの魔物の気配を感じた。月からだった。

世界の終わりが来たのか、とおれは夜空を見上げた。だからカルミラはからかいにやってきたのだろう。おれは八つ裂きにされる覚悟を固めた。

まずは知性の低い魔物たちが考えなしに我先に飛びこんでくるのだろう。どうせ死ぬなら、こいつらは少しでも道連れにしてやる。どうせその後にゆっくりと現れるであろう、世界の反転がなければ裏側に隠れて認識すらできなかったであろう存在たちには、太刀打ちできないだろう。そんなことを考えながら毛を逆立てていたら、不意に月に向かって地上から稲光が飛び、おれは目を閉じた。遅れて雷鳴が轟(とどろ)き、目を開けると魔物の気配が消え去ったことがわかった。

稲妻がどこから飛んだかはわかった。比較的近い、海辺からだった。薔薇子の旦那は高層から遠くに海が見える横浜のマンションを買っていたから見下ろすことができた。おれは慌てて屋上から飛び降り、一応の護身に自分の分身を残して、海の方に駆け出した。

懐かしい主人の黒い閃光だった。

カルミラ4
『最後の魔術師の闘い　序』

夜の海辺。魔術師の正装である顔まで隠れるローブ姿のカルミラは砂浜に腰かけ、江ノ島を眺めながら十年ものの火吹き蜥蜴の焼酎漬けを呷っていました。

十五歳のころ、弟子の薔薇子が仕込んだものです。

そのとき、後ろから猫が歩いてきます。振り返らずとも相棒のダボだとわかりました。

「なに勝手に薔薇子から離れてるんだ」と非難するように言いました。

「おれの分身を置いてきてる」

「あのへボじゃ不安だ」

「……どうせ強いやつらは、みんなあっちに揃ってるだろ」とダボはカルミラの横に座り、空を眺めます。

満月が煌々と光っています。それはそれは、一際明るく。

「結婚式の話だけどな、いくら魔術師と言えども、あそこまで頭から尻まで嘘をつき通せるのかとおれは感心すらしたよ」

カルミラは黙って肩をすくめました。

「なぁご主人、おれなりに今からでも全員が助かる手段というのを考えてみたのだが」

「聞くだけ聞くよ」

「薔薇子の封印を解いて、もう一度魔術師にして、全員で世界を終わらせる側に付くんだ」

「却下」とカルミラは即答しました。

ダボはため息をつきます。

「だけど一番無難だろう?」

「薔薇子を人殺しにさせろってか……人類の敵に?」

カルミラは酒瓶を呷ります。彼女は気が昂ったとき、いつもお酒を呑むのです。それが良いことであれ、悪いことであれ。

「薔薇子が死ぬよりマシだろ」

「マシじゃないね。なんのために人間に通用する魔術を避けて一人前に育てたと思ってるんだ」

「そう言うと思ってたよ。悪い、一応言ってみただけだから」

「ああ、わかってる」

カルミラはしばらく黙ってから、「一度でも力に溺れたら、捨てるつもりだった」と言いました。

ダボは苦笑します。

「一回暴走してペルーの山を燃やしたことがあったけど、頬を叩いただけで終わらせたくせに」

「忘れた」

波のさざめき。満ち潮はどんどんひとりと一匹に近づいてきます。

「親にあんな目に遭わされて、よくもまぁねじ曲がらずにいたよな。なんであの親のために復讐したのか。おれもこの七年で結構人間を観察したけどな、ふつうのやつならあの親なら、死んでくれてラッキーと思うだろうよ。人でなしにどうして同情してやらんといかん」

「知らないよ」

「命がけで毛むくじゃら獣とやりあったくせに」

「余裕だった」

「腹に穴が空いて？」

「ピストルズのライブのあとでご機嫌だったのさ」

そのとき、潮がとつぜん引き、波打ち際は一気に遠くなります。

強い風が吹き、見上げると満月は分厚く黒い雲に隠れています。雨が降りだし、カルミラもダボも全身ずぶ濡れになりながら、その向こうからなにかが迫っているのがわかります。

酒の残りを一息に呷ったカルミラは空瓶を空中に放り投げてから粉微塵にしました。粉になった火蜥蜴と硝子が混じり合って、さらさらと砂浜に落ちます。

「ご主人、まさか本当に勝算があると思ってるのか？」とダボは空を見上げながら言いました。風雨で海は激しく波打ち、どこかから警報が聞こえます。

「一対九くらいには」

「あんたが自分の力を見誤るはずがないだろう？」

「この七年で修行した。これまでの二百年ぶんくらいの。マチュピチュの百頭が守る火と、アマゾンの千年鰐の牙を頂いた。あとはエーゲ海の海底の、海の民の遺跡でゴーレムを相手にして……本当は三年で済ませるつもりだったけど、さすがに甘く見積もったな」

「なら〇・一対九九・九くらいはあるかもな」

「いい賭けじゃん」

「ロンドンで暮らしたときも、モスクワで暮らしたときも、ご主人が競馬で勝ったのを見たことがない」

「百年下振れしたぶん、今度は大穴を引ける気がする」

「負ける博打うちは決まってそう言うんだ。この七年でおれは人間に詳しくなった」

カルミラは箒を拾って跨りました。

すると、ダボがかつて定位置だった柄につかまります。

「降りろ、ダボ。盟約違反だ」

「ちょっとだけ物見遊山したくてね」

「ちゃんと帰らないと皇居のど真ん中に吹っ飛ばすからな」

箒は飛翔し、一瞬で雲を突き抜けます。気の早い千差万別の有象無象がうごめいていますが、カルミラは全部の頭上にギロチンを浮かべて首を落としました。

「どこで闘うつもりなんだ？」とダボは訊ねます。

「空でやり合ってたら他の魔術師の邪魔が入ったり、人間が嗅ぎつけるかもしれないから、月の裏側で持ち堪えてみせるよ」

ダボは仕方なく笑いました。

もう魔術師なんてろくに残っていないし、すでに人間には介在できない領域です。

本当の恋をした魔術師は長生きをしません。戦争のあと、数百年の孤独に耐えられなかった同胞たちの亡骸を弔って回るカルミラが「レズビアンだから百五十年前に殺されかけて、レズビアンだから戦争をしたがるやつらにつけこまれる隙がなかった」と皮肉っぽくつぶやいたときの表情を、ダボは忘れられません。

しばらく箒で上空を旋回していると、次にやってくるのは強い知性と意志のある存在だと空から伝わってきます。さすがのカルミラも箒の柄を握りしめました。

「嘘じゃない」とぽつりとカルミラが言いました。けれど、風雨にかき消されそうな声でした。

「嘘じゃない？」

「結婚式で話したことは、ほとんど全部本当。嘘はひとつだけだよ」

ダボが返事をしようとしたとき、世界がぐるりと傾きかけるのが感じられました。

それは突進する一角獣の群れでした。カルミラは箒を動かして前に立ち塞がり、両手を向け、業火を放ちます。すでに人間としての理を超越しています。

ダボは大声で「薔薇子の……人間の平均寿命だとあと五十年と少し、それを持ち堪えれば、ご主人の勝ちだよ！」と言いました。

「は？　完全に勝つって言ってるだろ？」

一角獣が後ろに引っ込むと、今度は一匹の虎が雄叫びを上げました。カルミラは杖を放り投げて巨大な剣に変えて斬りかかります。

「わたしはきっと最後の魔術師だ。一匹たりとも地球に通してやるものか！」

「人類の救世主だな、ご主人」

「はぁ？　人間なんてみんな嫌いさ！　わたしがガキのころ、火炙りにしようとしやがったんだからね！　一生忘れてやるもんか！」

「ああ、そうだな……」

ダボは少し悩んでから、やはり最後に訊ねることにします。

「なぁ、結婚式でひとつだけ話した嘘ってなんだい？」

「結婚おめでとうに決まってんだろ、バカ猫」

次の瞬間、ダボは吹き飛ばされて地上に落ちました。

（ここからはもう猫の領分じゃない。いくらおれが地球最強のおつかい猫であっても）

ダボは海の上に落ち、なんとか荒波のなかを泳いで砂浜にたどり着きました。カルミラとの最初の出会い、子どもにいじめられて川で溺れそうになっていたことを少し思い出しました。

そして砂浜に座り、世界の終わりを待ち構えながら空を眺めていたら、驚くことに十分ほどで雲は散り、風は凪ぎ、波も急に穏やかになりました。

箒に乗ったカルミラが地球を飛び出して月へと向かうのが見えます。

「それほどか、カルミラ」

日本語で黄色いチューリップの花ことばは、希望のない恋。

アネモネの花ことばは、見捨てられた。

ダボは盟約を果たすために踵を返し、薔薇子の家に戻ります。

横浜のマンションの前までたどり着き、裏口から隣のマンションとの境目を足で蹴りながら薔薇子の部屋のベランダに着くと、午前三時にもかかわらず薔薇子は起きていて、ベランダの手摺(てすり)にもたれて空を見ていました。

ダボの姿に気づくと「どうしたの、ダボ。ずぶ濡れじゃん」と言って、干していたバスタオルで体を丁寧に拭きます。

「え、なんか潮の香りするんだけど？　海行ってたの？」

「にゃー」

「一体みんな、なんなのか」

「みゃー」

「あいつはからかいに来たのか、なんなのか。どこに行ったんだろうね？」と薔薇子は言いました。「なんだよ。いつもいつも、ずるい、わがまま……勝手にしやがれ」

薔薇子にはダボの返事は「にゃお」としか聞こえません。

実に猫らしい鳴き声です。

さて、最後の魔術師と世界の終わりの闘いは一体どうなるのでしょう？

薔薇子4

結婚したきみの生活は平々凡々を絵に描いたようだ。実際にきみはそれを望んでいたのだから。

悩みは毎週水曜に児童室で幼児に読み聞かせるための童話をどれにするかくらいだ。華奢で背が低いから一見してそうは思われないが、長旅で体はしっかり鍛えられていて、重い本を運ぶくらいなんてことない。ぐるりと書架を見渡し、このありとあらゆる本の、そのほとんどを読むことなく死ぬであろうことを思うときみの心はやわらかに弾む。図書館司書の仕事はきみの天職と言っていい。

夫は労働も家事も完全に分担すべきと考えていて、夫婦二人を対等なビジネスパーソン同士とみなしている。けれどもきみはそこに幸せを見出せない。親愛と尊敬の念があるものの。本当の理由を見つけるにはある程度時間が必要だった。

きみが「こちら側が慰謝料を払ってもいいから離婚してほしい」と前触れなく告げて頭を下げると、不倫を疑われるかという不安は杞憂で、夫は「わかった。けれど慰謝料なんていらない。家もきみが使うといい、ローンはぼくが払う。それはそれで腹が立つかもしれないけれど、ぼくを思いやると思ってもらってくれないか」と言った。

そしてきみが顔を上げると、彼は「気づいていたよ、いつからだったかはわからないけど」と言った。静かに涙を堪えながら。それですべては伝わった。

どうして自分がレズビアンだという事実を思春期的な感情だと誤認してしまっていたのだろう？　家の件は丁重に辞した。

きみはダボを連れ、東京の西側、三鷹に引っ越し、駅から少し離れたひなびた木造アパートを借りる。

再び図書館司書の仕事を得るも、薄給ゆえに質素な生活となった。毎日が白米、味噌汁、焼魚もしくは煮物。黒猫のキャットフードもグレードが落ちた。魚の日は分けてやるくらい。それでも黒猫は夫と暮らしていたときと違って、よく家で時間を過ごすようになった。

やがてバーやスマートフォンのマッチングアプリなどを使って、特定の恋人を作るようにもなる。別に取っ替え引っ替え遊びたいわけではないのに、横にいる女は次の季節には別の女に変わっていく。誰にも執着できない。デートも、セックスも楽しいけれど、本当の心が別にあるときみの横にしばらくいたら誰もが気づいた。

今度の図書館でもまた自ら企画を立案し、子どもに読み聞かせを始める。今度は対象年齢を上げて、活字の本を読んだ。幼児にしていたときほど数は集まらなかったが、少数の熱心な小学生がついた。きみ自身も本を久しぶりによく読むようになった。なかでも英語圏のファンタジー小説がきみを捉えた。少女のころは子どもじみたものだと思っていたが、今はその寓話のなかで暗示される世界に対する洞察の深淵が感じられる。

やがてきみは自分でもノートパソコンを叩いて文章を書き始める。最初は身辺雑記、次に自分と同世代の独身女性の生活を物語にして書き、小説の新人賞にも応募する。書き物をしていると、なにやら黒猫はそれに興味があるのか膝に乗って覗きこんでくる。そのたび「どけどけ、あっちいけ」とはたいて追い出さないといけなくなっていた。きみは独り言が増えるが、猫にどれも聞かれているように感じられる。小説は最初のころはどこに何を送っても手応えはなかったが、ふと自分が少女少年に読み聞かせているようなものを、と意識してみるとキーをタイプする手はこれまでになく速く動いた。

そのまま数年が過ぎ、春夏秋冬で恋人が概ね三十人ほど行き来し、きみはささやかながら児童文学を主とする小説家になった。初版三千部程度で重版もしない、ほとんど図書館に回るだけだから収入としてはちょっとしたボーナス程度だが、注文はコンスタントに来る。

そうしているうちに、本棚の最上段に「黒井薔薇子（くろい）」と背表紙に書かれた本が並ぶようになる。表紙は最初はユニコーン、イエティやコウモリ。ときにロシア帝国悲劇の皇女アナスタシア。きみの小説のなかで彼女は史実を逸脱して粛清を免れ、魔術師が助け出し、ロシアから遠く離れたハワイで暮らすようになる。

『魔術師とおとぎ話の住人たち』シリーズはムードメイカーの黒猫が旅ごとにいつもトラブルを引き起こし、魔術師の師弟の男性と少年がそれを解決するストーリーだ。

結末は最初から決まっており、やがて世界の終わりが訪れ、なすすべもなく人間文明は滅ぶのだが、編集者はその結末を受け入れなかった。彼らには読者はそれを受け付けないであろうという確信があった。それは事実だときみは理解しながら、オブセッションのように囚われている。平行線のままシリーズの続刊が重ねられていった。

ある晩、恋人から直前になって予定をキャンセルされて家に帰ると、猫がきみの本を開いている。きみは猫をはたき、ガラス扉付きの本棚を購入する。

　物語は続いた。黒猫と魔術師の師弟が、どこへ行くともあてのない旅で世界を回りながら。

カルミラ5
『魔術師と帝国　序』

　宮殿に通されて、皇帝一家と一緒に食事をすることが許されたカルミラは上機嫌でした。なにしろずらりと並んだお姫さま四人がみんなとびきりかわいらしかったからです。カルミラがウインクすると、他の三人はぽかんとしましたが、一番下の妹だけウインクを返してくれました。

「最近の民衆はどうも自分たちの本分をわきまえていません」と皇帝は言います。

　そのとき、カルミラは自分が清からの特使だったことを思い出す。

「本分ですか」

「権利、権利とうるさく……」

　カルミラは初対面でそんなことを滔々と話す皇帝に少し呆れました。それに話している内容も一世紀ほど古くさいのも厄介です。

（この国ではさっさと用を済ませた方がよさそうだな）

そう思い、さっそく本題に移ろうと身を乗り出しかけたところで、背筋が一気に冷たくなりました。

背が高く、髭をぼうぼうと伸ばしっぱなしにした、不潔な僧服の男が部屋に入ってきました。

「ラスプーチンさん、こちら清国の特使であらせられる……」と皇后がカルミラの身分を説明します。

その僧服の男は値踏みするようにカルミラを見て笑いました。

カルミラは宮殿を出るまで生きた心地がしませんでした。

ひとまず用を済ませて宮殿を出たところで、相棒の黒猫ダボが駆け寄ります。

「どうしたご主人、顔色が悪いぞ」

「まったく困ったことになりそうだよ」

そう言ってカルミラは地面にへたりこみます。

いよいよ時は二十世紀となりました。悪い行いをした女が魔女と呼ばれ、石もて追われたのも今は昔のことです。それでも女同士が愛し合うことを罪とする国の方が、まだずっと多いのです。

この国もそのひとつです。法律というものはなかなかかんたんには変わりません。人の価値観が変わるのは、それよりもっと遅いのですが。

カルミラは自分が受けた罰も、それを罪とした人々のことも、もう呆れかえって、すっかりよくわからなくなっています。

西から東へ世界を移ろっても、王宮でも裏町でも、誰もまともに答えを与えてはくれないのですから。

「それより、そろそろ本当の恋を探したいな」とカルミラは橋の手摺にもたれ、大きな川を見やります。

手摺の上に飛び乗ったダボが「ご主人の頭にはそればかりだ」と呆れます。

「この国で見つかるかな?」

「第一候補はお姫さまだな」

「畏れ多い」

「なに、わたしはお姫さまと昔から縁があるのさ……高貴なわたしに釣り合うにはそれくらいでなくてはね」

カルミラが大げさな冗談を吐くのは、いつだってこわくて仕方ないからです。

カルミラは今でも追われ、踏みつけられ、唾を吐きかけられる夢を見ます。そして決まって初恋の、想い人の「逃げて！　逃げて！　逃げて！」という悲鳴で目を覚まします。そのたびに涙を流します。きっとそれはこれからも変わらないでしょう。

黒猫ダボ2

そうして終わりがやってきたのは、だから十三年後の、あるよく晴れて空の高い、ぴりっとした冬の朝だった。

三十八歳になった薔薇子はずいぶんと綺麗になった。落ち着いて憂いのある表情に、低い声で話すようになった。主婦のときよりずいぶん華奢になった。服装も魔術師の正装とはいかないが、ズボンとシャツはいつも黒だった。ちんちくりんも化けるものである。

禁煙もやめて、チェスターフィールドをまた吸うようになった。とくに小説の執筆時は煙草の量が増える。いいことだ。

薔薇子5

その日は仕事が休みだったきみは昼食にうどんを茹で、昨夜の残りの鯖を猫用の皿に載せる。

そのとき、何度か電話が鳴る。あまり電話が好きではない性質のきみはしばらく無視した。気が向いたときにかけ直せばいい。けれどもその日はなぜか狭い交友関係のあらゆる人から着信があり、担当編集者に至っては五度もかけてきていたので六度目に諦めて取ることにする。差し迫った締め切りはないはずなのだけれど。

第一声は「黒井さん、ニュース見ましたか⁉」

いつもは丁寧で落ち着いた相手なのできみは面食らう。

「あ、いや、いえ、ネットもテレビもどっちも見てないです。テレビはネットフリックス専用機だし……」

「ちょっと早くニュース見てください、ほんとうに。差し出がましくてすいません。でも黒井さん女性で、東京で一人暮らしなさってるので、つい。わたし、今思いつく限りの安否確認をしていて！　お住まいのあたりはどうでしょう？」

どうにも混乱した口振りで、きみは困惑する。

「まさか、地震、ないしはテロとかですか？」

「いえ、でも、とにかく見てくださいとしか言えません！」

きみは不安を覚えながら、昨夜にドラマを途中まで見ていたネットフリックスからチャンネルを切り替え、地上波放送にする。

そこに映ったアナウンサーは電話口の編集者にも負けず劣らず切羽詰まった声だった。

「先ほど東京都二十三区全体に降り注いだのは、蛙（かえる）だという情報が入っております！

生物が空中から降ってくるというのは前例がないわけではなく、台風や竜巻の影響も考えられます。落下物で怪我をするおそれがありますので、みなさん急いで屋内に退避してください！」

ダボが窓辺から降りて、テレビの前に移動し、画面をかりかりひっかき始めた。この猫にこんな癖をきみは見たことがない。

画面にはアスファルトの上でぐちゃぐちゃにつぶれた蛙が映っていて、げこげこと断末魔の声を上げたり、仲間がクッションになったのだろうか、生き残った蛙も多く、一面をぴょんぴょんと跳ね回っている。そして悲鳴を上げる人々。

画面が切り替わり、アナウンサーの後ろを忙しくテレビスタッフが走り回るスタジオが映る。

「続報です。ただいま東京都品川区を中心に二十三区全域に蛙が降り注いだとの情報がありましたが、日本だけではなく、同じ例が世界の首都を中心に多発しているとの、まだ不確定ではありますが、そのような情報が入ってきております。まずニューヨークでは魚類……魚との情報が。続きましてソウルでは……」

アナウンサーの話の途中で画面がまた切り替わり、遠景から東京タワーが映る。また画面が切り替わり、屋上らしき場所でヘルメットを被りマイクを持ったアナウンサーがカメラの前に立ち、東京タワーを空いた方の手で指す。

「こちら東京東京タワーにほど近い、あるテナントビルの屋上です。えー、先ほどの蛙の落下に続きまして、あちらの方をご覧ください」画面は再び遠景から東京タワー。「ああ！　東京タワーの上空から、あれはなんでしょう？　巨大な、ゆっくりと落ちているので軽い……ガス？　ミサイル？　航空機事故？　いずれにせよお近くの住人は急いで、慌てず、避難指示に従って……ああ、なんでしょう？　色は茶色いですね？　えー、内閣の緊急命令で自衛隊、ならびに横田基地から米軍がこちらに向かっているとのことで住民のみなさまはひとまず屋内に退避し……ああ、あれはなんでしょう？　巨大な、巨大な、ガスではありません、物体です。ゆっくりと巨大な物体が、なにか……」

画面切り替わってスタジオ。

きみはテレビの前で絶句しながら棒立ちになっている。ダボもいつしかきみの足元に佇んでいる。電話は気がついたときには切れていた。また別の誰かに安否確認をしているのだろう。

アナウンサーの発言は混乱のあまり、もはやなにも事態を伝えていなかった。

「えー、次は上空からヘリの映像です……なにやら倒れる人……被災者？　自衛隊は救助に向かっているのでしょうか」

けれどそのとき、遠景のカメラが都合よく画面をアップし、黒い影を捉えた。カメラマンが撮れ高を感じたのだろう。その影をアップする。

ボロ雑巾を被ったような人間がビルの屋上に倒れていて、右腕が肩から千切れてしまっていることがわかる。

アナウンサーが「われわれにはどうすることも、いやはや」とようやく声を上げたところで、きみはスマートフォンを放って駆け出した。ダボも後に続く。裸足のままきみは玄関から庭に回って箒をつかむ。

後ろにいた黒猫の方を見て、「ダボ、我命じる。自らにかつて課した縛りを解かん」そして古ラテン語を唱える。きみは自分がすらすらとそんな言語を口にできることに驚く。

そして第一の鍵が解除され、きみは二十年ぶりに猫と会話を始める。

わたし

「おまえ、よく自分で解けたな」と感心したようにダボは言った。

「なにかから逃げるのはカルミラよりわたしの方が上手いじゃん……とにかく、急いで」

「敢えて問う。この封印は一回限りのもの、一度解けばもう二度とただの人間には……」

「ダボ！　いいから早く！　急いで！　お願い！」と叫ぶ。

「なんも問わんから全部解除しろ！」とダボは言った。

わたしは慌ただしく呪文を唱える。周囲に風が吹き、垣根を揺らす。深呼吸をし、それから箒に跨る。ダボも箒の柄に飛び乗ると同時にわたしは地面を蹴り上げ、一気に空に飛んだ。

我ながら二十年ぶりに力を取り戻したとは思えないほどの速度で箒は空を疾駆し、ときどき落ちてくる蛙やらなにかしらを避けながら東京タワーに向かう。三分もすれば見えてきた。

道中「ダボ、どうして黙ってたの？」と前を向いたまま訊ねる。

「黙ってたのはおれじゃない、ご主人だ。そして封印を望んだのはおまえだ」

そこでダボはどこかにしまっていたらしい、わたしの金縁に黒いレースの眼帯を差し出した。わたしは少し笑みを浮かべ、医療用眼帯を投げ捨てた。

わたしはさらに速度を上げる。東京タワーの先端には世界の終わりが見事に突き刺さっていた。完全に絶命し、体は朽ちて泥になり、ゆっくりと落ちて行く。あれほど望んでいたものが目の前に広がっていて、けれどもわたしはそこになんら感慨を抱くことはできない。

ダボと一瞬だけ顔を見合わせ、急いで気を取り直して箒につかまり周囲を探索する。

箒は九十度回転し、あちこちを調べ回り、世界の終わりの泥をくぐり抜けながら、わたしは空を突き進む。途中、自衛隊だか米軍だかの戦闘機とすれ違うが、人間社会の文明に最高速度の魔術師を捉えられるはずもない。

テレビ局のヘリコプターを見つけ、その下に入りこむ。ヘリコプターは幾つもある。どれだ？　どの屋上だ？　わたしの姿も画面に映っているのだろうが、構ってはいられない。

やがてあるビルの屋上にローブがボロ雑巾みたいになったカルミラを見つける。わたしは箒を下に向け、そこに降り立ち、彼女を見下ろす。幸い、息はまだあった。気つけの呪文をかけ続けると、一度咳きこんで血を吐き、意識を取り戻した。カルミラがゆっくりと目を開く。

「やあ」と息も絶え絶えに、苦痛に顔を歪めながら。

わたしはなにも言えない。

「泣くなよ」とカルミラが言う。

「バカ魔女、クソ魔女、なんで、なんでそんなに勝手なんだよ……」

「再会の第一声がそれかよ」

「……ありがとう」

「お安いご用だよ」とカルミラは痛みに耐えながら、なんとか微笑を浮かべる。

「どこか遠くへ行こう、動ける……？　ここは少しうるさいから」

わたしは頭上を飛び回るヘリコプターを眺めつつ言った。

「できたら砂浜がいいな、海が見たい……ずっと殺風景な月の裏側にいたものだからね」

「わかった、無人島にでも行こう」と言い、カルミラを背におぶって、ふたりで箒に跨がり「少し我慢してね」と声をかけてから一気に雲の向こうまで突き抜ける。それからは徐行運転だ。

どう話していいかわからないわたしは、「言いたいことが多すぎる」と言った。

「そう？　わたしはずっと決めてたぜ」とカルミラが余裕ぶって言う。

「なに……？」

「愛してるぜ、クソ弟子！」

「わたしもだよ、クソ師匠」

「両想いだ、やった」とカルミラは言う。

「なんでわたしやダボを連れてってくれなかったの？」

「最終的に勝っても、お前が死んだら……いや、指の一本でも失くしたら、そんなの無意味な勝ちだからに決まってるじゃん」

「どうやってあんたに報いれば……ねぇ、もしかして罪滅ぼしだったの？」

「まさか」

黒猫と魔術師ふたりを乗せた箒は東京の空の真ん中で立ち止まる。雲の下に、起こらなかった世界の終わりのおかげで生き延びた人々が、その残骸のなかで混乱している。

「なぁ、薔薇子。フツーの人間になってみて、どう、楽しかった？　いま、幸せ？」とカルミラが笑みを浮かべる。彼女の笑みに皮肉を感じなかったのは、これが初めてだった。

わたしは少し空を仰いでから、首を横に振った。

「ごめん。悪くもなかったけど、楽しくもなかった。フツーだった」

「なんで謝るんだよ」

「だって……」

それから沈黙。

カルミラはやっぱり皮肉に満ちた笑みを浮かべて、「ならわたしと結婚しよーぜ。あんなつまんねー男とは別れな」と軽く言った。

わたしの左目から、涙がつたった。

「もうずっと前に別れた」

「そうか」

「怒らないの?」

「どうして怒るんだよ」

「師匠はわたしとそこが違うね……さぁ、これからどうしよう。このままどこか遠くの国に行く?」

「もう旅はいいよ。薔薇子たちと一緒にのんびり暮らす……別に自分から放棄しなくても寿命ももうただの人間並みにしか残ってない……いやそれよりも短い……まぁいい、わかんない」カルミラは首を横に振る。「なんにせよ男と別れたなら、なにか仕事をして食ってるんだろ？　なにしてる？　まだ図書館かな」

「うん、図書館で司書をしてる」

「あとは小説家」とそれまで黙っていたダボが茶々を入れてくる。

「ダボ」と憎々しげに言うと、黒猫は楽しそうに笑った。

「へぇ！　物書きになったんだ！　どんなのを書いてるの？『罪と罰』とかシャーロック・ホームズみたいなのだといいな」とカルミラは目を輝かせた。

わたしが口ごもっていると、続けてダボが「魔術師見習いが師匠と黒猫と一緒に世界を旅して、最新作ではアマゾンで二千年生きた人食い鰐と戦うんだ」と説明した。

小説家にとって一番恥ずかしい瞬間とは、自作のあらすじを誰かが説明しているときだ。

「わたしたちのことじゃん」

「でもご主人も薔薇子もどっちも男になってるぞ」

「えぇ！」とカルミラは眉をひそめる。「なんてことをしやがる、このバカ弟子。事実はちゃんと事実として書けよ」

「あのシリーズはそろそろ完結だから……次は女ふたりの魔術師の話を書いてみるよ」

わたしは『魔術師とおとぎ話の住人たち』の冴えたエンディングを思いつく。これならきっと読者も認めてくれるだろう。

「まぁでもしばらく寝ながら楽しめるものがあるのはうれしいね」

「気に入るといいんだけど……」

「薔薇子がネタ切れしたらわたしが昔話を提供してやるよ」

「ありがとう……カルミラがわたしと出会う前どうしてたか、もっと詳しく知りたいなって思ってたんだ。昔は聞くの、なんだか嫌だったけれど」

「ガキにはちょっと刺激が強かっただろうからな……でも今なら話してもいいよ。いや、聞いてほしい気がするな……いろんなことを」

「師匠の昔話を物語にしたら子どもたちにも受けがよさそう。そうだ、いつか読み聞かせをやってみる？　わたしが師匠のことを小説に書けたら」

「ガキ、ガキかぁ……ま、考えてみるよ」

「うん、考えてみて。案外楽しいかもよ」

「でもこの四半世紀はおまえのための物語だよ」

「そうなのかな？」

「うん、きっとそうさ」

そこで一度会話は途切れ、箒をゆっくりと走らせる道中でカルミラが少し恥ずかしそうに沈黙を破った。

「ほら、さっきの、いい加減ちゃんと返事をしてくれ」

「返事？」

「おまえ、このバカ弟子、わたしが二百年生きてきてプロポーズしたのは、さっきのがう」

「おまえの結婚式を見て気が変わった。黒のドレスと墓で、わたしたちもあれをやろう」

「師匠、結婚は人類が生み出した最悪の契約って言ってたじゃん」

初めてだぞ」

「いいよ、やろう。墓中の骨を起こして、ダンスさせよう」

「そうと決まれば、まずは役所だ」

「役人は人類最悪の仕事だって言ってた」

「一生に一回くらい、人間社会の契約をしてもいい。ちょっとちょろまかして、わたしはこの国の人間になってやる。薔薇子のラストネームはなんだったか……そうだそうだ、パイン・ツリーにプレイン、松原だ。松原カルミラ、いい響きだと思わないか」

「女同士だと結婚できないよ、日本は。またロンドンにでも行く？」

「えっ、わたしが月にいる間にそんな程度も進化してなかったのか」

「残念ながら。おまけにどこの国でも車も電車も空を走ってない」

「人間、無能だなぁ。守ってやって損した」

遠くから聞こえる車のクラクション、救急車やパトカーのサイレン。地上を見下ろす。人間たちが有史以来かつてなかった混乱に陥っている。けれどそんなものにわたしはもう興味はない。他の人間たちのことなんてどうなったって構わない。

「なにか食べたいものは？」

「もう少し元気になったらチーズケーキを焼いて」

「喉渇いてる?」

「赤ワインが呑みたいな……でも薔薇子、わたしが今一番してほしいこと、知らないふりしてるだろ?」

「してる」とわたしは苦笑する。それから振り向いてカルミラを抱きしめる。「それもいいけど、今度はちゃんと抱いてね」

「こんな綺麗な人からそんなこと言われるなんて、わたしは罪な女だな」

そしてわたしたちは初めて長いくちづけを交わす。

けれど、キスまでだ。どれだけその場で盛り上がっても半死半生の人間とそのままセックスするのは難しい。わたしたちは小笠原諸島の無人島に降りて、砂浜で抱き合って夕陽が落ちるのを眺めたあと、騒がしい東京を離れて千葉の病院に向かった。カルミラはもうほとんど魔法を使えなくなっていたし、わたしにはここまでの状態になった人間を治すことなんてとてもできなかった。身体の傷は外科医が治し、魔法にまつわる傷は毎晩ダボが添い寝して手助けした。

事故と言い張って治療を受け、退院まで二か月かかった。カルミラはリハビリに励み、暇な時間でわたしの小説を読んだり、病室に忍びこんだダボとチェスをしたりしていた。

退院の日、わたしが持ってきた採寸済みのヴィヴィアン・ウエストウッドの新作のスーツを着たカルミラは、病室の鏡で何度も自分を見返して、「やっぱりわたしたちはこれが一番しっくりくるね」とうれしそうだった。わたしも二十年ぶりにヴィヴィアンのスカートを穿いた。

若い女性看護師に「おふたりとも素敵なパートナーですね！」と声をかけられたのは、素直にうれしかった。

帰りのタクシーを待っていると、ダボがカルミラに話しかけた。

「ご主人、あんたの旅はもう終わったのかい？」

カルミラは目を閉じ、深呼吸をした。

「うん、きっと終わったよ」

「そうか……なぁ、答えはなにか見つかったかい？」

カルミラはわたしの肩に腕を回し、頬にキスした。

「答えなんてどこにもなくて、愛だけがあるのさ。たぶんね」

「そりゃ結構なことで……なんにせよ、楽しい旅だった」

「ダボにはずっと助けられた。ありがとう」

「お安いご用だよ、友達じゃないか」

そう言うとダボはひらりと身を翻し、塀の上に飛び乗った。

「おれはちょっとひとり旅をしてみようかと思う。差し当たり、山梨で温泉にでも浸かって、そのあとはスイスでも温泉巡りをしたいな。ロシアW杯も気になる」

「また会えるよね？」と思わずわたしは口を挟んだ。

「薔薇子とはずっと一緒だっただろ」とダボが喉を鳴らして笑う。

「でも……」

「大丈夫、戻ってくるよ。いつか。今は……まぁ、猫には猫なりの節度と分別（ふんべつ）があるということさ」塀の先を向いたダボは、一度だけ振り向いた。「おれが戻ってくるまで、そうやってふたりで洒落た格好してろよ。似合ってるぜ」

　そして今度こそ、とんっとんと軽やかに塀から建物へと飛び移り、どこか遠くへと行ってしまった。


　入院中は落ち着いたら昔のように地中海に面したリゾート地に行って、そこでしようねなんてロマンティックなことを話し合っていたけれど、わたしのアパートに彼女が身を寄せたその夜にすぐ、わたしたちは気がつけば体を重ねていた。

「痛かったら言ってね」と体調のことを考えて言ったら、わたしの腕のなかでカルミラは笑った。

「なんだかガキに戻った気がする」

「今の師匠は見た目だけならわたしより若いじゃん」

「それはそうだけど……とりあえず、名前呼びから始めようか」

　わたしたちは目を合わせて、ふたりともおかしくなって、思いきり笑ってしまった。

　体は失われた右手だけではなく、あちらこちらが傷だらけだったが、その一筋一筋が痛ましいと同時に愛おしかった。わたしは治りきった傷痕に舌を這わせた。カルミラも抵抗しなかった。

「元がいいとこれくらいの傷なんてことないだろ」と皮肉っぽく言う口を、わたしは自分の右手の人差し指と中指を差しこんで塞いだ。

「むしろ傷痕が綺麗だよ」

カルミラはわたしの指を噛んだ。わたしは空いた左手を彼女のつま先からゆっくりと這わせていった。膝にキスし、太ももにキスし、足を持ち上げて甲にキスした。

もっとちゃんと慈しむように、と思っていたけれど、わたしは自分の下半身にふつふつと脈打つ欲情に駆られた。押し倒して下着を剝ぎ取ると、彼女の両膝を開き、まるでなんの知恵もない獣のように彼女の性器に舌を這わせた。カルミラの体が小さく跳ね、急すぎた？　と声をかけようとしたが、すぐに唇の周りにべっとりまとわりつく彼女の迸り（ほとばし）がわたしの行為を間違っていないと告げていた。わたしは彼女が自分を受け入れてくれたことに安心して、うれしくて、今度は落ち着いてゆっくりと舌を使った。どこが彼女の一番感じる部分なのか知りたくて真ん中や、上や下にと舌で確かめるようにしていった。

するとカルミラが左手で自分の股のなかにいるわたしの頭をくしゃりと撫で、「なにいかせてやろうって張り切ってるんだよ」と荒い息で笑った。

「いかせたいからどうしたらいいか教えてよ」とわたしは股から顔を上げずに訊ねた。

「最初からそんな欲張るなよ」

「やだ、欲張る」

「どうにもちゃんと大人になりきれてないな」とわたしをからかってから、カルミラはどの部分をどれくらいの力でするのが一番いいのかちゃんと教えてくれた。

　カルミラがあえぎ声を漏らし始めたので、わたしは動きを単調にし、集中的にその部分を舌でなぞった。声はどんどん細く高くなっていく。わたしは舐めながら両手で彼女の脚や腰やらあちらこちらを撫で、腰が浮いてきたら脚を大きく広げて、わたしの舌で彼女が達するまで続けた。

　息を切らしながら彼女の体を昇るように顔まで到達してキスをすると、口のなかに痛みが走った。ずっと無理な方向で舐め続けていたせいで舌の付け根が少し切れていた。

「ずいぶん必死じゃん」と息を切らせながら彼女は言う。

「必死だよ。どれだけ待たせたと思ってるの」

　すると、カルミラが左手でわたしの腰を抱き、彼女がわたしの上になり、パンツを脱がせた。

「悪いけど、ブラジャーは自分で外して。片手でどうやるかは今度練習する」

　おかしくなってまた笑いつつブラジャーを外して放ると、すぐに性器にわたしが求めていたものが与えられた。彼女の舌の動き、唾液のぬめり、開かれて剝き出しになった性器にかかる息、すべてが欲しいままそのものだった。いや、今この瞬間に彼女に抱かれながら、自分の体が彼女のすることを他のなによりも感じるように変化していっているように感じられた。カルミラはわたしのようにどこをどうすべきかは訊かなかった。訊かずともわかるほどわたしは敏感に声を上げていた。抑えようとは思わなかった。むしろわたしは解放するようにあえぎ声を上げ、それで自分をもっとずっと高めた。自分がどれほど彼女に性的欲求を覚えているのか伝えたかった。それにすぐに応じてくれるものだから、わたしはいともかんたんに達した。顔が横に戻ってきたカルミラと、一度キスしてから笑ってしまうほどに。

「早いね」と彼女は言った。からかうようではなく、やさしく。

「自分でもびっくりした」

舌が胸に這わされ、次に脇に移動する。そして、性器を指で擦（こす）られると、わたしはまたすぐにあえぎ始める。おもしろくなったのか、冗談めかした素振りでもっとずっと激しくされても、わたしはそれに冗談ではなく真面目に感じて、そのまままた達してしまった。

「いつもはここまでじゃないからね」と付言すると、「特別なのはわたしも同じ」と言って彼女は体を上下反転させて自分の舌をわたしの性器に、彼女の性器をわたしの顔の方に押しつけた。わたしはそれに必死に応じた。ずいぶんと長くそれを続けていたと思う。顔を見て、頬に触れてキスしたい気持ちもあったけれど、今はセックスが高まったときにしかあり得ない体の快感に身を浸していたかった。どれほどただただ気持ちよくするためだけのセックスをしても構わない。心がすっかり繋がっているという確信があるのだから、なにをしても不安ではなかった。わたしたちは満たされるまで、お互いのくちびるの周りがべとべとになってもやめなかった。わたしはとろけるような快感のなかできみの痛みを遠くに思い出す。そしてきみがどうかわたしを許してくれることを願いながらまた達する。

きみはわたしを助けてくれるのに、わたしはきみを助けてあげられないことを申し訳なく思う。どんな魔術師にも過去は変えられないのだから。時間は不可逆で、きみがかつて放った孤独な魔法はわたしの元に今まさに届いて、ほのかな後ろめたさを覚えながら、わたしたちをたまらなく悦ばせている。

午前二時になって、わたしたちは一度長く深くキスをしてから、倒れこむようにして行為をやめた。カルミラはしばらくわたしの上で息を切らせていたが、汗が止まるころになって、不意に「おなかがすいた」と言った。

「そうか、昼からなにも食べてなかったね」とわたしは自分の口の周りを手の甲で拭いながら言った。

「それにずっと病人食だったから、なにか食べたい……ある？」

「ごめん、気が回らなくて」

「いいよいいいよ」

「わたしの昨日の夕食の残りの煮物とか、そんなのなら。ごはんもまだあるし」

カルミラがパッと顔を上げ、笑みを浮かべた。

「それがいい、薔薇子の手料理がいい」

「手料理ってほどのものじゃないよ」と苦笑しつつ、わたしは床に手をついて立ち上がった。腰のあたりがふわふわとしていた。

洗面所に行って、ハンドソープで手を洗い、うがいをする。

「ほら、師匠……じゃない、カルミラもこっちきて。洗うから」

「はいはい」と言い、彼女は裸で立ち上がった。わたしは彼女の左手にハンドソープをつけて洗い流し、コップを貸してうがいをさせた。

「風邪ひかないように、そこにあるパジャマ使って」

わたしは戸棚の前に畳んでおいたパジャマを指差す。

「薔薇子のだとサイズが合わない」とカルミラがまたからかい口調になった。

「ちゃんとあなたのぶんを用意してます。下着も」

「気がきくじゃん」と言い、カルミラは病院生活で覚えた片手での上手い服の着方ですするするとなんてことない綿のパジャマを着た。

わたしもパジャマを着て、キッチンで鍋のなかにちゃんと残っているか見てみると、作り置きのつもりだった筑前煮はまだたっぷり残っていた。それだけだとさびしいので慌てて小鍋にお湯を沸かし、卵を落としてきざみネギを放りこんだ味噌汁を用意する。

冷凍してあるごはんを二膳ぶんレンジで温め、ちゃぶ台の方に持っていった。

「ほんとうにふつうの晩ごはんだけど」

「好きな人のならなんでもおいしいさ」

わたしがスプーンとフォークを並べると、「おい薔薇子、わたしを舐めるなよ。箸を出せ」と左手をパクパクと開いて閉じてしてみせた。

「本当に？」と首を傾げつつ、わたしは割り箸を割って渡した。病院でもずっとスプーンとフォークを使っていたはずなのだが。

けれど、カルミラは利き腕じゃない左手で、ヨーロッパ暮らしが長くて馴れていないであろう箸を器用に使って、筑前煮のレンコンやらニンジンやらをひょいひょいと口に運んでいった。

「うん、おいしい。実は薔薇子には日本食の才能があったのかもしれない」

「そういう誉めことばはもっといいもの作ったときのために取っといてよ、これからいろいろ作るからさ」

「楽しみ楽しみ」と言いながらカルミラはお味噌汁を啜る。

「お箸、練習したの？」

そう訊ねると、カルミラは左手を得意げにかかげた。

「今後の生活のためと、入院中で暇なのと、なによりも驚かせたくて看護師さんから箸と皿を借りて、売店でピーナッツを買ってきてもらって練習してたんだ。感動しただろ?」

「感動した」と言って、わたしは彼女の頬についていたごはんつぶを取って食べた。

カルミラはじっとわたしの方を見て、「今ので欲情したから、食べたらまたしよう」と言った。それからちくわを食べた。

「いいよ、しよう」

それから疲れ果てるまで求め合い、空が白み始めたころようやく眠りについた。先に寝息を立て始めたカルミラの体温が腕のなかに確かにあり、外からは鳥たちの鳴き声だけが聞こえた。目を薄く開けると、キッチンの窓から淡い光が差しこんで、食事を終えた食器を薄く照らしていた。それはまさしく魔法だった。

わたしは明日があることを願いながら再び目を閉じる。きみの痛みを遠く、けれど確かに感じながら。夢中でセックスしたあとの夜明けは、世界の終わりに少しだけ似ていた。

参考文献
ホルヘ・ルイス・ボルヘス『幻獣辞典』柳瀬尚紀訳、河出文庫、二〇一五年

Yuri Collection wiz

運命

深緑野分

Fukamidori Nowaki

深緑野分

ふかみどり・のわき

1983年、神奈川県生まれ。第7回ミステリーズ！新人賞に佳作入選しデビューした深緑野分は、〝物語〟と〝役割〟に自覚的な作家である。上記入選作を表題作とした短篇集『オーブランの少女』では、〝少女〟に見出されうる〝物語〟からあえて抜け出る真相、そしてその少女たちのあいだに密かに結ばれる絆を描いた。『この本を盗む者は』では、呪いにより街全体が〝物語〟となり、人々が登場人物の〝役割〟をあてがわれ、その秘密を知った高校一年生の深冬は、謎の少女・真白とともに奔走し、次第に物語への愛着と真白との友情を育んでいく。『スタッフロール』では、戦後ハリウッド映画史に名が残らなかった（〝役割〟を剝奪された）ある女性の半生が、現代の女性クリエイターによって見つめ直される。本作「運命」もまた〝物語〟と〝役割〟をめぐるメタフィクションだが、ここで語られる言葉は、わたしたちの生きる〝現実〟にも向けられている。単行本未収録の短篇も数多いが、ここでは〈日常の謎〉を扱った百合ミステリー「プール」（『ミステリーズ！』vol.97）を挙げておきたい。

今ツボにはまっている百合作品

『機動戦士ガンダム　水星の魔女』

個人的な趣味として『魔法少女まどか☆マギカ』や桜庭一樹『少女には向かない職業』も好きだが、今は『水星の魔女』にツボを押されている。私が恋や性愛以上に信じたいもの、心を動かされるものは、特定の二人だけに生じる結びつき、紐帯だ。君の手を離さない、離せない、その分かち難い関係性に惹かれる。2022年12月現在放送中で最終的に百合と呼べる作品になるか不明だが、主人公スレッタとミオリネは強い紐帯を結ぶのではと期待している。

繭（まゆ）はどうすればいいのかわからなかった。本能が「走れ」と叫ぶのでとりあえず脚を動かして駆けたが、本当にこれで合っているのかと、疑いが頭の中で爆発していた。わからない。なぜここにいるのか、何をすべきなのか、自分は誰なのかすらも。

右手に、ずしりと重くかさばる道具を握っていた。油圧カッターだ。なぜこんなものを持っているのだろう？　邪魔なので置いていこうとしたが、「持って行け」と頭の中で声がして、仕方なく両手に抱きかかえて走る。

繭がいるのは学校の中だ——不思議と、学校であることはわかった。昭和の時代からあるスタンダードなタイプの校舎で、教室の壁で圧迫された廊下は狭く、床はところどころ凹（くぼ）みがある。校内にひと気はなく、どこを見ても生徒や教師はおらず、繭の足音だけが響く。走りながら自分自身の姿を見下ろすと、茶色いスリッパにブルージーンズ、大きめの白いTシャツを着ていた。学校といえば制服のはずだが、私服なのはなぜだろうか。

廊下の窓の外は日が暮れて、遠くの街並みの間に、不吉なほど真っ赤な太陽が沈んでいくところだった。窓ガラスに反射した切れ長の目と目が合い、立ち止まってよく見る。鼻筋の通った細面で、きりりとした眉毛は濃い。走ったせいで呼吸が荒く、開いた唇は薄くて少し冷たい印象を受けた。これが自分の顔か。かなり若く見えるが、成人はしているようだ。しかし大人がどうして学校にいるのかわからない。

おそらく二十歳前後だろうが、正確にはいくつなんだろう。そう思った瞬間、頭に数字の二十三が浮かび、ああ、自分は二十三歳だったと思い出した。

もしかしたら私は記憶喪失なのかもしれない、繭はそう思いながら唾を飲み込み、ポニーテールに結った長い髪を指でしごく。つるつるとして触り心地はいいが、他人の髪を触ったような気味の悪さを感じた。体も顔も、服もスリッパもすべて、自分のものではなく、突然誰かから与えられたような異物感がある。

名前は繭、二十三歳の女、今はとある学校にいて、使う言語は日本語、生活に必要な知識や単語類は覚えている――それだけは揺るがない事実として繭の中にあるが、名字も親の顔も浮かんでこない。過去をたどろうとしても長い長い余白が続くのみで、まるでさっき生まれたばかりの赤ん坊だ。

再び頭の中で本能が「走れ」と命じ、仕方なく繭は走り出した。スリッパが脱げそうになるが、なるべくすり足で走りつま先を丸めることでどうにかしのぐ。それにしてもどこへ向かっているのだろう。脳は理解していないのに、足はカーナビゲーションと自動運転機能でも搭載しているのか、勝手に動く。

廊下を突き当たり、左手の階段をパタンパタンと音を立てながら駆け上る。ぎざぎざした滑り止めの感触が薄いスリッパの底から伝わってきた。ますます息を弾ませた繭がたどり着いたのは屋上だった。閉ざされたドアの小さな窓から夕陽が差し込み、薄暗い階段を赤く照らす。袖口で額の汗を拭(ぬぐ)い、鈍(にぶ)く光るドアノブに手を掛け、右回しに捻(ひね)った。鍵はかかっておらず、ドアを押してみると軋(きし)んだ音を立てて開いた。

たちまち強い風が勢いよく吹きつけ、埃(ほこり)や砂粒が舞い上がり、繭は咄嗟(とっさ)に目を細めたが、少しゴミが入ったらしい。涙がぽろぽろと流れる。右手に持った油圧カッターを左脇に抱え、右手でゴミを取り除こうと悪戦苦闘していると、人の声がした。

「やっと来たか」

女の声だ。潤む視界で何とか声の主を探すと、屋上の柵に寄りかかったシルエットが見える。繭は警戒して後退(あとずさ)ったが、目が強く痛んで腰をかがめてしまう。

「何してるんだ、大丈夫か？」

答えずにいると、シルエットが近づいて来て、繭の目の前で立ち止まった。ゴミの入った右の目はろくに開けていられず、左目だけで見ると、その女は濃紺のポロシャツにモスグリーンのワークパンツ姿で、背丈は繭と同じくらいだとわかった。夕陽を背にしているせいで陰になった顔が、繭の顔を覗き込む。

「ゴミでも入ったのか。見せて……ああ、擦(こす)らない方がいい」

女はポケットからハンカチを出し、繭の目元に当てる。その手つきは優しく、身構えていた繭の警戒心は少しだけほどけた。

ようやくゴミが取れ痛みが消えると、目を瞬かせて改めて女の姿を見た。他人の涙を拭ったハンカチを、何でもないことのようにポケットにしまっている。ひょっとすると他人ではないのだろうか。

「……あなたは誰？　なぜ待っていたの。私のことを知ってるの？」

女はついて来いとばかりに顎先を動かし目配せすると、屋上をずんずん進んで横切り、柵に手を掛けた。仕方なく後に続いた繭に、赤く染まる空の向こうを指さす。

「あれが見えるか？」

戸惑いつつ指さされた方を見やると、ビルやマンションが立ち並ぶ街並みの向こうに、黒っぽい小山のような影があった。その手前には細い塔が立ち、夕焼けの光を受けて黄金色に輝く。ずんぐりとした小山に比べると、塔は華奢で脆い砂糖菓子を思わせた。

「お前は今からあの塔に向かわなければならない」

「あの塔に？　何で？」

「そう決まっているからだ。私はあそこにお前を連れて行くように命じられている。だからここで待っていた。この高さならあれがよく見えるし」

女は他人事のように淡々と言う。繭は顔をしかめながら、柵のひび割れた塗料を爪で剝がした。

「〝そう決まっている〟って、そんなこと誰が決めたの。あんたはその人から、私を連れて行くように命じられたの？　もしかしてこの油圧カッターは何か意味があるの？」

「……わからない」

驚いて横を見ると、女は踵を返して柵から離れていく。

「誰に言われたのかわからないんだ。気がついたらここにいて、お前をあそこへ連れて行くこと、その最中に話さなくちゃいけないことだけが、頭にあった」

「まさかあんたも記憶喪失なの？」

もしかしたら、この女は繭の記憶の穴を埋めてくれる存在なのかもしれないと期待していたのに、どうやら彼女も自分と似たような境遇らしい。繭は落胆したが、自分の状況を説明すると、固く強張っていた女の表情が少しほぐれ、つられて繭も微笑んだ。

屋上を出て階段を降り、来た通路を戻りながら、女はぽつぽつと話をした。記憶にあるのは繭と同じく、名前と年齢、そしてあの塔へ繭を連れて行くという目的だけ。なぜここにいるのか、なぜ繭を待っているのか、過去をたぐり寄せて知ろうにも何も思い出せない。女の名前は瑠子、年齢は二十二歳だという。

相変わらず校内は無人で、繭と瑠子の話し声と足音だけが響く。外に出ようと昇降口に降りた時、ふたりは一瞬立ち止まった――スリッパから靴に履き替えたくても、どのロッカーに自分の靴があるのかわからない。しかし戸惑う繭より先に瑠子がロッカーを開け、一足のスニーカーを取り出すと、繭の足下に置いた。見覚えのない青色のスニーカーだ。くるぶしの部分に翼のマークがついている。

「履いて」

「でもこれ私のじゃない」

「いいから」

繭は不承不承(ふしようぶしよう)スリッパを脱ぎ、スニーカーに足を入れる。どうせサイズが合わないだろうと思ったのに、不思議なくらい足はスニーカーにぴったりと収まった。もう何年もこの靴で過ごしていたかのようだ。

「どうして？　自分でも覚えていなかったのに、なぜ私の靴がすぐにわかったの？」

しかし瑠子は肩をすくめただけで答えず、さっさと自分のサンダルを履くと昇降口から出て行ってしまった。

中庭から校門を抜けると、広い道路があり、向こう側に住宅やビルが立ち並んでいた。手前の消防署出張所には消防車と救急車が出番を待っていたが、そもそも出番が来るのか疑わしいと繭は思った。学校と同じく、街にもひと気がなかったからだ。

耳が痛くなるほど静かだった。道路に車は一台も走っておらず、信号だけが規則正しく色を変えている。少し進んだ先に大きな公園があったが、遊ぶ子どもの姿はなく、噴水は誰にも見られずとも坦々と水を噴き上げ続けていた。

繭は油圧カッターを抱えて歩きながら、あたりを見回し、この街に見覚えはあるか、どこかに記憶の痕跡がないか探したが、欠片(かけら)も思い出せなかった。

「……ここに住んでいる人たちは、どこへ行っちゃったんだろう」

少し先を行く瑠子の背中に向かって話しかけると、瑠子は振り返りもせず言った。

「みんな避難している。さっき学校の屋上で見せたあれだ。あの小山みたいな影」

瑠子が藺を連れて行こうとしている、白く華奢な塔にばかり気を取られていたが、確かに塔の背後には妙な黒い影があった。

「あれがどうかしたの？」

「ただの影じゃない。あれは異次元へ通じる穴なんだ。周囲のものを吸い込んでしまう可能性があるので、住民たちは避難した」

「……冗談でしょ」

藺は思い切り顔をしかめて瑠子の隣につき、彼女の表情を見た。冗談を言うような性格には思えないが、ひょっとしたら〝変な人〟なのかもしれない。すると藺の戸惑いを見透かすように瑠子は苦笑いし、「私だっておかしな話だと思っている」と言った。

「〝そういうものだ〟と割り切れたらいいが、どうも私の中には常識が残っているようだ。自分の名前も過去もろくにわからないのに。でも、お前もそうだろ？」

「まあ、確かに」

「ならば私たちは同じ穴の狢（むじな）というわけだ。とにかく今はあの塔へ向かおう。それしかできることはない……その油圧カッター、持つのを代わるよ。少し楽になる」

横断歩道の信号が点滅し、赤に変わった。ふたりは無視して歩き続ける。太陽は相変わらず西の空を染めていて、街は夕暮れ一色だった。藺の手足も体も赤く、瑠子も同じ色をしている。誰もいない街の片隅で、ふたりだけが同じ色をしている。

今は家々やビルに遮られて、塔も〝異次元へ通じる影〟も見えなかった。ただ、少しずつ近づくにつれて、妙な音が聞こえるようになった。音というよりは、どちらかというと振動に近く、腹の底に響く。その音を聞いていると、無性に焦りが湧き、すぐにでも走り出してあの場所へ行きたい気持ちになった。校舎にいた時、本能が「走れ」と命じてきて、そのとおりに従ったように。しかし理由がわからない。

「ねえ瑠子。なぜ私はあの塔へ行かなきゃならないの？」

話しかけると、繭に代わって油圧カッターを抱えた瑠子は、真っ直ぐ前を見つめたまま答えた。

「塔には女がいるんだ。私たちとそう変わらない年の。お前はそいつを救いに行く」

「……はあ？　何で私が？」

瑠子はどこか冷めた目で繭を見た。

「情のないやつだな。お前はその女のことを愛しているらしいが」

「愛し……ええ？　嘘でしょ？　そんな相手がいるなんて全然覚えてないけど」

恋人がいても不思議ではない年齢だが、記憶にないためまったくの他人事に思える。しかし相手が覚えていたとしたら、自分はとんだ薄情者に見えるだろう。名無しの見知らぬ恋人から罵(ののし)られる場面を想像して、繭は気まずくなった。

「わかった、できるだけ思い出せるようにがんばってみる」

「そうした方がいい。ちなみにその女を救うと、異次元へ通じる影の入口が閉じるそうだ。つまり世界が救われる」

「何それ、どういう理屈で？」

あらゆることが唐突すぎる。藺は眉間を指で揉んでため息をついた。先ほどの瑠子ではないが、自分も〝そういうものだ〟と割り切れたらよかったと思った。

しかしその時、不意に脳裏を映像と情報が過った。映像の中の藺はまた走っていた。その場所は最初と同じ校舎だと気づいたが、着ているのは濃紺のブレザーとプリーツスカートで、顔立ちもいくらか幼く見える。息せき切って階段を駆け上がり、屋上に出ると、そこに待っているのは瑠子ではなく、見知らぬ少女だった。藺と同じ制服姿で、こちらに気づくと柔らかな微笑みを浮かべた。アーモンド型の大きな目と形の良い唇、耳元で揺れる短い髪。少女の名前は美月といった。

藺は足を止め、脳裏に次々と浮かんでくる情景を眺めた。夕暮れ時の美術室で美月はカンバスに向かい、真剣な眼差しで油絵の具を塗りつけている。冬、葉の落ちた木立の下で、マフラーに口元を埋めて照れ笑いをしているのは、藺にチョコレートを手渡したからだ。高校を卒業し、大学へ通い、就職してからもふたりは交際を続ける。元から恋愛対象が女である藺は、異性愛が普通である世界で何度も失恋を繰り返していて、はじめてできた恋人が美月だった。

足裏にじわりと汗が湧く。藺は俯き、顔を手で覆った。

頭に浮かんだこの情景を真実だと思えたらよかった。しかしどうしても、この情景は作られた記憶、情報としか感じられない。美月は確かに美しく魅力的だ。けれどもそれは人としてであって、女性として恋心を抱くかというと、まるで惹かれなかった。むしろ赤の他人で、接触が気持ち悪いとすら感じる。そんな自分がとても罪深い生き物になった気がし、繭の指先はどんどん冷たくなっていった。

ぽんと肩を叩かれ、顔を上げると、瑠子が気遣わしげな表情で繭を見ていた。

「どうした、大丈夫か」

「うん……色々思い出した。でも全然実感がないんだ。まるで違う人の記憶を見せられたみたい。自分の家に帰ったはずがそこは赤の他人の家で、知らない人に〝おかえり〟って抱きしめられた感じ」

肌がぞわりと粟立って、腕をさする。こんな反応をしてしまっては、瑠子にまた冷めた眼差しを向けられてしまうだろうか。

「ごめん、やっぱ薄情だよね。恋人を忘れた上に記憶が甦っても拒絶しているなんて」

「……いや。気持ちはわかる」

「え?」

「あの屋上で気がついた時からずっと、違和感しかない。お前に伝えている情報だって、急に頭に湧いてきたことを言っているにすぎない」

「じゃあ全部嘘かもしれないってこと?」

「嘘ではない……少なくとも、私はそのまま伝えているだけだ。さっき昇降口でお前のスニーカーがどこのロッカーに入っているかを当てられたのは、急に頭の中に浮かんだ情報が正しかった証左だ。でも何にも確信は持てない。自分の名前が本当に瑠子なのかも、私にはわからない」

　藺は、瑠子が嘘つきだとは思わなかった。自分の頭にも美月との思い出が勝手に流れ込んできたし、彼女の動揺はよくわかる。名前さえ不確かなのは藺も同じだ。

　いったい自分たちの身に何が起きているのだろう。先ほどから聞こえているあの音、振動を伴う鈍い重低音に焦りを感じるのは、奥底に眠っている記憶がそうさせるからかもしれない。何か大切なことを忘れている気がしてならなかった。

　電灯が煌々（こうこう）と灯っている無人の交番の前を通り過ぎると、繁華街に入った。最近祭りでもあったのか、〝駅前商店街〟と書かれた提灯（ちょうちん）が連なり、風に揺れている。

　学校を出てからかなり時間が経っているにもかかわらず、太陽はまだ西の空にぐずぐずと居座って、あたりを茜色（あかねいろ）に染める。近くの書店に近づいて、ガラス張りの大きな窓から店内を窺った。棚にはずらりと本が並び、レジカウンターもあるが、やはり無人である。壁時計の針は五時四十五分を指し、秒針はくるくると回り続けていた。

「時間が止まっているのかな」

「そうかもしれない。異次元への影が出現したくらいだ、時空の歪みも……」

　瑠子は何かを言いかけて口を噤（つぐ）む。書店の窓には、口元を強張らせた彼女の顔が反射しているが、光の加減で目元がよく見えない。

「瑠子？」

「たいしたことじゃない。時空の歪みだの何だの、現実離れしすぎていると思っただけだ」

窓から離れ、瑠子は先に行ってしまう。繭は慌てて追いかけた。

駅前のスクランブル交差点の周辺は建物が密集しておらず、あたりは開けていて、駅の向こう側に例の異次元に通じる暗い影と白い塔が見えた。影は、裾野を広げたなだらかな山の形をしており、校舎の屋上で見た印象よりもずっと大きく、繭は息を呑む。影の内部は重低音を立てながらゆっくりと回転し、周囲の空がねじ曲がって、雲は引き寄せられるように歪んでいた。まるで黒と赤の渦潮だ。

繭は誰もいないスクランブル交差点の真ん中に立ち、風になびく長いポニーテールを鬱陶しげに押さえ、空に開いた虚（うろ）を呆然と見上げた。あの危険な影の大きさに比べて白い塔の何と華奢で頼りないことか。大きな熊に食われる砂糖菓子のごとく今にも飲み込まれてしまいそうだと繭は思った。これからあの塔に登って〝恋人〟を助け、世界を救う？　まったく実感が湧かない。

「彼女に会ったら気持ちが甦ってくるのかな？　そもそも彼女の方だって、私たちみたいに記憶が混乱してるかも。そうなったらもう〝恋人〟じゃなくなる気がしない？」

どうしようもなく不安が滲（にじ）んで、繭はひとり言のように呟く。記憶と感情のどちらが本物なのだろう。すると少し離れたところで繭を見守っていた瑠子が、ふっと大きく息を吐いた。笑ったようだった。

「また好きになればいい。好きになってもらえばいい」強く吹く風で瑠子の短い髪が柔らかく揺れる。「安心しろ、お前は充分魅力的だよ。お前はきれいな顔をしている」

そう言って瑠子は屈託のない笑顔を見せた。凛とした印象が崩れるほどの、愛らしい目尻のしわと美しい逆三角形の口元だった。繭は虚を突かれたような顔をして、呆然と彼女を眺めた。きれいなのはいったいどちらか。夕陽にきらめくあの髪にもし触れたら、同じように笑ってくれるだろうか。

「どうした？　行こう」

すでに元の固い表情に戻った瑠子の声で我に返り、繭は彼女の隣へ駆け寄った。

影と塔の場所へ向かうには、駅ビルの中を通って北口から南口へ抜ける必要があった。アーケード状の薄暗い建物の内部は、一歩入ると砂利のような冷たいにおいが鼻を突いた。右手に切符の券売機と改札が、左手には小さな売店と雑貨屋があり、ガラスのドアの向こうの階段は、地下の食料品売り場へ通じるらしい。ここもまた静まり返り、電光掲示板も黒いままだった。

「そういえば、のどは渇いていないか」

瑠子は売店を指さしながら、ズボンのポケットから財布を出した。言われてみればのどは渇いているし、腹も空いている。

「でも私、お金持ってない」

「私が払うからいい。ついでだし」

店員はいないが、瑠子は律儀に小銭をカウンターに置くと、緑茶のペットボトルと袋入りのあんぱんを買った。藺も申し出に甘えて烏龍茶とツナサンドを手に取る。

近くにあった柱の台座に並んで腰掛ける。藺は瑠子の肩が触れそうな近さを妙に意識してしまいながら、ペットボトルの蓋を開け、烏龍茶をひとくち飲んだ。冷たい感触がのどから胃に伝うと、急に渇きを覚えて半分ほど一気に飲んでしまった。続いてツナサンドにかぶりつき、塩気の強いそれを飢えた獣のように食べきる。

「不思議。さっきまで全然空腹じゃなかったのに、食べたらまるで空っぽだった中身が詰まっていくみたいな」

「わかるよ。私も同じだ」

「本当？　なんかさ、ちゃんとした人間の形になっていく気がしない？」

「そうだな」

頷く瑠子の唇の横に、あんぱんの餡（あん）の欠片が付着している。

「ここ、ついてるよ」

藺は自分自身の右の口元を指さして教えるが、瑠子は左側を触っていてうまく取れない。出会ってからずっと冷静さを保っている彼女の、取り繕っていない素朴さが見えた気がして、藺は微笑んだ。

「そっちじゃない、右の方だよ」

代わりに取ってやろうと手を伸ばして、指先が瑠子の口元に触れる。彼女の肌はふにっと柔らかかった。瑠子の顔がぱっと赤くなり、つられて繭の頬も染まる。急いで餡の欠片を拭い、地面に弾き飛ばした。手がべとつくのは甘い餡のせいか、あるいは汗のせいなのだろうか。

繭は話題を変えようとあたりを見回すが、頭の中では瑠子の仕草や表情を何度も反芻(はんすう)してしまう。それでいて美月の姿が脳裏にちらつくのだ。自分はとてもひどい人間になった気がした。

指と指を擦り合わせてべたつきをそぎ落とし、駅員室の横の壁にかかったホワイトボードに目を留めた。

「ねえ、あれさ」思ったよりも声がかすれて咳払いをする。「みんな避難したって言うけど、本当にそうなのかな」

「……どういう意味だ？」

「だってあのホワイトボード、新品そのものだよ。ペンで書いた痕も消した痕も残ってない。街の中だってそう、ここまで来る途中でゴミをひとつも見かけなかった。住民は避難したんじゃなくて、元から……」

「誰なの？」

突然知らない人間の声が背後から聞こえて、ふたりは勢いよく振り返った。

売店の陰にみすぼらしい姿の痩せた女が立っていた。背は高く、顔も若く見えたが、長い髪は真っ白だ。首や体にぼろ布を巻き付け、その下にジャージを着ている。

「誰なの？　あなたたちはここの人たち？」

額に垂れた白い巻き毛を揺らしながら、女はふたりのすぐそばまで近づいてくる。血走った目に射すくめられた繭が動けずにいると、瑠子は油圧カッターを持ち上げ、繭の手を摑んで立ち上がらせて女から距離を取った。瑠子は繭の一歩前に出て、油圧カッターを構えて守ろうとする。女は傷ついたような表情を浮かべた。

「逃げないで。ここはあなたたちの街？　私は迷子なの」

女は両手を突き出して、ふたりに触れようとする。

「たくさんの街に行った。主を裏切って怒らせたから、私は追放されたの。街と街を行ったり来たりして、疲れてしまった。ここはあなたたちの街なのね。うらやましい」

ひとりで話し続ける女から、ふたりは後退りして遠ざかる。繭は瑠子の腕にしがみついた。女の脚が霞んで、向こう側にあるはずの売店が透けている。よく見ると脚どころか手や腰なども透明になっていた。

「でも後悔はしていない。だって私は人間だもの。意志があるもの！」

そう泣き叫んで、女の姿は消し飛んだ。残滓が舞い散る雪のように飛び、繭の頬に冷たい感触が当たった。

駅ビルを抜けて南口に出るまで、ふたりはひと言も交わさなかった。

蘭の体は恐怖で震えていた。女が無惨に消えたこと、意味不明なことを喚いていたこと、この数分間に起きたことが信じられず、恐ろしかった。隣の瑠子に慰めてもらいたいと思ったが、瑠子は唇を噛み、真剣な面持ちで考え込んでいる。

南口は広いロータリーになっており、向こうの通りまでは歩道橋が渡してあった。とはいえ車は来ないので、歩道橋の下を行こうと歩き出すと、瑠子は俯き、油圧カッターをだらんとぶら下げたまま、動こうとしなかった。

「……どうしたの？　行こうよ」

急に心細さが蘭の中に押し寄せてきて、声が震える。嫌な予感がした。瑠子は顔を上げると泣きそうな笑顔で言った。

「ここでお別れだ。お前の〝恋人〟を救ってやってくれ」

「なんで……どうして」

「お前は私に惹かれている」

瑠子に見透かされて蘭は頬が熱くなるのを感じ、羞恥のあまり逃げ出したくなった。蘭の好意に気づいたから瑠子は「お別れだ」と言ったのだろう。けれども瑠子は続ける。

「私もお前に惹かれているんだ」

「……えっ」

「だからダメなんだ。私たちはこれ以上一緒にいてはいけない」

口をすぼませて、すう、と息を深く吸い、瑠子は言った。

「ここは現実じゃない。そして——私もお前も人間じゃないんだ」

心臓が大きく脈打ち、繭の視界がぐらりと揺れた。瑠子の言葉が信じられない。全身から血の気が引き、指先がどんどん冷たくなっていく。

「何言ってるの？　人間じゃないってどういうこと？」

「私たちは作られた存在なんだ。ここは小説の世界。私もお前も〝恋人〟も、この世界を作り上げた〝作家〟が設定した登場人物でしかない。頭に勝手に流れ込んでくる記憶や指示は、ストーリー進行上必要なプロットで、私たちはそのとおりに動く演者というわけだ。お前が主人公、〝恋人〟は救うべきヒロイン、私は主人公を導く水先案内人。物語はおそらく、お前が校舎を走っているところからはじまっている。それ以前の〝記憶〟はすべて偽物だ」

吐き捨てるような口調で瑠子は語る。

「さっき、書店の中を見た時に気づいたんだ。棚に挿してある本が全部同じ作者のものだった。そんなことが現実にあり得るか？」

繭は戸惑い、忙しなく指先をいじる。

「でも瑠子、だからってここが小説の中の世界だとは言い切れないんじゃ……」

「あの女が言ってただろ、〝主〟がどうとかって。つまり私たちを作った神がいるのは間違いない。ここは小説——私はそう思うが、少なくとも何らかのフィクションの世界なんだよ。普通の現実では役割の振り分けも設定もストーリーラインもあるはずないいんだ。そしてそのストーリーから外れたら、この世界は崩壊してしまう。だから主人公はヒロインを救わなければならない」

瑠子の推理を受け入れるのは難しかった。信じたくなかった。額に手を当て考えに集中しようとするが、動揺していてうまくまとまらない。ここが小説の世界？　私たちは作家に作られた登場人物？　確かにそうかもしれない、自分の意思とは関係なく流れ込んでくる命令も記憶も、そう考えれば頷ける。ショックだった。けれども、ひとつだけ喜びがある。美月は本物の〝恋人〟ではないということだ。瑠子に恋をしたとして、本当の藺は美月を裏切っていない。

「偽物の〝恋人〟なんていいよ。本当の私はあんたが好き。それじゃいけないの？」

瑠子は顔を背けて空を見つめている。きっとその視線の先には、あの影と塔があるのだろう――しかし藺にとっては瑠子の寂しげな横顔の方がずっと大切だった。

「私はこれ以上一緒に行けない。主人公と水先案内人の恋愛じゃ様にならないからな。大丈夫、〝恋人〟に会えばきっと彼女を愛せるようになるよ。さあこれを受け取れ。きっと必要になる」瑠子は油圧カッターを藺に返した。「さようなら、藺」

いつまでも落ちない太陽に世界のすべてが燃えていた。赤銅色の歩道や道路に、電信柱や電線の影が複雑に入り組んで映る中を、藺はひとりきりで歩いて行く。もうずいぶん長い距離を歩いて、異次元に通じる影も白い塔も間近に迫っていた。影が奏でる重低音はますます大きく、鼓膜から腹から震わせ、耳鳴りがした。

靴擦れが出来ているのか、足の小指が痛い。翼のマークがついた青色のスニーカーをいったん脱ぎ、小指を確かめると、ぷっくりと赤く腫れていた。建物のショーウィンドウに繭の姿が反射していた。隣には誰もいない。話しかけても答えてくれない。

繭は青色のスニーカーを履き直し、憤然と歩き出した。頭の中で本能が〝走れ〟と命じるが、言うことを聞かずに歩き続けた。油圧カッターが重いし、小指が痛かった。瑠子が渡してくれたスニーカーで痛くなったのだ。じわりと涙がにじんで視界が曇りかけたが、袖口で勢いよく拭い、前を向く。命令になんか従ってなるものか。できる限り時間をかけて歩いてやりたかった。

ようやく塔の入口にたどり着いた時、繭の足の小指は限界でTシャツも汗で濡れていた。持ち物は無骨な油圧カッターだけ、おまけに好きな女に振られたばかり、〝恋人〟を救うヒーローの立場にしては、ぼろぼろでかなり人間くさい姿だと繭は思った。

「こんなに人の形をしているのに、その正体は登場人物？　ふざけてる」

山の形をした異次元に通じる影は、超高層ビルに匹敵するほど高さがあり、幅も運動公園を丸々飲み込めるくらいにあった。黒々とした内部は唸（うな）りながら回転し、その引力で雲や周囲のビルが引っ張られ、繭自身も非常に強い力で吸い込まれかけた。塔の壁面にしがみ付き足を踏ん張って耐える。どうやら塔より一歩でも影に近づくと危ないらしい。

塔は灯台によく似ていた。円筒型の灯塔、外壁はシンプルなコンクリート製、小窓がくり抜かれている他に装飾の類いは一切ない。頂上には灯籠のような小部屋と、踊り場をぐるりと囲う柵があった。

設えられたドアの冷たいノブを捻り引いてみると、音が内部に反響してごうんと鳴った。小窓から差し込む光に、螺旋階段が浮かび上がる。天井は高く、ビルの五階相当はありそうで、これからあそこまで登るのかと考えただけでうんざりした。

「勝手だよ。みんなみんな勝手」藺は階段を一段ずつ上がりながら吐き捨てる。「瑠子も、私を無視して設定を押しつける〝作者〟も、全部勝手だ」声は壁や天井に反響して、こだまのように返ってくる。「うんざりだよ、螺旋階段も！」それでも歩き続ける。

いったん油圧カッターを脇に置き、両膝に手を突いて息を整え、Tシャツの肩口で額の汗を拭って顔を上げると、触れられそうなほど近くに天井が迫っていた。あと数段で頂上に通じるドアにたどり着く。つい数時間前、あの校舎で同じように階段を上った先には、瑠子が待っていたのに。藺は足の小指に走る、むしろ悪化した痛みを感じながら、油圧カッターを拾い、残りの段を上りきり、ドアを開けた。

最初と同じく吹きつける強い風に煽(あお)られて藺は顔をしかめた。またゴミが目に入り涙が出てくる。けれどもう、ハンカチで涙を拭いてくれる瑠子はいない。

ドーナツ型の踊り場の柵に、細身で小柄な女がもたれかかっていた。ショートボブの黒い髪はもつれ、こんなに風が吹く場所にもかかわらず、ふんわりとした白いワンピースを着ている。スカート部分が翻って脚が見えているが、本人は気にしていないのか、左足で右のふくらはぎを無造作に掻く。その右足首には鉄輪がはめられ、鎖で柵に繋がれていた。どうやらようやく油圧カッターの出番が来たらしい。

「……〝美月〟？」

藺が意を決して呼びかけると、女は振り返った。目が大きく、小動物のような愛らしい顔立ちで、頭の中に雪崩れ込んできた美月の姿そのままだ。しかし態度がまるで違う――うんざりした様子でため息をつき、だらしなく柵に背中を預ける。

「じゃああなたが藺なんだ？　……うーん、美形じゃなかった。残念」

あっけらかんと言い放たれ、藺はぽかんと口を開けて二の句が継げなかった。すると美月は目を瞬かせ、「ああ、ごめんごめん」と無邪気に笑う。

「私って面食いみたいでさあ、めちゃくちゃきれいな女の人じゃないと恋ができないっぽいんだよね。記憶の中のあなたはもう少し美化されてたけど、実は大学時代にあなたと友達だった女性の方が好み。すっごい美形だった」

思ったことを歯に衣着せず口にする美月の屈託のなさに、藺の強張っていた眉間や肩から力が抜け、深々とため息をついた。

「……そういうやつだったのか、あんた」

「ウケる、めちゃくちゃ呆れられてるんだけど」

「呆れてるっていうか、何か気が抜けた。どう接しようか悩んでたのに」

「私だってそうだよ！　こんな全然私の趣味じゃない、〝いかにも〟な白いワンピース着せられてさ、鎖に繋がれて逃げられない上に、タイプじゃない〝恋人〟が迎えに来たなんて、がっかりもいいとこ」

がっかり呼ばわりは正直傷つくが、繭も美月にまったく惹かれないので、引き分けだろうと思った。繭が美月の隣に立つと、彼女はころころと笑いながらいたずらっぽい声でからかってくる。

「でも、もしかして惚れたりする？　私に」

「まさか」

「だよねえ」美月は長いスカートを鬱陶しそうに手で払った。「まあお互い様か！」

ふたりは柵にもたれかかりながら、目の前の巨大な影を見る。異次元に通じるという影は今も渦を巻いて回転し続け、うっかりすると繭も美月も飲み込まれてしまいそうだ。

「とにかくここから早く離れた方がよさそう。最初と比べてあの影、大きくなってるもん。ほら私を助けて、〝恋人〟さん」

さっさとしろとばかりに美月は右足をぶらつかせて鎖を揺さぶる。確かに影をよく見ると、美月の言うとおりどんどん膨張しているのがわかった。

繭は美月の足下にかがみ、油圧カッターで鎖を挟むと、両手に力を込めて柄を締め、切断した。重い思いをしてここまで運んできた甲斐があったといえばそうかもしれない、と繭は考えることにする。拘束を解かれた美月は赤くなった足首をさすりながら「ああ、やれやれ」と言った。

「これで自由になったね！　ったく、本当にどこのどいつがこんなことをしたんだろ」

蘭はちらりと美月を見上げ、瑠子の推理を話した。なるべく彼女を驚かせまいと、さらりと説明したが、美月はほんの少し眉毛をつり上げただけで、「ああ、なるほどね」と頷いた。

「それにしてはストーリー展開がグダグダじゃない？　あの影もぐるぐるしてるだけで特に怖くないし、私たちは恋に落ちないし。〝作者〟は何をしたいんだろうね？」

美月が文句を言った瞬間、影の内部に稲妻のような光が走り、その衝撃で塔が大きく揺らいだ。美月は悲鳴を上げ、蘭は尻餅をついたまま滑り落ちそうになり、咄嗟に柵を握る。

影の渦が逆回転していた。これまで内側に向かって巻いていたのが、今は外側に向かって勢いよく回っている。放出されるエネルギーが塔にぶつかって踊り場が割れ、床が大きく傾いだ。滑り落ちかけたふたりは、這いつくばって柵にしがみ付く。

渦の中から、視界を覆うほど大きな白い物体がぬるりと現れた。手指の生えた太い腕だ。続いて肩が、首が、顔が出てくる。塔などひと捻りで潰せてしまえそうな巨人だった。表面に体毛はなく、魚の腹のようにぬらぬらと光る。蘭は迫り来る手よりも巨人の顔から目を逸らすことができなかった。目がぎょろりとこちらを向き、鼻はなく、口から顎がえぐれている。剝き出しになった喉の奥からあの重低音が聞こえた。

そして巨大な手がふたりの上に覆い被さろうとする。その時、伸びてくる腕の向こう側、暗い渦の中に、小さな人影が見えた。ここではないどこかの空間——おそらくどこかの部屋で、ひとりの人間がパソコンの前に座っている。

怪訝な顔でその人物を見ていた繭は、ふいに強い力で背中を押され、前につんのめった。巨人の手が背中をぐいぐいと押しているのだった。目の前には美月がいて、ほとんど強制的に体と体がぶつかる。

「ちょっと、何するの！」

美月は体を引こうとしたが、彼女もまた巨人のもう一方の手で押されており、ふたりは抱き合わざるを得なくなった。じわりと伝わってくる美月の感触に、繭は言いようのない不安を感じ、どうにか腕を挟んで彼女から体を離す。再び渦の中を見ると、あの人物が一心不乱にパソコンに何かを打ち込んでいた。

あれが〝作者〟だろうか。

渦の中を見つめていた繭の頭に、ぽとり、ぽとりと何かが落ちてきた。顔を上げると巨人のえぐれた口から奇妙なものが勢いよく流れ出してくる。まるで白い虫の大群のようだったが、それは文字、文章だった。同時に頭の中にイメージが溢れた。そこでは繭が美月を救い、抱き合い、愛し合っている。繭は反吐が出そうだった。そして繭と美月が抵抗すればするほど、巨人はますます力を込めてふたりを密着させる。

渦の中の〝作者〟が物語を作り、巨人が力尽くで強制しようとしている。巨人がむきになるのは、あの〝作者〟は、自分が創り出した登場人物が自分の思うように動かないことに腹を立てているからだろう、と繭は想像した。どうしてそこまでするのか？

　その時、唐突な感情が心に溢れた。焦りと、何かを思い詰めている気持ちだ。しかし繭自身のものではない。美月も怪訝そうな顔で繭に「あんたと心が繋がったわけじゃないよね」と言うので、おそらくあの〝作者〟の感情が流れ込んできたのだろう、と繭は推測した。

　焦りと不安がどんどん広がっていく。なぜこの話はうまく進まないのか？　美月のようなタイプには繭のようなタイプが釣り合うはずなのに、読者もそれを求めているはずなのに、どうしていつまでも互いを拒絶しているのか？　私が創造主なのに、どうして〝登場人物〟は言うことを聞かないのか？　繭と瑠子が恋人になる？　そんな作品はきっと売れないだろう。早く書かねば、締め切りが迫っている。さっさと終わらせよう。

　〝作者〟の思惑を知った繭の、心に刺さっていた何かが弾けて飛んだ。腹立たしかった、これほど怒れるのかと自分で驚くほど激しい憤怒が体を駆け巡り、手が震える。繭はあらん限りの大声で渦の中の〝作者〟を罵った。

「私たちの声を聞けよ、勝手に想像しやがって！　あんたが私と美月をくっつけたがってるのはわかった、でも私たちはあんたが勝手に決めた設定どおりになんてならないからな！」

　駅ビルの売店前に現れたあの女の言葉が、今は痛いほどわかる。後悔はしない。

「私は美月を愛さない、瑠子だけを愛してる！　美月だって好きに恋をする！」

「そ、そうだそうだ！　私たちを自由にしろバカ！」

美月も藺に便乗して叫ぶと、巨人は動きを止め、凄まじい声量で咆哮する。渦の中の〝作者〟はますます激しくパソコンのキーボードを叩いた。

とにかく巨人の手から逃れなければ。藺は武器になりそうなもの――油圧カッターを探したが、破壊された床の割れ目まで滑ってしまっている。

巨人はふたりから手を離したが、同時に街が崩れはじめた。空に無数の亀裂が走り、ビルや家屋が轟音を立てて崩壊していく。塔は上下に揺れ、ふたりは柵にしがみ付いたものの、付け根のボルトが緩み、このままでは柵ごと落下してしまいそうだ。

その時、藺の聞きたくて堪らなかった声が聞こえた。

「何をしているんだ、〝恋人〟を助けないと世界が崩壊すると言っただろ」

瑠子だった。喜びに浮かれそうになったが、しかし、瑠子がいる場所を見て血の気が引いた。巨人の手の中に瑠子がいたからだ。

「どうしてここに？　帰ったんじゃなかったの？」

「帰る場所なんかない。お前が心配だったんだ。私じゃなくてその子を助けろ、でないと世界が崩壊する。お前もあの女みたいに消えて――」

しかし話の途中で瑠子は絶叫した。巨人が強く手を握り、彼女の体を潰そうとしている。美月と藺の邪魔になる瑠子を消すつもりなのだろう。

「やめろ！」

怒りが頂点に達し血が滾りすぎると、かえって冷静になるものなのかもしれない。街は崩壊し続けているのに音が消えたように感じ、繭は自分でも不思議なくらいに気持ちが落ち着いていくのを感じた。油圧カッターのある割れ目から、だらりと垂れ下がった柵、そして足場になりそうな場所に視線をやると、隣の美月を見た。

「……美月。私が消えたら、あんたはあいつの言うとおりにして」

すると美月は面白そうに笑った。

「好きにやるから別に気にしないでいいよ。そっちもあんま無理しないでよね」

繭は頷くと柵から手を離し、斜めになった床を滑り落ちた。アスファルトの鋭い瓦礫に体を打ち付けながら、油圧カッターに手を伸ばす。黄色い柄をようやく握りしめると、両手で持たなければいられないほどだった重量を、右手だけで持ち上げ、柵を梯子代わりによじ登る。

「あんたの方を消してやる。私たちを放っておけ！」

「やめろ繭、世界が崩壊する！」

「構うもんか」

繭は足場までたどり着くと、仁王立ちになって頭上に迫る巨人の白い手を睨む。そして油圧カッターを両手で摑み、大きく振りかぶった。

「〝作家〟が私たちを言うなりにするとか、調子乗ってんじゃねえぞ！」

油圧カッターを巨人の手首に思い切り突き刺し、全身の力を両手に込めて柄を引き絞る。少しでも痛めつけられればいい、そうすれば巨人は手を離して瑠子を解放するかもしれない——そう考えていたが、巨人は激しく咆哮して、耳をつんざくような高音が響き渡った。

巨人の手首に穴が開いている。そこから空気のような何かが漏れ出して、巨人の白く膨らんだ体は、急速に萎んでいった。時空に開いた影もどんどん小さくなっていき、〝作者〟の姿は霞んで見えなくなった。

瑠子は解放されたが、そのまま真っ逆さまに落ちていく。繭は咄嗟に足場を蹴り、空中に飛び出して瑠子に手を伸ばした。瑠子は微笑み、唇が「バカだな」と言った気がした。

「バカでいい、私はあんたを選ぶ」

落下するふたりの手が触れ、強く握り合った瞬間、世界が眩く光った。

目が覚めると、何もない場所にいた。白とも黒ともつかない、明滅する光の中で、繭は呆然と立っていた。

「瑠子」

慌てて彼女の姿を探すと、「ここにいるよ」と声がした。確かにそこに瑠子がいる。泣き出しそうなくしゃくしゃの顔で、両手を広げていた。

藺はその腕の中に駆け寄って瑠子を抱きしめる。瑠子の存在が手から体からしっかり伝わって、幻だったらどうしようという考えは霧散した。

「……よかった、一緒にいられて」

あの巨人から離れ、設定された呪縛から解放され、自分のいたい人といる。藺はもう〝登場人物〟ではなく、人間としての形と中身を持っていた。そのことに心の底から安堵したが、瑠子の方は震えていた。

「でも、あの街からははじき出されてしまった。きっともう物語の世界には戻れない。あの〝作者〟はきっと私たちのことをもう使わないから」

売店の前で見た女のことを思い出す。あんな風に、色々な街から街へ渡っては消えていく存在になるのかもしれない。しかしもう二度と〝登場人物〟になるのはごめんだった。

「私はどんな場所でも人間でいられる方がいいよ。平気、一緒に色々な場所へ行こう。そのうちきっと私たちに合う街が見つかるって」

「前向きだな。でも私たちは所詮、どこまで行っても〝登場人物〟のままなんじゃないか？　この瞬間だって、ここまで来た道のりだって、〝物語〟なのかもしれない。私たちは永遠に、人間にはなれないいんじゃないか？」

考えたくはなかったが、その指摘は正しいと藺は思った。〝登場人物〟として、創作者によって設定された〝物語〟の中で生きる。それは巨人を破壊し、作者からの干渉を断ち切ったはずの今も、そうかもしれない。

　自分では〝作者〟に反抗したつもりだ。しかし最初から〝反抗のために用意された物語〟の檻に閉じ込められていて、繭が瑠子に出会ったことも、瑠子に惹かれ彼女を選んだことさえ、結局はすべて〝作者〟の意図どおりなのかもしれなかった。そして物語がそこにあるならば、読む者、消費する者もいるはずだ。繭は小さくため息をついた。

「……まあね。私たちはどこまでも、誰かが書きたい、誰かが読みたい〝物語〟の奴隷なのかもね。誰かを楽しませるための奴隷で道化。生きている限り永遠に」

「じゃあ死んでみる？」

　思い詰めた声で瑠子が言うので、繭は目を丸くした。顔を見るとひどく青ざめている。

繭は慌てて瑠子を抱きしめ直すと、説明した。

「嫌だ、せっかく生まれたのに死にたくない。それに死んだって、結局は物語の結末として処理されるだけだよ。でも可哀想なふたりになんてなりたくないでしょ？　たとえ〝登場人物〟でも、私たちには心があるんだから。売店でサンドイッチを食べた時、あんたを好きだと感じた時、私は確かに人間の形をしていると思った。瑠子だって人間だよ。まあ、外から見たら私たちはただの紙に書かれた記号に見えるかもしれないけどね」

　繭自身、口ではそう言っても、油断すると、誰かの意のままにしか動けないという恐怖が迫ってくる。運命は決まっていて、〝神〟や〝作者〟が進めさせたい方向にしか進めず、自分の意志だと思ったものさえ最初から設定されていた展開ならば、生きる意味はどこにあるのだろう。しかし繭は死にたくはなかったし、瑠子と一緒にいたかった。

「……瑠子、生きたいって言ってよ。たとえ人間じゃなくても」

「……死にたくない」

「よかった！　ねえ、人間だってさ、親から生まれるけどその後は自由だよね。私たちだって〝作者〟から巣立てばいいんじゃない？　どんな経緯だろうと生きてるんだから。〝作者〟なんて後ろに放っておけばいい。私たちの物語を楽しめないやつの意見も聞かない。そのくらいでいいと思う」

「かもしれない」

「疑うねえ。でもそんな瑠子が好きだよ。人間でも記号でも、どんな形をしていても」

瑠子が笑ったのを肌で感じ、ふたりはしばらくそのまま抱き合った。光が無数の蛍のように取り巻き、優しく照らす。

「あの〝恋人〟はどうなっただろうな」

「美月のこと？　大丈夫だと思うよ、あの子はほとんど〝作者〟に反抗してないし」

それに美月は、偽の記憶の中で見つけた、大学時代の友人が美人だったと言っていた。今度はその人と結ばれる物語に選ばれるといい、と繭は思う。

「繭。お前が私を選んでくれて嬉しい」

「うん」

「でも、お前はこれでよかったのか？　共にいられるのが私だけになってしまって……もう誰とも出会えないぞ」

迷子の子どものように心細そうに呟く瑠子の背中をさすって、繭は少し体を離し、正面から彼女の顔を見つめた。こんな世界に来ても、瞳が美しいなと思う。

「いいんだよ。あんたのことがちゃんと見えるのは私しかいない。私のことが見えるのも、あんたしかいない」

汗ばんだ額にかかる瑠子の前髪をそっと払い、その目元に優しく口づける。

「私はそれで充分」

初出
小野繙「あの日、私たちはバスに乗った」——pixiv、二〇二二年三月
https://www.pixiv.net/novel/show.php?id=17144792
坂崎かおる「嘘つき姫」——pixiv、二〇二二年三月
https://www.pixiv.net/novel/show.php?id=17141816

ほかの作品はすべて、本書のための書き下ろしです。

百合小説コレクション wiz

二〇二三年 二 月一〇日 初版印刷
二〇二三年 二 月二〇日 初版発行

著 者 アサウラ 小野繙
櫛木理宇 坂崎かおる
斜線堂有紀 南木義隆
深緑野分 宮木あや子

発行者 小野寺優
発行所 株式会社河出書房新社
〒一五一-〇〇五一
東京都渋谷区千駄ヶ谷二-三二-二
電話〇三-三四〇四-八六一一（編集）
〇三-三四〇四-一二〇一（営業）
https://www.kawade.co.jp/

ロゴ・表紙デザイン 粟津潔
本文フォーマット 佐々木暁
本文組版 KAWADE DTP WORKS
印刷・製本 中央精版印刷株式会社

Printed in Japan ISBN978-4-309-41943-5

白い薔薇の淵まで

中山可穂　41844-5

雨の降る深夜の書店で、平凡なOLは新人女性作家と出会い、恋に落ちた。甘美で破滅的な恋と性愛の深淵を美しい文体で綴った究極の恋愛小説。第十四回山本周五郎賞受賞作。河出文庫版あとがきも特別収録。

感情教育

中山可穂　41929-9

出産直後に母に捨てられた那智と、父に捨てられた理緒。時を経て、母になった那智と、ライターとして活躍する理緒が出会う時、至高の恋が燃え上がる。『白い薔薇の淵まで』と並ぶ著者最高傑作が遂に復刊！

花物語　上・下

吉屋信子　40960-3　40961-0

美しく志高い生徒と心通わせる女教師、実の妹に自らのすべてを捧げた姉。……けなげに美しく咲く少女たちの儚い物語。「女学生のバイブル」と呼ばれ大ベストセラーになった珠玉の短篇集。

少女ABCDEFGHIJKLMN

最果タヒ　41876-6

好き、それだけがすべてです――「きみは透明性」「わたしたちは永遠の裸」「宇宙以前」「きみ、孤独は孤独は孤独」。最果タヒがすべての少女に贈る、本当に本当の「生」の物語！

ナチュラル・ウーマン

松浦理英子　40847-7

「私、あなたを抱きしめた時、生まれて初めて自分が女だと感じたの」――二人の女性の至純の愛と実験的な性を描いた異色の傑作が、待望の新装版で甦る。

キャロル

パトリシア・ハイスミス　柿沼瑛子〔訳〕　46416-9

クリスマス、デパートのおもちゃ売り場の店員テレーズは、人妻キャロルと出会い、運命が変わる……サスペンスの女王ハイスミスがおくる、二人の女性の恋の物語。映画化原作ベストセラー。